BATMAN™
NIGHTWALKER

— DC ICONS —

Wonder Woman
Leigh Bardugo

Batman: Nightwalker
Marie Lu

— PRÓXIMAMENTE —

Catwoman
Sarah J. Maas

Superman
Matt de la Peña

MARIE LU

BATMAN™
NIGHTWALKER

– DC ICONS –

Traducción de **Carlos García Varela**

montena

Título original: *Batman. Nightwalker*
Primera edición: agosto de 2018

Batman es una creación de Bob Kane y Bill Finger

Esta es una obra de ficción. Nombres, personajes, lugares e incidentes son producto
de la imaginación del autor o se usan como ficción. Cualquier semejanza con personas,
vivas o muertas, eventos o lugares son mera coincidencia.

Penguin
Random House
Grupo Editorial

PARA DIANNE:
Bruce Wayne sería muy afortunado
de tenerte como amiga.

PRÓLOGO

La sangre bajo las uñas le molestaba.

«Malditos guantes, baratos e inútiles», pensó la chica, enojada. Aquella noche había llegado a ponerse dos pares, pero un navajazo perdido había traspasado ambas capas y la sangre le había llegado a las manos. «Estúpida.» Cualquier otra noche se habría detenido y limpiado, lenta y minuciosamente, las escamas escarlata de debajo de las uñas, una a una. Pero ahora no tenía tiempo.

«No hay tiempo, no hay tiempo.»

La luz de la luna se proyectó en el suelo de la mansión, iluminando parte del cuerpo desnudo de un hombre. Comparado con los demás, éste sangraba de forma extraña, pensó la chica. La sangre formaba un charco perfectamente circular, igual que el glaseado de un pastel.

Suspiró de nuevo, metió el bote de pintura roja en la mochila y recogió algunos de los trapos que había por el suelo. Junto a ella, en la pared, se veía el símbolo que acababa de dibujar a toda prisa.

Aquella noche todo había ido a destiempo, desde las complicaciones que les había dado el sistema de seguridad al entrar en la mansión de sir Grant hasta el asombroso hecho de que él los viera primero, en lugar de estar profundamente dormido. Estaban retrasándose. Y ella odiaba los retrasos.

Se apresuró a recoger sus herramientas y las metió en la mochila. El resplandor lunar fue iluminándole las facciones a intervalos regulares a medida que pasaba frente a la hilera de ventanas. Su madre le decía siempre que tenía rasgos de muñeca, desde que era una bebé: ojos grandes y castaños, lustrosos, claros; pestañas muy largas; la nariz fina, los labios de rosa y la piel de porcelana. Las cejas se alargaban, rectas y suaves, sobre su frente, dándole un aspecto permanentemente vulnerable.

Ese rasgo era lo que la definía. Nadie reparaba en lo importante hasta que era demasiado tarde. Hasta que ella se manchaba las uñas con su sangre.

Con las prisas, se le había soltado el pelo, que le caía en una cascada negra sobre los hombros. Se paró a recogérselo. Sin duda habría un par de cabellos suyos por ahí, lo que dejaba a la policía una pista que seguir. Pero daba igual, si lograba escapar a tiempo. Vaya huida más torpe, tan poco propia de ella.

«Voy a matarlos», pensó amargamente. «Que me hayan dejado aquí para limpiar esto…»

Desde la oscuridad le llegó el ulular de las sirenas.

Se quedó rígida, con la cabeza en dirección al ruido, escuchando con atención. Instintivamente se llevó una mano a una de las navajas del muslo. Y se echó correr. Las botas no hacían ruido alguno. Se movía como una sombra, sólo se oía el golpeteo de la mochila contra su espalda. Mientras avanzaba, se cubrió la mitad inferior de la cara con el pañuelo negro, ocultando la nariz y la boca, y se colocó el visor sobre los ojos. A través de él, la mansión se transformó en una malla de señales térmicas y líneas verdes.

Las sirenas se acercaban a gran velocidad.

Se detuvo a tomar aliento, a la escucha. Venían de direcciones distintas. Iban a rodearla. «No hay tiempo, no hay tiempo.» Se lanzó escaleras abajo, su silueta quedó oculta por entero entre las sombras; al llegar abajo giró abruptamente para dirigirse no a la puerta principal, sino al sótano. Habían reconectado el sistema de seguridad con el fin de sellar desde dentro la cerradura de la puerta, pero el sótano fue su vía de escape, todas las alarmas estaban apagadas y los seguros de las ventanas a su merced.

Al llegar al sótano, el ulular de las sirenas se volvió ensordecedor. La policía había llegado.

—Abrir ventana A —murmuró al micrófono que llevaba junto a la boca. En el otro extremo de la habitación, la ventana manipulada se abrió con un chasquido suave y obediente. La policía se agruparía ante las puertas principal y trasera, pero jamás se les ocurriría mirar, por ahora, hacia el lateral de una casa tan enorme, no cuando ignoraban que había una ventanita minúscula a ras del suelo, hacia la que se precipitó.

Se estiró para alcanzar la ventana, comenzó a escalar y a atravesarla, y salió como una serpiente en menos de un segundo. Oyó a un agente que gritaba por un megáfono en el jardín delantero, y vio las siluetas térmicas de al menos doce guardias fuertemente armados agachados en el perímetro de la mansión, con las caras ocultas tras los cascos y los rifles de asalto apuntando a la puerta.

Se agachó en la oscuridad, se levantó los lentes de visión nocturna y se dispuso a escapar como una bala.

Una luz cegadora se abatió sobre ella.

—¡Manos arriba! —varias voces le gritaban a la vez. Oyó los chasquidos de las armas cargadas y los furiosos ladridos de los perros policía, a duras penas sujetados por los agentes—. ¡De rodillas! ¡Ya!

La habían atrapado. Quiso maldecirlos. «No hay tiempo, no hay tiempo.» Era demasiado tarde. Al menos sus compañeros en la misión ya habían huido. Durante una décima de segundo pensó en sacar los cuchillos y lanzarse contra el agente más cercano, con el fin de utilizarlo como escudo.

Pero había demasiados, y la luz la había cegado de tal modo que no veía bien. No tenía tiempo de poner en práctica una jugada así sin que la policía le azuzara a los perros, y no quería que la atacaran hasta matarla.

De modo que en vez de resistirse, levantó las manos.

Los agentes la tiraron violentamente al suelo; se golpeó la cara contra la hierba y la tierra. Vislumbró su reflejo en los cascos opacos de los policías y los cañones de las armas que le apuntaban directo a la cara.

—¡Es nuestra! —gritó uno al transmisor, con la voz ronca de emoción y miedo—. ¡La atrapamos! ¡Mantengan sus…!

«Soy suya», se dijo para sus adentros mientras sentía cómo le cerraban las frías esposas en torno a las muñecas. Aunque tuviera la mejilla aplastada contra el suelo, se permitió esbozar bajo el pañuelo negro una sonrisa leve y burlona.

«Soy suya… por ahora.»

1

Si había un coche hecho a la medida de Bruce Wayne, era aquel: un Aston Martin personalizado y totalmente nuevo, sencillo, elegante, negro como el carbón, adornado con una franja metalizada y brillante que recorría el techo y el toldo.

Llevó el coche al límite, complaciéndose con el rugido del motor, con la forma en que respondía al más mínimo toque, mientras se ceñía a las calles crepusculares de las afueras de Gotham City. El vehículo era un regalo de WayneTech y estaba equipado con los últimos avances de seguridad de la empresa: era una colaboración histórica entre el legendario fabricante de automóviles y el emporio Wayne.

Los neumáticos protestaron con un chirrido cuando Bruce tomó otra curva cerrada.

—Lo escuché —dijo Alfred Pennyworth desde la pantalla táctil del coche, fulminando a Bruce con la mirada—. Más despacio en las curvas, señor Wayne.

—Los Aston Martin no están diseñados para ir despacio, Alfred.

—Y tampoco para acabar hechos un amasijo de hierros.

Bruce le dirigió una media sonrisa a su protector. El sol poniente centelleó en sus lentes de aviador mientras enfilaba de nuevo hacia los rascacielos de Gotham City.

—Alfred, no tienes ninguna fe en mí —se burló, sonriente—. Te recuerdo que fuiste tú quien me enseñó a manejar.

—¿Le enseñé a manejar como un poseso?

—Un poseso con maña —apuntó Bruce. Giró el volante con suavidad—. Además, es un regalo de Aston Martin, equipado hasta el tope con la seguridad de WayneTech. Únicamente lo conduzco para alardear de su nivel de seguridad en la gala de esta noche.

Alfred suspiró.

—Sí, ya recuerdo.

—¿Cómo voy a jactarme de verdad sin haber comprobado lo que es capaz de hacer esta maravilla?

—No es lo mismo presentar la tecnología de WayneTech en una gala que utilizarla para desafiar a la muerte —replicó Alfred más seco que nunca—. Lucius Fox le pide que lleve el coche a la fiesta para que la prensa pueda hacerle una crítica favorable.

Bruce tomó de nuevo una curva muy cerrada. El coche reconoció de inmediato la carretera que tenía delante, y en el parabrisas aparecieron y se desvanecieron una serie de números transparentes. Con precisión asombrosa, el coche respondía y se sincronizaba con el terreno circundante, hasta en el menor detalle.

—Y eso estoy haciendo —insistió Bruce, con inocencia—. Trato de llegar a tiempo.

Alfred negó con la cabeza histriónicamente mientras quitaba el polvo de un alféizar en la Wayne Manor y el sol le doraba la tez pálida.

—Voy a matar a Lucius por pensar que esto era buena idea.

Una sonrisa afectuosa afloró en el rostro de Bruce. A veces su protector guardaba un parecido extraordinario con un lobo, con su mirada atenta, hastiada, de azul invernal. En los últimos años algunas canas habían salpicado su cabello y las patas de gallo se habían acentuado. Bruce se preguntó si sería por su causa. Al pensarlo, frenó sólo un poco.

Era esa hora de la tarde en que se atisba a los murciélagos que vuelan hacia la noche para cazar. Cuando Bruce se adentraba en la ciudad, vio una bandada de ellos perfilarse en el cielo crepuscular; salían de los rincones oscuros para unirse al resto de su colonia.

Bruce sintió la punzada, ya conocida, de la nostalgia. En el pasado, su padre había convertido las tierras que rodeaban la Wayne Manor en uno de los mayores refugios de murciélagos de la ciudad. Bruce aún guardaba recuerdos de su niñez, cuando se acuclillaba sobrecogido en el césped de delante la mansión, sin acordarse de sus juguetes, mientras su padre señalaba a las criaturas que se dirigían a millares hacia el crepúsculo, recorriendo el cielo en una franja ondulante. Eran muchos, había asegurado su padre, y sin embargo de algún modo sabían moverse como si fueran uno solo.

Al recordar, las manos de Bruce se aferraron con fuerza al volante. Su padre debería estar allí, sentado en el asiento del copiloto y contemplando a los murciélagos con él. Pero aquello era imposible, claro.

Las calles se volvieron cada vez más sucias a medida que Bruce se acercaba al centro, hasta que los rascacielos taparon el sol poniente y cubrieron de penumbra los callejones. Pasó como un rayo ante la Wayne Tower y el Seco Financial Building, junto al cual se alzaban algunas tiendas de campaña, en los callejones: un contraste drástico, la pobreza junto a un ejemplar y próspero centro financiero. En las cercanías se hallaba el Gotham City Bridge, el puente a medio repintar. Unos cuantos hogares ruinosos y de pocos recursos se apiñaban debajo, sin orden alguno.

Bruce no recordaba que la ciudad tuviera ese aspecto cuando él era pequeño. Guardaba memoria de Gotham City como una impresionante selva de asfalto y acero, repleta de coches caros y porteros con abrigos negros; recordaba el olor a cuero nuevo, a colonia de hombre y perfume de mujer; las recepciones en los hoteles elegantes, la cubierta de un barco frente a las luces de la ciudad que iluminaban el puerto.

Junto a sus padres, no había visto más que lo bueno: ni los grafitis ni la basura en las coladeras ni los carritos abandonados ni la gente que se juntaba en los rincones sombríos con vasos de papel en que tintineaban monedas. Como niño protegido, sólo había visto lo que Gotham City te enseña por el precio justo, y nada de lo que te ocurría por el precio incorrecto.

Todo aquello había cambiado una fatídica noche.

Bruce ya sabía que se pasaría el día pensando en sus padres, ese día en que iba a concedérsele el acceso a su fondo fiduciario. Por mucho que se preparara, los recuerdos lo herían en lo más profundo de su ser.

Se orilló en la curva frente a Bellingham Hall. Desde la banqueta, una alfombra roja ascendía por las escaleras. Una manada de paparazzi se había agrupado al otro lado de la calzada, los flashes de sus cámaras destellaban sobre su coche.

—Señor Wayne.

Bruce se dio cuenta de que Alfred seguía hablándole de la seguridad.

—Te escucho, Alfred —dijo.

—Lo dudo mucho. ¿Escuchó lo que le dije sobre concertar una cita con Lucius Fox para mañana? Va a pasarse el verano trabajando con él, así que al menos debería ir trazando un plan detallado.

—Sí, señor.

Alfred se quedó callado y lo miró con severidad.

—Y esta noche compórtese. ¿De acuerdo?

—Pienso quedarme quieto en un rincón sin decir ni mu.

—Qué gracioso, señor Wayne. Le tomo la palabra.

—¿No me felicitas por mi cumpleaños?

Al oírlo, una sonrisa apareció por fin en la cara de Alfred, relajando sus rígidos rasgos.

—Feliz decimoctavo cumpleaños, señor Wayne —asintió—. Es usted un hijo digno de su madre, Martha, por ser el anfitrión de este evento. Estaría orgullosa de usted.

Al oír mencionar a su madre, Bruce cerró los ojos un momento. En lugar de celebrar su cumpleaños, su madre cada año organizaba un evento benéfico, cuyos fondos se destinaban al Fondo de Protección Legal de Gotham City, institución dedicada a la defensa de quienes no podían permitirse un abogado. Aquella noche, Bruce perpetuaría la tradición, puesto que cargaba con la responsabilidad de la fortuna familiar.

«Es usted un hijo digno de Martha.» Bruce se encogió de hombros ante el cumplido; no estaba seguro de cómo tomárselo.

—Gracias, Alfred —contestó—. No me esperes despierto.

Colgaron. Bruce se detuvo frente a la entrada y, por un instante, permaneció sentado controlando sus emociones mientras los fotógrafos le gritaban al otro lado de las ventanillas.

Desde pequeño había estado en los reflectores y había soportado años de titulares sobre sí mismo y sus padres. BRUCE WAYNE, DE NUEVE AÑOS, ÚNICO TESTIGO DEL ASESINATO DE SUS PADRES. BRUCE WAYNE HEREDA UNA FORTUNA. BRUCE WAYNE, SE CONVIERTE, A LOS DIECIOCHO AÑOS, EN EL ADOLESCENTE MÁS RICO DEL MUNDO. Etcétera…

Alfred había interpuesto varias órdenes de restricción contra algunos fotógrafos por enfocar las ventanas de la Wayne Manor con sus grandes lentes, y en una ocasión Bruce había llegado de la escuela llorando, aterrado por los reporteros que casi los habían atropellado con sus coches. Se pasó los primeros años de su vida tratando de escapar de ellos, como si al esconderse en su cuarto la prensa sensacionalista no pudiera seguir inventando chismes.

Al final, o rehúyes la realidad, o te enfrentas a ella. Con el tiempo, Bruce se había forjado un escudo y negociado una tregua tácita con la prensa.

Se dejaría ver, haciendo gala de un comportamiento cuidadoso e impecable, y les permitiría que le sacaran todas las fotos que quisieran. A cambio, destacarían en las páginas de los periódicos lo que él quisiera. En este caso, la labor desempeñada por WayneTech para aumentar la seguridad en Gotham City: desde la tecnología nueva para las cuentas bancarias locales, hasta los androides de asistencia del Departamento de Policía o las mejoras en seguridad que lanzarían gratuitamente para todos los fabricantes de coches, con licencias de código abierto.

A lo largo de los años, Bruce se había pasado incontables noches encorvado frente al escritorio de su habitación, rastreando con obsesión las frecuencias de radio de la policía e investigando por su cuenta los casos abiertos. Docenas de focos se habían fundido mientras él desentrañaba los prototipos de WayneTech bajo la lámpara, a oscuras, antes del amanecer; mientras sostenía brillantes microchips y articulaciones artificiales; mientras estudiaba a conciencia la tecnología creada por su empresa para que la ciudad fuera más segura.

Si para seguir adelante tenía que salir en las noticias, en fin, que así fuera.

Mientras un valet se acercaba a abrirle la puerta, Bruce disimuló su incomodidad, salió del coche con un rápido movimiento elegante y dirigió a los periodistas una sonrisa perfecta. Las cámaras incrementaron el ritmo de los flashes. Dos guardaespaldas trajeados de negro y con lentes de sol iban apartando a la multitud y abriéndole paso, pero los periodistas seguían agolpándose, acercándole los micrófonos y preguntándole a gritos:

—¿Le hace ilusión graduarse?

—¿Disfruta su recién adquirida fortuna?

—¿Qué se siente ser el millonario más joven del mundo?

—¿Con quién estás saliendo, Bruce?

—¡Eh, Bruce, mira hacia aquí! ¡Sonríe un poco!

Bruce los complació y les sonrió con naturalidad. Sabía que era fotogénico: alto y esbelto, los ojos azules oscuros como el zafiro que contrastaban con su tez blanca, el pelo negro impecablemente engominado hacia atrás, el traje hecho a la medida y los zapatos de piel relucientes.

—Buenas noches —saludó parándose un momento ante el coche.

—¡Bruce! —le gritó un fotógrafo—. ¿El coche es lo primero que te compraste? —le guiñó un ojo—. Le estás sacando partido al fideicomiso, ¿eh?

Bruce se limitó a mirarlo sin desviar la vista, negándose a morder el anzuelo.

—Este es el Aston Martin más moderno del mercado, equipado totalmente con tecnología de seguridad de WayneTech. Pueden examinar el interior esta noche, en exclusiva y por primera vez.

Señaló con la mano el vehículo mientras uno de los guardaespaldas abría la puerta para que la prensa echara un vistazo.

—Gracias por cubrir hoy la gala de mi madre. Significa mucho para mí.

Siguió hablando un rato acerca de las obras de caridad que se realizarían con los beneficios que se obtuvieran aquella noche, pero todo el mundo hablaba más alto, haciendo caso omiso de sus palabras. Bruce los miró con hastío y, por un momento, se sintió solo y muy inferior en número. Desvió la vista de los fotógrafos de la prensa sensacionalista y buscó a los periodistas serios. Ya se imaginaba los titulares del día siguiente: BRUCE WAYNE SE GASTA UN MILLÓN EN UN COCHE NUEVO, ¡EL PEQUEÑO WAYNE NO PIERDE UN MINUTO! Esperaba que entre aquellos reporteros hubiera algunos profesionales de verdad, que explicarían los pormenores del trabajo de WayneTech. Aquello sí importaba. Se quedó allí, soportando las fotos.

Cuando los flashes habían destellado unos minutos, Bruce se encaminó hacia la entrada. En lo alto de la escalera había más invitados: miembros de la clase alta de Gotham City, uno que otro concejal y grupitos de admiradores. Bruce se dio cuenta de que estaba metiendo a toda aquella gente en categorías. Era una estrategia defensiva aprendida tras la muerte de sus padres. Estaban los que lo invitarían a cenar para intentar sacarle algún chisme, los que traicionarían a sus propios amigos por ganarse su amistad, el típico compañero de clase acaudalado que difundiría rumores por pura envidia, las que harían cualquier cosa por conseguir una cita con él y a la mañana siguiente airearían los detalles con todo el mundo.

Sin embargo, mantuvo la calma y saludó a la gente con educación. Sólo unos pasos más y llegaría a la entrada. Lo único que tenía que hacer era franquearla y por fin podría...

—¡Bruce!

Una voz conocida se impuso al caos. Bruce levantó la vista hacia una chica que estaba de puntitas y le hacía señas con la mano desde los peldaños superiores. Tenía los hombros enmarcados por la cabellera negra; las luces del suelo iluminaban su piel morena y la curva perfilada de sus labios. La tela de su vestido estaba salpicada de brillantina y lanzaba reflejos de plata si se movía.

—¡Ey! —lo llamó—. ¡Aquí!

Aliviado, Bruce abandonó la actitud cautelosa. «Dianne García. Categoría: una chica sincera.»

Cuando la alcanzó, ella dio la espalda a la multitud que se agolpaba tras el cordón de terciopelo, intentando interponerse entre él y las cámaras.

—¿Es tu cumpleaños y te haces del rogar? —le preguntó sonriendo.

Él le guiñó un ojo, agradecido, y se agachó para susurrarle:

—Siempre.

—Esta gala es una locura —prosiguió ella—. El dinero que sacarás de aquí será un nuevo récord.

—Menos mal —le pasó el brazo por el cuello—. Si no, habría estado soportando a todos esos fotógrafos en vano.

Dianne rió. Era la misma chica que le había roto un diente a un niño de un puñetazo por haberse metido con sus amigos, la que se había aprendido de memoria el primer capítulo de *Historia de dos ciudades* en clase de literatura inglesa durante el último año de la preparatoria por una apuesta, la que podía pasarse una hora leyendo la carta para acabar pidiendo la hamburguesa de siempre. Dianne le dio un empujón cariñoso, de protesta; lo tomó del brazo y lo condujo a través de las puertas abiertas, dejando atrás a los paparazzi.

El interior se hallaba a media luz, todo de un tono azul; los candelabros colgaban en lo alto del techo, despedían luminosos destellos blancos y plateados. Había mesas larguísimas llenas de esculturas de hielo y montones de comida; en otra mesa se alineaban los objetos de la subasta, que temblaban ligeramente con las vibraciones de la música.

—¿No tenías hoy una entrevista en la universidad? —preguntó Bruce alzando la voz por encima del ruido. Dianne tomó un trozo de pastel de limón de una de las bandejas de postres—. No es que me queje de tu presencia, claro está.

—Ya la tuve —contestó ella con la boca llena de crema—. Tenía que estar en casa temprano, mi abuela quería que recogiera a mi hermano. Además, ¿cómo iba a privarte de mi compañía justo hoy? —se inclinó y su voz se convirtió en un susurro que no presagiaba nada bueno—: es mi forma de decirte que no te traje regalos.

—¿Nada de nada? —Bruce se llevó la mano al corazón, con burla—. Vaya golpe.

—Si quieres, puedo prepararte un pastel.

—No, por favor.

La última vez que Dianne había intentado hacer galletas, le había prendido fuego a la cocina de Bruce y se habían pasado una hora tratando de ocultar las cortinas quemadas, para que Alfred no se enterara. Dianne le apretó el brazo.

—Pues hoy tendrás que conformarte con la cena y nada más.

Hacía años, Bruce, Harvey y Dianne habían acordado no hacerse regalos de cumpleaños pero sí salir a cenar todos los años a su hamburguesería favorita. Esa noche se verían también allí, en cuanto terminara la gala, y Bruce podría dejar de ser un multimillonario y convertirse en un chico que estaba a punto de terminar la prepa mientras sus amigos lo molestaban por las hamburguesas grasosas y las malteadas densas que pedía. Al imaginárselo, sonrió.

—¿Y bien? ¿Qué tal la entrevista?

—El entrevistador no cayó fulminado ante mis respuestas, así que me la jugaré y diré que me fue bien —se encogió de hombros.

«Así admite Dianne que le fue de maravilla, igual que con todo lo que hace.» Bruce reconocía ese gesto que su amiga hacía cada vez que trataba de minimizar sus propios logros: las calificaciones en los exámenes de ingreso, que la aceptaran en todas las universidades que quisiera y pronunciar el discurso en representación de los alumnos que se graduarían el mes siguiente.

—Felicidades. Aunque seguro que Harvey te dijo lo mismo.

Dianne sonrió.

—Harvey se limitó a pedirme que no lo deje solo en la pista de baile. Ya sabes que para bailar tiene dos pies izquierdos.

Bruce soltó una carcajada.

—No estará solo ahora mismo en la pista, ¿verdad?

Dianne le sonrió con malicia.

—Puede aguantarse dos minutos.

El volumen de la música subió gradualmente a medida que se acercaban a la pista de baile. Al final atravesaron una serie de puertas dobles hasta llegar a un balcón que daba al abarrotado salón. La intensidad de la música hacía vibrar el suelo. Una capa de humo se extendía a la altura de los pies. En el piso inferior se alzaba un intrincado escenario, con un DJ que movía la cabeza al compás. A su espalda había una imponente pantalla que llegaba al techo y en la que se veía una serie de imágenes que se repetían con intermitencia.

Dianne hizo bocina con las manos y gritó:

—¡Ya llegó!

En la pista estalló una ovación tan ensordecedora que la música dejó de oírse. Bruce miró a la muchedumbre mientras ésta rugía «¡Feliz cumpleaños!». sonrió y saludó. A su vez, el DJ aceleró el ritmo: puso una base movida y los bailarines se convirtieron en un océano de miembros frenéticos.

Bruce se dejó llevar por la fuerza de la canción y la incomodidad que había sentido desapareció. Dianne y él bajaron la escalera y se mezclaron con la gente. Mientras iba saludando a los invitados uno a otro, parándose de vez en cuando para tomarse fotos con algunos, perdió a Dianne entre la jungla de cuerpos. No conseguía ver más que una mezcla difuminada de caras conocidas y desconocidas cuyos contornos resaltaban con las ráfagas de neón.

«Ahí está.» Dianne había encontrado a Harvey Dent, pálido bajo las luces de la discoteca y que intentaba bailar siguiendo el ritmo. La imagen hizo sonreír a Bruce, que se encaminó hacia ellos. Le hicieron señas con los brazos.

—¡Bruce!

Al oír su nombre volteó, pero antes de responder alguien le dio una fuerte palmada en el hombro. Logró enfocar una cara, que mostraba una cruda sonrisa y cuyos dientes blancos resaltaban aún más en la palidez de su rostro.

—¡Hola! Feliz cumpleaños, hombre.

Era Richard Price, el hijo del alcalde de Gotham City. Bruce parpadeó sorprendido. Hacía meses que no hablaban; Richard había crecido unos cuantos centímetros y Bruce tenía que alzar la cabeza para mirarlo a los ojos.

—Hola —contestó, devolviéndole la palmada—. Creía que no vendrías.

—¿Y perderme la fiesta? Eso nunca —contestó Richard—. Vino mi padre, está en la sala de subastas. Jamás faltaba a las galas de tu madre y ahora no iba a empezar a hacerlo.

Bruce asintió, receloso. Tiempo atrás habían sido amigos íntimos. Vivían uno enfrente del otro, habían ido juntos a la secundaria, a fiestas y al mismo gimnasio a practicar *kickboxing*. Habían jugado videojuegos en el cine privado de Bruce y se habían desternillado de risa hasta que les dolía la panza. El recuerdo le provocó un escalofrío.

Pero las cosas fueron cambiando a medida que crecían. Bruce había encasillado a Richard en una categoría concreta: el amigo que sólo llama cuando necesita algo.

¿De qué se trataría?

—Oye —le dijo Richard, desviando la mirada. Su mano seguía en el hombro de Bruce pero le señalaba la salida—. ¿Puedo hablar contigo un segundo?

—Claro.

En cuanto dejaron atrás el estruendo de la pista, empezaron a pitarle los oídos. Richard volteó y lo miró con entusiasmo. Muy a su pesar, Bruce se alegró al reparar en aquella expresión; era la misma sonrisa que le dirigía de niños, cuando Richard tenía algo emocionante que compartir con él. Quizá sólo hubiera acudido para celebrar el cumpleaños de Bruce.

Richard se le acercó y bajó el tono.

—Oye —le susurró—. Mi padre no me deja en paz: no para de preguntarme si este verano voy a entrar de becario en algún sitio. ¿Me echas una mano?

La esperanza de Bruce se desvaneció y dio paso a una profunda decepción. Richard necesitaba que le hiciera un favor, otra vez.

—Puedo hablarle de ti a Lucius Fox —dijo Bruce—. En WayneTech buscan becarios para…

Richard negó con la cabeza.

—No, no me he explicado. No quiero ser becario de verdad, sólo… bueno, que le hables bien de mí a mi padre: que le digas que trabajaré para WayneTech en verano y que me dejes entrar en el edificio un par de veces.

Bruce frunció el ceño.

—O sea que quieres que te ayude a fingir que eres becario para que tu padre deje de darte lata.

Richard le propinó un codazo de complicidad, aunque sin mucha convicción.

—Es el último verano antes de la universidad, no quiero pasármelo trabajando. Me entiendes, ¿verdad, Wayne? Cuéntale a mi padre que trabajo con Lucius. Una mentirita.

—¿Y cómo conseguirás que se lo crea?

—Ya te dije: déjame entrar en WayneTech de vez en cuando. Sácame una foto en el vestíbulo, algo así. Mi padre no necesita más.

—No sé, Richard… Si Lucius se entera, se lo soltará todo a tu padre.

—Ay, Bruce, ¡vamos! Por los viejos tiempos.

No había dejado de sonreír ni un momento. Se acercó a Bruce y le puso una mano en el hombro.

—La empresa es tuya, ¿verdad? ¿Vas a permitir que el nerd ese te diga lo que tienes que hacer?

Bruce se enojó. Cuando conoció a Lucius, Richard se había deshecho en halagos.

—No voy a encubrirte —declaró—. Si quieres decirle a tu padre que estás haciendo prácticas en WayneTech, vas a tener que hacerlas.

Richard gruñó.

—Pero ¿qué te cuesta?

—¿Por qué insistes?

—No tienes más que mencionárselo a mi padre un par de veces. No te costará nada.

Bruce negó con la cabeza. Cuando eran pequeños, Richard se presentaba a menudo ante su puerta, sin avisar y hablando sin cesar al interfón, con el último juego o los últimos muñecos del mercado. En algún momento, sus encuentros dejaron de ser debates sobre sus películas favoritas y se convirtieron en ruegos de Richard para que Bruce le dejara copiar su tarea o terminara él solo los trabajos de grupo, o lo recomendara para un trabajo.

¿Cuándo había cambiado? Bruce no lograba comprender en qué momento se había arruinado todo, ni por qué.

—No puedo —concluyó Bruce, negando con la cabeza de nuevo—. Lo siento.

Al oírlo, la vista de Richard pareció nublarse. Buscó la mirada de Bruce, esperando hallar otra respuesta, pero al no encontrarla hizo una mueca y se metió las manos en los bolsillos.

—Bueno, da igual —murmuró, esquivando a Bruce y dirigiéndose de vuelta a la pista—. Está muy claro. Cumples dieciocho años, te haces con el mando de tu emporio y de repente eres demasiado bueno para echarle una mano a tus amigos.

—Richard —lo llamó Bruce. El otro se detuvo y lo miró por encima del hombro. Bruce lo observó fijamente un instante—. ¿Habrías venido hoy a la fiesta si no necesitaras mi ayuda?

Se hizo un silencio y Bruce supo que la respuesta era «no». Richard se encogió de hombros, dio media vuelta y se alejó sin responderle.

Bruce se quedó allí plantado, solo, oyendo la música frenética procedente de la pista de baile. De repente se sintió totalmente fuera de lugar, como si aquella fiesta no fuera en su honor. Se imaginó a sus amigos y compañeros bailando y se preguntó si, aparte de Dianne y Harvey, habría venido alguien más si él no se apellidara Wayne. Los fotógrafos de la entrada no se habrían presentado, eso seguro.

Si sólo fuera Bruce Wayne, un chico normal, ¿le importaría a alguien?

En vez de encaminarse a la pista, Bruce enfiló el pasillo y salió por una puerta secundaria hacia la calle. Caminó en torno al edificio hasta la entrada, donde las cámaras habían fotografiado hasta la saciedad el Aston Martin. Ahora los fotógrafos estaban en el piso superior, aguardando la entrada o salida de los invitados famosos. Sin que nadie lo viera, Bruce llegó hasta el coche y se subió. Uno de los guardaespaldas que vigilaban a los fotógrafos lo vio, pero Bruce ya estaba cerrando la puerta del coche y encendiendo el motor.

—¡Señor Wayne! —le dijo.

Bruce respondió con un escueto gesto de la cabeza. Por la ventanilla, vio que algunos fotógrafos miraban en su dirección y se daban cuenta de que iba a irse. Sorprendidos, abrieron mucho los ojos y sus conversaciones se convirtieron en gritos.

Bruce pisó a fondo el acelerador antes de que llegaran al coche. El vestíbulo fue haciéndose cada vez más pequeño en el retrovisor, a medida que se alejaba. Quizá fuera una grosería irse antes de tiempo de su propia fiesta para estar solo, cuando todo el mundo quería acapararlo. Pero no disminuyó la velocidad ni miró atrás.

2

Las calles de la Gotham City vespertina estaban salpicadas de luces de neón. A esa hora circulaban pocos coches y Bruce no oía más que sonido del asfalto y el viento, el ruido que hacía su coche rodando a toda velocidad por la autopista. Por eso le gustaban las máquinas. Se guiaban por algoritmos, no por emociones; cuando Bruce pisaba el acelerador, el coche siempre respondía igual.

Tras de sí veía los faros de los paparazzi, que intentaban seguirlo. Bruce sonrió complacido con cinismo e hizo que el velocímetro subiera y subiera. Los contornos del mundo se volvieron borrosos.

Sonó un molesto pitido, seguido de una voz electrónica: «Velocidad no recomendada para este tramo», dijo al tiempo que, en una esquina del parabrisas, se iluminaba la velocidad recomendada y aparecía un indicador que le sugería disminuir la velocidad.

—Ignorar —respondió Bruce. Las alertas se apagaron. Sintió que el coche se aferraba y afianzaba su posición en la carretera; si daba la sensación de que temblaba, el vehículo lo compensaba manteniéndose más firme.

«Por lo menos las mejoras de WayneTech funcionan bien», pensó con pesimismo. A Lucius le alegraría saberlo.

Sonó el teléfono, cuyos ecos reverberaron en los oídos de Bruce. Al mirar el identificador de la llamada, vio que era Dianne. Dejó que sonara varias veces antes de responder. La voz de ella se coló en el coche, y también el estrépito de la fiesta.

—¿Bruce? —gritó, con el ruido de fondo—. ¿Dónde te metiste? Te vi salir con Richard y luego me enteré de que te habías ido y…

—Es que me fui —respondió él.

—¿Cómo? ¿Estás bien? —era la voz de Harvey. Parecía preocupado.

—Estoy bien —los tranquilizó Bruce—. No se preocupen. Necesitaba aire fresco para despejarme.

Al otro lado hubo un silencio.

—Haz lo que te haga falta —dijo luego Dianne.

—Si nos necesitas —añadió Harvey— iremos por ti.

Al oírlos, Bruce se calmó un poco. Los tres habían llegado a un punto en que eran capaces de percibir el estado de ánimo de los otros dos, y ninguno tenía que dar explicaciones. Lo sabían, y punto.

—Gracias.

Colgó.

No tenía ni idea de adónde iba, pero al cabo de un rato se percató de que había tomado una ruta larga de vuelta a la mansión. Salió de la autopista y se metió por una calle conocida, pasó por delante de bloques de departamentos medio en ruinas, con las paredes manchadas por décadas de porquería y humedad. Entre una ventana y otra colgaban al desgaire varias prendas de ropa. De los conductos de ventilación salía vapor. Esquivó los demás coches a volantazos, viró bruscamente en un cruce y se detuvo en un semáforo.

En la calle, un hombre estaba metiéndose a gatas en una tienda de campaña improvisada; al final de la manzana otro se llenaba los zapatos de periódico. Dos niños jugaban en un callejón repleto de basura.

Bruce desvió la mirada. No debía estar allí. Y aun así, allí estaba, recorriendo los suburbios con un coche que seguramente costaba más de lo que un habitante de aquel barrio podría ganar en toda su vida. ¿Tenía derecho a entristecerse, con todo lo que tenía?

Sus padres se habían pasado la vida luchando por las mejoras de aquellas calles, las mismas sobre las que habían derramado su propia sangre. Bruce respiró hondo cuando el semáforo cambió a verde y aceleró bruscamente. Gotham City estaba destrozada en muchos sentidos, pero no era un caso perdido. Encontraría la manera de mejorarla. Era la tarea que le había sido encomendada.

Las calles no tardaron en volver a llenarse de faroles que no estaban rotos y de ventanas sin barrotes. Los fotógrafos iban ganándole terreno, lenta pero progresivamente; si no los perdía, acabarían estacionándose ante las puertas de su mansión e inventarían titulares sensacionalistas para explicar por qué había escapado de su propia fiesta. Se le nubló la vista sólo de pensarlo y aceleró hasta que volvió a activarse la alarma.

Fue cuando llegó a otra serie de semáforos cuando oyó las sirenas de la policía a lo lejos.

Por un instante se preguntó si vendrían por él por haber superado el límite de velocidad. Luego se dio cuenta de que el sonido procedía de más adelante y no sólo de un vehículo, sino de lo que parecían varias decenas.

La curiosidad se impuso a su lúgubre ánimo. Frunció el ceño mientras escuchaba aquel ulular. Había pasado tanto tiempo investigando delitos por su cuenta que el fragor de las sirenas siempre hacía que se pusiera rígido en el asiento. En una zona como aquella, un barrio comercial de clase alta, semejante intensidad parecía fuera de lugar. Bruce se desvió de la ruta que lo habría llevado hasta la Wayne Manor y siguió el sonido de las patrullas.

Al girar en otra esquina, el estruendo lo ensordeció; un mar de luces rojas y azules apareció de pronto recortado contra los edificios del final de la calle. El cruce estaba completamente bloqueado por barreras blancas y cordones policiales amarillos. Incluso a la distancia, Bruce veía camiones de bomberos y camionetas negras de SWAT, el cuerpo de élite, unos junto a otros, y a policías correr de acá para allá ante los faros.

Dentro del coche, la voz electrónica volvió a hablar, seguida de un mapa semitransparente superpuesto en el parabrisas: «Gran actividad policial. Se recomienda tomar otra ruta».

Sintió una punzada de temor.

Quitó el mapa con un gesto rápido y frenó en seco ante la reja. En ese momento, el inconfundible estruendo de las armas de fuego se extendió por el aire nocturno.

Conocía demasiado bien aquel ruido. Al recordar la muerte de sus padres, sintió que se mareaba. «Otro asalto. Un asesinato. Esto es un asesinato.»

Negó enérgicamente con la cabeza. «No, no puede ser.» Había demasiados agentes como para tratarse de un asalto común.

—¡Salga del vehículo y levante las manos por encima de la cabeza! —gritó una agente por un megáfono, y el eco de su voz reverberó en la manzana. Bruce miró de golpe en su dirección. Por un momento pensó que la orden iba dirigida a él, pero vio que le daba la espalda, pendiente de la esquina con el cartel de BELLINGHAM INDUSTRIES & CO.

—¡Estás rodeado, Nightwalker! ¡No habrá más advertencias!

Un agente corrió hasta el coche de Bruce, haciendo aspavientos para que se diera la media vuelta.

—¡Váyase ahora mismo! ¡Es peligroso!

Antes de que Bruce pudiera responder, una cegadora bola de fuego surgió tras el agente. La calle tembló.

Aunque estaba dentro del coche, notó el calor de la explosión. Todas las ventanas del edificio estallaron a la vez, y un millón de esquirlas de cristal llovieron sobre la banqueta. Los policías se encogieron al unísono, cubriéndose la cabeza con las manos. Contra el parabrisas de Bruce repicaron fragmentos de cristal, como granizo.

Al otro lado del cordón y las barricadas, un coche blanco dobló la esquina a toda velocidad. Bruce adivinó al instante el objetivo de aquel vehículo: un hueco estrecho entre las barricadas por el que acababa de pasar un camión de SWAT.

El coche aceleró en dirección a la abertura.

—¡Le dije que se vaya! —le gritó el agente a Bruce. Un hilillo de sangre le recorría la cara—. ¡Es una orden!

Bruce oyó el chirrido de los neumáticos del fugitivo contra el asfalto. Había estado miles de veces en el taller de su padre, ayudándolo a reparar una cantidad infinita de motores de los mejores automóviles del mundo. En WayneTech había asistido fascinado a las pruebas de los motores personalizados, aviones a reacción, tecnología silenciosa… vehículos nuevos, de toda clase.

Por eso estaba seguro: hubiera lo que hubiera bajo el toldo de aquel coche, era más rápido que cualquier vehículo al que pudiera aspirar la policía de Gotham City.

«Nunca lo atraparán.

»Pero yo sí.»

Seguramente su Aston Martin era el único coche que podía aventajar al del delincuente, el único lo bastante potente como para cazarlo. Bruce trazó con la mirada el recorrido que haría su coche, hasta detenerse en un letrero al final de la calle, que señalaba la autopista.

«Puedo atraparlo.»

El vehículo blanco aceleró hacia el hueco, llevándose por delante dos patrullas.

«No. Esta vez no.» Pisó a fondo el acelerador.

El Aston Martin emitió un rugido ensordecedor y salió disparado. El agente que le había gritado retrocedió dando tumbos. Por el retrovisor, Bruce vio que se caía y hacía señas a los coches de los demás agentes, con ambos brazos en alto.

—¡No disparen! —le oyó gritar Bruce—. ¡Hay un civil! ¡¡No disparen!!

El fugitivo giró en el primer cruce y Bruce lo siguió a toda velocidad segundos más tarde. La calle seguía en zigzag y luego describía un amplio arco antes de meterse en la autopista. El Night-walker se incorporó a ella, dejando tras de sí una humareda y dos marcas de neumáticos sobre la carretera.

Bruce le pisaba los talones, cada vez más cerca. Su coche se adaptó al instante al terreno, tomando perfectamente la curva hacia la rampa de la autopista. Tocó dos veces el parabrisas, justo en el punto donde se veía el coche del Nightwalker.

—Síguelo —ordenó.

En teoría, esa mejora servía para que resultara más fácil seguir a otro coche durante trayectos largos. Un icono verde con forma de mira apareció sobre el coche blanco y el Aston Martin habló:

—«Vehículo identificado.»

En un ángulo del parabrisas apareció un mapa en miniatura que mostraba la ubicación exacta del fugitivo con respecto a Bruce. Aunque tratara de escapar; no conseguiría quitárselo de encima.

Bruce entornó los ojos y aceleró. Le temblaba todo el cuerpo por la descarga de adrenalina.

—Ignorar —dijo cuando el coche intentó que disminuyera la velocidad. Rebasó varios coches de carril en carril. El Aston Martin respondía con precisión milimétrica, siempre seguro de cuándo cabía en un hueco y de la velocidad que debía mantener.

Bruce estaba alcanzando al Nightwalker, y éste lo sabía. Se puso a dar acelerones y frenazos. Los pocos vehículos que quedaban en la autopista les cedían el paso a medida que saltaban de carril en carril.

Un reflector cayó sobre Bruce y la autopista que se extendía ante él. Alzó la vista y vio un helicóptero que volaba bajo, siguiendo la persecución en paralelo. Tras él, en la lejanía, se veían las luces parpadeantes de las patrullas de Gotham City, pero cada vez se alejaban más y empequeñecían a buen ritmo.

«Pero ¿qué diablos estoy haciendo?», se preguntó Bruce, como aturdido por la fiebre. Pero no levantó el pie del acelerador. Tenía los ojos fijos en el coche que zigzagueaba delante de él.

«Un poquito más.» Estaba tan cerca que veía cómo el conductor volteaba la cabeza para mirarlo. El coche blanco esquivó a un camión cargado de gigantescas tuberías, obligando al conductor a invadir el carril de Bruce. El Aston Martin emitió un pitido de advertencia y automáticamente se hizo a un lado. Bruce dio un volantazo tremendo. Por un momento se vio empotrado contra el lateral del camión, pero su coche llegó al otro carril por poquísimo margen; encajaba a la perfección en el hueco.

En ese momento, a pesar de todo, Bruce sintió que era invencible, que estaba en su elemento, concentrado sólo en no perder de vista a su objetivo y en los fuertes latidos de su corazón.

Oyó que desde el helicóptero lo interpelaban por el megáfono:

—¡Deténgase! —le gritaban—. ¡Civil, déjelo ya! ¡Acabará arrestado! ¡Detenga el vehículo!

Pero Bruce ya estaba alcanzando a su objetivo. «Casi.» Agarró el volante con fuerza, esperando que sus cálculos fueran correctos. Si conseguía rozarlo en el punto justo, la velocidad y la fricción lo lanzarían por los aires. «Todo acaba aquí.»

«Alfred me matará.»

Pegó una palmadita en el volante. El corazón le dio un brinco por lo que estaba a punto de hacer.

—Perdóname, querido —le susurró al Aston Martin.

Y aceleró. El coche trató de detenerse y Bruce sintió que el volante se resistía a moverse. «¡ALERTA! ¡Colisión inminente!»

—¡Ignorar! —gritó Bruce, embistiendo de lleno contra la parte trasera del coche blanco.

Se oyó el estruendo de metal contra metal.

La fuerza del impacto le repercutió en todo el cuerpo y el cuello se le torció hacia un lado; su cuerpo describió un arco y el cinturón le hizo daño en el pecho por la intensidad del choque. Los neumáticos del otro coche rechinaron sobre el asfalto —o quizá fueron los suyos; no estaba seguro— y lo vio saltar por los aires y por un segundo levitar. El mundo se volvió borroso. Durante un instante, logró atisbar el rostro del conductor: un hombre de ojos enormes y con la cara pálida salpicada de sangre.

El coche blanco aterrizó bocabajo. Un estallido de cristales salió disparado en todas direcciones al aplastarse el chasis, que se convirtió en un amasijo retorcido. Aunque mientras sacudía la cabeza mareado, Bruce sabía que todo había sucedido en menos de un segundo, creyó ver el metal retorcerse punto por punto y los millones de esquirlas de las ventanillas que cortaban el aire.

Los agentes rodearon al coche blanco, apuntando directamente al conductor que lo ocupaba. Parecía apenas consciente y los brazos le colgaban por delante de la cabeza.

—¡No te muevas, Nightwalker! —gritó un policía—. ¡Quedas detenido!

Bruce sintió que se mareaba de nuevo. Mientras un policía se le acercaba gritando enfurecido, oyó que el coche hacía una llamada para alertar a Alfred y que les enviaba las coordenadas tanto a éste como a la comisaría.

El tutor de Bruce contestó al primer tono, agitado y con voz tensa:

—¡Señor Wayne! ¿Señor Wayne?

—Alfred —se oyó decir Bruce—. No me vendría mal que vinieras a recogerme.

No entendió lo que le contestó Alfred. Ni siquiera estaba seguro de oír sus palabras. Sólo recordaría que se derrumbó en el asiento y el mundo se oscureció.

3

Entrometerse en la escena de un crimen. Desobedecer las órdenes de un agente. Obstaculizar la acción de la justicia.

Si lo que Bruce quería era evitar la atención de la prensa tras el frenesí de la fiesta de su decimoctavo cumpleaños, estampar su coche nuevo contra el de un delincuente no había sido una buena idea. Sobre todo cuando faltaba tan poco para graduarse.

Por lo menos los periódicos habían dejado de lado a sus padres y su dinero, y se habían centrado en cuestiones relativas a su bienestar y en reproducir en las portadas fotos de su coche destrozado. Una oleada de rumores sobre su muerte se había extendido por internet justo después del choque, junto con especulaciones sobre si conducía borracho o estaba huyendo de la policía.

—Una semana movidita, ¿eh? —le dijo Lucius desde el otro lado de la mesa.

Ambos estaban sentados en la sala de espera de los juzgados, viendo las noticias que volvían a dar las imágenes de su Aston Martin estrellándose contra el fugitivo. Habían pasado dos semanas y a Bruce aún le dolía un poco la cabeza debido a la contusión. Por ello, se había pasado una semana entera sin ir a clase y la siguiente aguantando las preguntas de sus compañeros y a la multitud de periodistas que se congregaban ante las puertas de la mansión. Y, sin embargo, no podía dejar de sentir cierta satisfacción por la cobertura televisiva. Para todo el que lo viera —Lucius incluido— quedaba claro que, de no haber sido por él, el coche blanco habría escapado de la policía.

Era obvio que al juez iba a darle igual.

—Al menos el coche reaccionó como se esperaba, ¿eh? —se arriesgó a decir—. Vaya prueba para los sistemas de seguridad, ¿no?

Lucius lo miró enarcando una ceja, sin poder disimular una sonrisita ante el comentario; suspiró y negó con la cabeza. Por lo menos su cara no traslucía pánico, como cuando había ido a visitar a Bruce al hospital y lo había visto con un vial intravenoso.

—Es culpa mía —dijo—. No debí pedirte que llevaras el coche a la gala, para empezar.

—Estaba en el lugar más adecuado y en el momento más oportuno.

—Más bien al revés, Bruce. ¿Por qué lo hiciste? ¿Te entraron ganas de impartir justicia de repente?

Era la misma pregunta que le había formulado la policía, en un primer momento, pero Bruce aún no estaba seguro de la respuesta.

—Creo que… porque sabía que podía detenerlo. Y la policía no. ¿Qué iba a hacer, quedarme mirando sin mover un dedo?

—No eres agente de la justicia, Bruce —replicó Lucius, con un deje de compasión en la voz—. No puedes inmiscuirte de esa forma.

Bruce no dijo nada. De haber podido tomar cartas en el asunto años atrás, en el callejón, su vida seguro habría sido muy distinta. Sin embargo, dijo:

—No volveré a hacerlo.

En la noticia se mostraba cómo los agentes ordenaban a gritos al conductor que saliera y el momento en que lo sacaban del vehículo destrozado.

«Se trata de un miembro de base de los Nightwalkers», informaba el periodista. «Se sabe poco del grupo, aunque las autoridades han dado a conocer su símbolo, que aparece en los lugares contra los que atentan.»

«Los Nightwalkers.» Bruce recordaba a la policía gritando esa palabra aquella noche. Había oído mencionar el nombre con más frecuencia durante el último año, en las noticias; de hecho, el principal sospechoso del asesinato de aquel hombre de negocios, sir Grant, era, por lo visto, un Nightwalker. En la pantalla apareció la imagen de una moneda envuelta en llamas, y más fotografías del símbolo pintado en los laterales de varios edificios, en las escenas del crimen. Representaba una aciaga amenaza, y era personal: la riqueza que ardía, como harían la suya, y él mismo, si les daba la oportunidad.

—Bueno, Bruce —dijo Lucius cuando las imágenes comenzaban a repetirse. Se recostó en la silla y se pasó una mano por el pelo rizado oscuro casi rapado. Las luces de la sala le daban a su piel morena un resplandor pálido—. Me imagino que habrá que cambiar los planes para el verano.

Bruce giró y miró a su mentor. Para ser el nuevo jefe de investigación y desarrollo de WayneTech, Lucius Fox era increíblemente joven. Era de sonrisa fácil, ojos brillantes y alertas y paso enérgico, parecía siempre con muchas ganas de cambiar el mundo.

—Puedo aprovechar mis ratos libres y pasarme por el laboratorio —le propuso Bruce, dirigiéndole una mirada esperanzada—. Pero asegúrate de que no conduzca yo.

Lucius soltó una carcajada, relajado.

—Ya veremos qué hacemos con tu horario —señaló con la cabeza una tablet que había entre los dos, sobre la mesa—. El mundo es más peligroso de lo que crees, Bruce. Intentamos cuidarte las espaldas, ¿de acuerdo?

Bruce miró la tablet con atención. Mostraba sus cuentas bancarias, a las que sólo se podía acceder con su huella digital y un código, otra prueba de la tecnología que Lucius y WayneTech habían estado desarrollando. «Si se registra un acceso sospechoso a tus cuentas, por ejemplo con un código incorrecto», le había dicho Lucius, «saltará la alarma en nuestra red de seguridad y la computadora responsable será desconectada en un segundo.»

Bruce asintió.

—Gracias por esto —dijo—. Me muero de ganas de ver lo que ha estado haciendo tu equipo.

Los ojos castaños de Lucius se iluminaron.

—Los androides centinelas aún no están listos para patrullar por Gotham City, aunque ya implantamos el Armamento Defensivo Avanzado en Metropolis. Ganaremos una fortuna con las ventas.

«Armamento Defensivo Avanzado.» Era una misión que los apasionaba a los dos, a Lucius y a él: tecnología de encriptación que asegurara los bancos de Gotham City, igual que aseguraba las cuentas de Bruce; robots que garantizaran la seguridad en las calles. Tecnología en todos los frentes, para mantenerlos a salvo.

—Eso es bueno. Esta ciudad necesita más seguridad —dijo en voz baja—. Si seguimos así, lo lograremos. No me cabe duda.

Con el rabillo del ojo, Bruce vio en las noticias la imagen del Nightwalker con las manos en alto. Se había suicidado en prisión, un día antes del interrogatorio, cortándose las venas con un rastrillo en el que nadie había reparado durante el registro. La policía no tenía ni idea de qué habían estado haciendo los Nightwalkers en aquel edificio, y ahora, con el único sospechoso muerto, habían perdido un rastro valiosísimo.

Bruce se fijó con detenimiento en la foto policial que aparecía en la pantalla, intentando aceptar que el hombre que había visto con vida hacía dos semanas estaba muerto. Sólo de pensarlo se le revolvió el estómago. O era sumamente leal a su jefe, fuera quien fuera, o le tenía un miedo atroz.

Lucius miró la televisión y asintió.

—Con los Nightwalkers rondando por la calle, mejor que sea pronto.

Se hizo un silencio y el recuerdo de sus padres se impuso en el ambiente, con pesadumbre, antes de que Lucius se levantara. Se colocó junto a Bruce y le puso una mano en el hombro.

—Valor, Bruce —lo animó Lucius, con dulzura.

Bruce recordaba aquella misma expresión cuando visitaba Wayne-Tech con su padre y escuchaba cómo Lucius —que por aquel entonces era un prometedor becario— le hablaba a su padre de una serie de proyectos nuevos en los que estaba trabajando. Le devolvió la sonrisa a su mentor.

—Perdóname por las inconveniencias, Lucius.

Éste volvió a darle una palmadita en el hombro.

—Ya te contaré algún día los líos en los que me metía a tu edad. Se despidió y salió de la sala.

El teléfono de Bruce sonó. Lo miró y vio varios mensajes de Harvey y Dianne.

Harvey: «Oye, cuál es el veredicto oficial?»

Bruce: «¿Tú qué crees? Culpable.»

Harvey: «Lo siento, hermano. ¿Y la sentencia?»

Bruce: «Cinco semanas bajo vigilancia más servicios a la comunidad».

Harvey: «¡Nooooo!»

Dianne: «¡Es casi medio verano! ¡Y además con la graduación y los exámenes tan cerca! ¿Te dijeron dónde los prestaras?».

Bruce: «Aún no».

Harvey no respondió, pero Dianne envió varios emoticones de caras tristes.

«¿Y si nos vemos pronto?», preguntó. «Podemos celebrar que sobreviviste y no te desnucaste. Aún tenemos pendiente la cena de tu cumpleaños.» Pausa. «No va a pasarte nada, ¿de acuerdo?»

Bruce sonrió al leerlo. «Gracias», contestó.

Justo cuando empezaba a preguntarse cuánto tiempo más tendría que permanecer en la sala de espera, entraron dos policías. Con un gesto de la cabeza, uno le indicó que los siguiera.

—Puedes irte —le dijo—. Te llevaremos a casa. Tu tutor legal y la inspectora Draccon se reunirán allí contigo.

—¿La inspectora Draccon? —preguntó Bruce, sin detenerse.

—Está negociando tu sentencia con el señor Pennyworth.

No parecía que el agente tuviera interés en dar mayor información. Bruce se quedó elucubrando sobre la identidad de la inspectora.

Media hora después llegaban a la reja ornamentada y chapada en oro de la Wayne Manor. Vieron las cuatro columnas de la entrada principal y la escalinata de piedra que conducía a las enormes puertas dobles. En cada uno de los extremos del edificio se alzaban dos torres idénticas. Varios faroles, aún sin encender, porque era temprano, flanqueaban el sendero adoquinado que llevaba de la reja a la escalinata.

Bruce se percató de un coche azul estacionado junto a la reja, con el letrero JEFATURA DE POLICÍA DE GOTHAM CITY rotulado visiblemente en las puertas. Junto a la puerta del conductor estaba Alfred y a su lado había una mujer que llevaba una falda clara de seda, que contrastaba con su piel negra, y una gabardina de color canela delicadamente sobre los hombros. Al acercarse la patrulla, se irguió. Alfred hizo señas al coche para que avanzara y la mujer clavó los ojos en Bruce.

—Tuve que esperarlos —le dijo al agente que conducía.

—Perdone, inspectora —se disculpó—. Había bastante tráfico de camino.

—Bruce —dijo Alfred agachándose para mirar del vehículo—, esta es la inspectora Draccon.

La inspectora le tendió una mano por la ventanilla. Bruce se fijó en los sobrios anillos de plata que lucía y en sus uñas pulcramente esmaltadas, de un tono marrón claro.

—Encantada, Bruce Wayne —lo saludó ella—. Me alegra constatar que no condujiste tú —se dio la vuelta.

Por las ventanas del vestíbulo, que estaban abiertas de par en par, entraban el sol y la brisa. Bruce entró por la puerta principal y se dirigió al vestíbulo de techos altos. Una escalera con barandal de hierro forjado acababa, tras un giro, en un balcón que daba al comedor y la sala. En aquel momento, todo parecía sumido en el desorden: los muebles estaban cubiertos por telas blancas, protegidos mientras los operarios daban la última capa de pintura a las paredes, y un tramo de la escalera estaba bloqueado porque había que cambiar parte del barandal, que estaba flojo. Alfred dirigía a dos empleados que llevaban provisiones a la cocina, para la semana.

Podría haber sido una tarde cualquiera, de no ser porque Bruce se vio sentado de repente frente a una inspectora adusta cuyos ojos lo observaban tras unos lentes de pasta roja. Era una mirada inquisitiva.

No había en ella nada fuera de lugar, ni siquiera una arruga en su atuendo. Su pelo negro, pulcramente trenzado hacia atrás, formaba un apretado chongo. Ni un solo rizo se había soltado.

Bruce no sabía a ciencia cierta en qué categoría meterla. Había conocido a poca gente que no intentara ni hacerse la simpática para sacar algo a cambio, ni hacerle la vida imposible por envidia. Pero la inspectora no quería sacarle nada, no lo envidiaba y desde luego no daba la sensación de tener intenciones ocultas. No trataba de disimular lo mucho que le desagradaba Bruce. Pensó en el trabajo de ella, en qué casos habría investigado a lo largo de los años.

Draccon frunció los labios al percatarse del interés con que la miraba Bruce.

—En la comisaría, un agente me contó que aún se acuerda de cuando eras pequeño. Quién podía imaginarse la película que montaste.

—No era una película —protestó él—. Ya me prestan suficiente atención.

—Vaya —respondió ella tranquila, con frialdad—. ¿Conque sí, eh? Pues no se te da muy bien evitarla, me parece. Vaya suerte: tienes una jauría de abogados para zafarte.

—No me voy a zafar —se quejó él.

Alfred le lanzó una mirada de advertencia cuando colocó una tabla de quesos y una bandeja con el té sobre la mesita de centro que los separaba.

La inspectora se inclinó para tomar su taza, cruzó las piernas y le hizo un gesto a Bruce.

—¿Alguna vez has hecho tareas domésticas?

—Antes ayudaba a mi padre en el garaje, y a él y a mi madre con el jardín. Trabajé de voluntario sirviendo sopa, con ellos.

—En otras palabras: no.

Bruce abrió la boca para protestar, pero volvió a cerrarla. No. Era cierto. Alfred supervisaba a doce empleados que se encargaban de la mansión: a cambio de un buen sueldo, debían comportarse con profesionalidad y dejarse ver lo menos posible. En la cocina los platos sucios se esfumaban y en los baños aparecían toallas dobladas y listas para su uso. Bruce recordaba el ruido esporádico de una aspiradora en el vestíbulo, de unas tijeras al podar los setos del jardín. Sin embargo, con una punzada de vergüenza, se dio cuenta de que no conocía ni a uno solo de los empleados de la Wayne Manor.

—Pues en breve tendrás que hacer labores domésticas en serio —prosiguió la inspectora—. Voy a supervisar personalmente los servicios comunitarios que prestes, Bruce. ¿Sabes lo que implica eso?

Él la miró tratando de mostrarse sereno.

—¿Qué?

—Que me encargaré de que nunca más te entren ganas de infringir la ley —sorbió el té con delicadeza.

—¿Y adónde va a mandarme?

Draccon dejó la taza en el plato.

—A Arkham Asylum.

4

—Arkham Asylum —Harvey reflexionaba mientras él y Dianne pasaban una y otra vez ante la isla de la cocina de Bruce—. ¿No es donde encierran a los delincuentes que están dementes? No sabía que un sitio como ese estuviera entre las opciones del servicio comunitario.

Bruce apenas tocaba la comida. Había pedido hamburguesas y malteadas, para no salir a cenar, pero ninguno parecía tener demasiado apetito.

—He oído que entrar en Arkham es como una pesadilla —añadió Dianne, frunciendo el ceño—. ¿En serio que a Draccon le parece bien mandarte allí? ¿Cómo vas a concentrarte? Es época de exámenes.

—Pero ¿tú estudias para los exámenes? —Bruce le sonrió burlón—. Eres la alumna más aplicada que conozco.

—¡Bruce, hablo en serio! ¡Arkham es peligroso! ¿O no? Mi madre me contó que los que cumplen condena allí han cometido los crímenes más atroces en la historia de Gotham City. Siempre hay fugas y peleas...

Harvey refunfuñó. Se pasaba una moneda de veinticinco centavos entre los nudillos, con movimientos fluidos, como si fuera de agua. Con un rápido movimiento de la muñeca, hizo aterrizar sobre la mesa la moneda, que se puso a girar.

—Igual que en el resto del mundo —murmuró, derribando la moneda de un manotazo en cuanto perdió impulso. Salió cara.

Bruce intentó mirar a Harvey sin dejar traslucir su empatía. Se encontraba allí para apoyarlo, desde luego; pero se había refugiado en la mansión de Bruce para evitar a su padre, que había regresado a casa otra vez muy borracho. Cuando Harvey le había recogido el abrigo, que había tirado al suelo, para colgarlo, su padre se había dado la vuelta y le había gritado: «¿Crees que no sé cuidarme solo?» Siempre había algo que lo sacaba de quicio. El golpe en el mentón de Harvey ya se veía amoratado.

—Te quedas a dormir, ¿verdad? —pregunto Bruce, mientras Harvey volvía a pasarse la moneda entre los nudillos.

Se toqueteó el cabello rubio y no levantó la vista.

—Si a Alfred no le importa… —dijo—. Perdona que siempre…

—Deja de disculparte. Quédate todo el tiempo que quieras —Bruce señaló con la barbilla la escalera del salón—. Ya tienes preparado el dormitorio de invitados del ala este. Ten cuidado con los barandales, están flojos. Y en el clóset hay un montón de ropa limpia.

—La ropa me la pago yo —lo cortó Harvey remangándose la sudadera vieja.

Bruce se aclaró la garganta.

—Me refería a que no tendrías que pasar a recoger nada a tu casa. Aquí hay de todo. Si te hace falta algo, pídeselo a Alfred.

—Gracias. Me quedaré sólo esta noche. Mi padre me esperará por la mañana. A esas horas ya estará sobrio.

Dianne intercambió una mirada con Bruce y alargó la mano para apretar el brazo de Harvey.

—No tienes por qué volver por la mañana; nada te obliga —le aseguró con dulzura.

—Es mi padre. Además, si no voy acabaré metiéndome en un problema mayor.

Bruce apretó el puño sobre la mesa. Ya había perdido la cuenta de las veces que había denunciado al padre de Harvey, pero siempre que llegaban los de servicios sociales, el señor Dent daba la impresión de ser un hombre tranquilo y sensato.

—Harvey —volvió a intentarlo Bruce—, si lo denuncias no tendrás que volver. Podrías…

—No voy a traicionarlo —lo interrumpió su amigo. Hizo girar la moneda con tanta fuerza que recorrió la mesa y cayó. Resonó contra el suelo de mosaico.

Bruce reprimió un suspiro.

—Bueno… pero puedes quedarte más, ¿de acuerdo? Si quieres…

—Lo voy a pensar.

Sin embargo, Harvey había empezado a rehuir las preguntas, y Bruce sabía que insistir en el asunto sería ir demasiado lejos. En el otro lado, Dianne lo miraba con fijeza, como queriendo decir «Déjalo». De pronto, el servicio comunitario en Arkham parecía trivial, una minucia, comparado con lo que Harvey debía vivir cada vez que entraba a su casa.

Harvey se agachó, recogió la moneda y la hizo girar de nuevo.

—Oye, ¿la inspectora te dijo por qué te mandaba allí? —preguntó, cambiando de tema.

—No hizo falta —contestó Bruce—. Me parece que escogió un lugar donde yo pueda aprender una lección.

—¿Cuál?

—¿«Nunca ayudes a la policía»? —aventuró.

Harvey suspiró.

—Mejor dicho: «No te metas en el trabajo de la policía». Bruce, no te corresponde salvar al mundo.

—Ya. Ya lo sé —Bruce hizo una mueca, recogió la moneda de Harvey y la observó con atención—. Me gusta ponerme las cosas difíciles. Me moría de ganas de aprovechar el último verano con ustedes.

Dianne le propinó un codazo amistoso.

—¿No ibas a trabajar en verano con Lucius, en los proyectos de seguridad de WayneTech? A lo mejor conocer Arkham por dentro te da algunas ideas.

«Algunas ideas.» Por un instante, Bruce se recreó en aquellas palabras. No le faltaba razón. Llevaba obsesionado con resolver casos desde pequeño, pero leer novelas de misterio y escuchar la frecuencia de la policía en plena noche no era nada comparado con estar en el interior de una prisión. Quizá podía dedicar el tiempo que pasara allí a averiguar cómo funcionaba la justicia, a analizar de cerca el comportamiento de los reclusos y la seguridad. Por lo menos era una forma más positiva de pensar en su condena.

—Intentaré ganarme a Draccon. A lo mejor todo eso no está tan mal.

—Por lo menos podrás alardear de haber visto a los peores delincuentes de la ciudad —lo animó su amiga, mordiendo su hamburguesa—. Piénsalo: ¿cuándo tendrás oportunidad de repetir una experiencia así?

Una vez, en el primer año de la prepa, Bruce había visto un documental sobre el Elizabeth Arkham Asylum. Se trataba de una investigación que en una hora ponía al descubierto los entresijos del sistema penitenciario de todo el país. Arkham, a las afueras de Gotham City y supervisado por el gobierno municipal, había sido destacado por la controversia que provocaba. Si se trataba de una cárcel, las voces críticas exigían que se la llamara como tal; si era un hospital, debía convertirse en un centro de custodia, una institución mental o un centro de rehabilitación. Los manicomios eran reliquias de tiempos oscuros y debían permanecer en el pasado. Bruce sabía de varias peticiones recientes para cambiar el nombre de Arkham y modernizar el edificio.

Sin embargo, mientras Alfred lo llevaba por la carretera desolada que salía de la ciudad y dejaban atrás un bosquecillo, una colina de hierba amarillenta y un tramo de rocas, Bruce no dejaba de considerar Arkham como un lugar que no podía cambiar. O que nunca había cambiado. La larga carretera que conducía a la puerta principal estaba flanqueada de árboles raquíticos, sin hojas, a pesar de que se había adelantado el verano. Algunas viejas señales desaconsejaban recoger a quienes pedían aventón. A lo lejos se divisaba una torre antigua, que formaba parte del centro y que en el pasado había alumbrado a los presos que habían tenido la suerte (o la desgracia) de cruzar los muros de la prisión.

«Vaya manera de pasar un sábado», pensó Bruce, taciturno. Se preguntó cómo sería aquello cuando acabaron de construirlo. No consiguió imaginar ni árboles floridos ni césped verde. Quizás aquel sitio siempre había estado medio muerto.

Arkham dominaba amenazadora la colina. Las rejas parecían salidas de un tiempo muy lejano, altas e imponentes, góticas, y con una placa de hierro donde se leía ARKHAM ASYLUM que destacaba sobre los barrotes oxidados rematados en punta. Flanqueaban la reja dos estatuas idénticas, que los miraban maliciosamente, con los cuerpos huesudos que sobresalían bajo los capotes tallados, el semblante serio y las mejillas hundidas. Una de ellas sostenía una balanza en su puño inmóvil. Bruce era incapaz de decir si representaban la justicia o la muerte. A lo mejor en aquel lugar no había diferencia entre una y otra.

El Arkham Asylum tenía forma de U gigante, una aberración de roca y agujas, con plantas enteras desprovistas de ventanas. Cuatro torres de vigilancia custodiaban el recinto, así como un edificio principal que se alzaba en medio del terreno y cuyo tejado remataba en punta. Otras torres más bordeaban la reja y la puerta principal; incluso desde el coche, Bruce vio a los guardias apostados en las atalayas, con los rifles en posición y los cañones destacados contra el cielo gris.

Mientras avanzaban por la explanada de cemento, Bruce vio a Draccon. Tan impecable como siempre, con las trenzas recogidas en el chongo habitual, los esperaba ante la imponente entrada, acompañada por dos guardias y una mujer baja y robusta que llevaba una blusa negra y sobria.

Bruce respiró hondo. No tenía por qué estar tan nervioso, pero al mirarse las manos sobre el regazo, se dio cuenta de que le temblaban. Las juntó y apretó. Atravesar la reja de Arkham le recordó lo inexpugnable que era el complejo. Fue presa de una desagradable sensación: ahora era un prisionero condenado a reclusión allí. No podía imaginarse cómo habían podido escapar los reclusos en el pasado.

«No será mucho tiempo, cinco semanas pasan volando», trató de convencerse.

—Buena suerte, señor Wayne —le dijo Alfred al parar ante la escalinata de la entrada.

Bruce apartó la vista de las ventanas y miró el retrovisor, donde vio reflejada la mirada conocida de Alfred. Suspiró, le hizo un gesto con la cabeza, abrió la puerta del coche y salió para presentarse a las personas que lo esperaban.

Mientras se aproximaba, la mujer de la blusa negra descruzó los brazos y le tendió una mano. Era más baja que Bruce, pero éste hizo una mueca de dolor al notar la fuerza de su mano. Tenía la piel ligeramente morena y su mirada color avellana era dura como el vidrio. Bruce se fijó en que los guardias que la custodiaban llevaban chalecos antibalas con el rótulo SEGURIDAD.

—Llega pronto —rezongó la mujer. Miró por encima del hombro de Bruce, hacia el coche de Alfred, que estaba dando la vuelta para irse—. Por suerte escogió usted a un niñero que sabe la hora que es.

—Alfred no es mi niñero —repuso Bruce—; es mi tutor.

La mujer se limitó a sonreír.

—Claro. Supongo que no piensa en usted como un niño al que hay que cuidar.

—Bruce, te presento a la doctora Zoe James —intervino Draccon colocándose los lentes y suspirando—. Alcaidesa de Arkham. Tratarás en todo momento con ella.

—La inspectora cree que soy difícil de tratar —James le guiñó un ojo—. Pero esta visita suya será divertida, ¿verdad que sí, Wayne?

—Es que es usted difícil de tratar —replicó Draccon, mirando al cielo con exasperación—. James, no me obligue a arrepentirme.

—Siempre he sido la persona más agradable del mundo.

Sin darle tiempo a responder, James se puso a silbar una cancioncilla y les hizo una seña para que la siguieran. Volteó y miró a Bruce.

—Cada vez que venga deberá firmar en el registro de entrada, o no se le contarán las horas de servicio. Pórtese bien o le complicaremos mucho las cosas.

Se detuvieron ante la puerta principal. Bruce no había reparado en que las dos puertas eran robustas y metálicas, de diseño moderno que contrastaba con el estilo gótico general. James llevó una mano a un panel electrónico que había a un lado y tecleó con ímpetu un largo código. Se oyó un ruido metálico y las dos puertas se abrieron, dando paso a un vestíbulo alumbrado a media luz.

Bruce siguió a Draccon y a la doctora James hasta el mostrador, protegido por una gruesa mampara de vidrio. Las puertas se cerraron tras ellos con un chasquido, atrapándolos en el interior.

Un empleado malhumorado los miró y siguió mascando chicle ruidosamente. Al ver a Bruce, dejó de rumiar por un momento. Esbozó una sonrisa torcida.

—El chico —dijo, entornando los ojos con suspicacia mientras le entregaba una ficha por la ventanilla que había en la base de la mampara. Saludó a James con una inclinación de la cabeza—. Pues en la tele parece más rico.

Bruce no levantó la vista, con la esperanza de que el hombre no se diera cuenta de que se había ruborizado un poco, rellenó la ficha lo más rápido que pudo y se la devolvió al hombre. Draccon y James lo guiaron dentro del complejo, a través de un par de puertas deslizantes con barrotes, flanqueadas por guardias con armas de verdad.

Estaban en las entrañas de Arkham.

Lo primero que le llamó la atención a Bruce fue la escasa iluminación de los pasillos. Una luz fluorescente y gélida se proyectaba contra los suelos de mosaicos y las paredes manchadas, tiñéndolo todo de verde pálido. Tenía la sensación de que los muros iban a acercarse cada vez más y a aplastarlo como a una alimaña. Desde otro pasillo, le llegaron los ecos de unos gritos coléricos y de lo que podía ser tanto una carcajada como un sollozo.

—El lugar está supervisado por la administración del alcalde Price —explicó James a medida que avanzaban—. La estrecha vigilancia a la que someten cada aspecto de esta institución (los guardias, la tecnología, las instalaciones, los empleados) te permitirá hacerte una idea de lo peligrosos que son estos delincuentes para la cuidad.

Una pareja de guardias que avanzaba por el pasillo ni los miró mientras arrastraban a un reo con medio rostro surcado por una cicatriz. Al verlos pasar, el reo reaccionó.

—Vaya, vaya —dijo, estirando el cuello. Con el ceño fruncido, se dirigió a Bruce—: ¿qué hace este delicado pedazo de carne en un sitio como éste?

Y sin que a nadie le diera tiempo de detenerlo, se precipitó hacia Bruce.

Éste adoptó instintivamente una posición de combate. Pero James fue más rápida: agarró al recluso por el brazo derecho, se lo retorció y lo acorraló contra la pared con tal fuerza que sus mejillas enrojecieron.

—Vaya reflejos —le comentó Draccon a Bruce, ligeramente impresionada.

A Bruce el corazón le latía con furia.

—Al menos el gimnasio sirve de algo —consiguió responder él.

—Otra tontería como ésta —le advirtió James al recluso— y te aumentaré la sentencia unos cuantos años. Sé que te encanta pasar tiempo conmigo.

Le sonrió gélida y él gruñó. Volvió a mirar a Bruce y esbozó una sonrisa siniestra.

—Tienes la piel muy tersa y muy fina para estar aquí, niño bonito —le espetó—. Si se te antojan unas cicatrices, ven a visitarme.

Bruce apartó la vista mientras el corazón le martilleaba el pecho. Los guardias se llevaron al reo a rastras por el pasillo. Bruce trató de imaginarse cómo sería el hombre a su edad, como él mismo: un chico sentado ante la puerta principal, en el césped, contemplando junto a su padre las bandadas de murciélagos que invadían la noche. Quizás algunas personas nunca habían sido jóvenes.

James estaba a su lado, observándolo con los brazos cruzados.

—Wayne, ¿en qué piensa?

—Me pregunto en qué momento pasa alguien de ser un niño a convertirse en un asesino.

—Vaya. ¿Le interesa la psicología criminal? —inquirió James—. Pues está en el sitio adecuado. Nuestros reclusos lo harán temblar de pavor. Ese hombre que acaba de ver asesinó a cuatro personas en un café.

Bruce sintió un escalofrío por todo el cuerpo.

—Parecía encantador —murmuró.

—La doctora James lleva diez años ejerciendo de alcaidesa —apuntó Draccon—. Como ve, hace falta un temple de acero para coordinar un centro como Arkham.

Dejaron atrás el pasillo, que de repente se abrió a un pabellón enorme, de techo abovedado y repleto de pisos y más pisos de celdas. Bruce se quedó de piedra al descubrir el verdadero tamaño de Arkham. Era la antesala del infierno.

—¿Qué pasa? —preguntó Draccon, secamente—. ¿Se arrepiente ahora del paseíto en coche?

—Estamos en el ala este, sección femenina —anunció James mientras giraban a la derecha—. Los hombres están en el ala oeste. La enfermería se encuentra en la zona central, entre ambas alas.

«Por eso tiene forma de U», pensó Bruce.

—Hay otro nivel bajo nuestros pies que alberga a los reclusos que reciben tratamiento intensivo. Barrerás y trapearás el suelo del ala este, y también limpiarás los retretes de los guardias. Mañana te ocuparás del nivel inferior. Ajustaremos tu horario a lo que te queda de curso escolar, pero en cuanto empiece el verano espero verte aquí todas las mañanas. A nuestros conserjes no les cuesta nada dejarlo todo reluciente; imagino que un multimillonario no tendrá problemas en hacer lo mismo. Te aconsejo que aprendas rápido.

Bruce miró hacia el interior de una celda. Una reclusa de uniforme naranja que estaba apoyada contra los barrotes, en cuanto lo vio empezó a hacer muecas.

—¡Chicas! —gritó al verlos pasar—. ¡Parece que nos han mejorado los guardias!

Las otras respondieron a gritos, con comentarios vulgares e insinuaciones. Bruce apretó los dientes y fijó la vista en la pared. Había visto a chicos piropear a Dianne, incluso se había peleado con algunos por esa razón. Pero nunca lo había vivido en carne propia. «Bruce, ¿por qué no sonríes un poquito?» Se acordó de los paparazzi, rondándolo como moscas, acribillándolo con preguntas, castigándolo cuando no respondía lo que se esperaba de él. Echó un vistazo a Draccon; a pesar de que deseaba castigarlo, hasta ella parecía compadecerse un poco de él.

Por fin, y por fortuna, llegaron al final de la sección. James los guio por la enfermería. Se cruzaron con empleados que arreglaban las puertas en los pasillos verdes, teñidos de una luz fluorescente y fría.

Bajaron en un elevador al sótano. Estaba oscuro, frío y húmedo. De todas partes emanaba una rancidez permanente. Sobre la puerta colgaba un letrero: ARKHAM ASYLUM. TRATAMIENTO INTENSIVO.

—Aquí abajo tenemos a lo peor de lo peor —le dijo James, volteando—. Si fuera usted, me daría prisa en limpiar esta zona.

Dos hombres estaban reprogramando el panel de seguridad de la puerta. Bruce se fijó en las cámaras de seguridad fijadas al techo a intervalos regulares. En aquella planta inferior, las puertas eran sólidas, de metal, versiones más pequeñas de las deslizantes de la entrada y notablemente más resistentes que las de los pasillos superiores. Cada celda tenía una ventana con un cristal que seguro era antibalas; por ellas, Bruce veía de vez en cuando a un prisionero sentado en una habitación desnuda. Los uniformes que llevaban no eran naranjas, como los de los demás internos, sino blancos, como si así se les agrupara en una variedad especialmente peligrosa.

—James, hay más internos que de costumbre —comentó Draccon.

—Y más delincuencia que de costumbre —repuso la alcaidesa encogiéndose de hombros—. Ayer mismo entraron tres Nightwalkers, los trasladaron desde la cárcel municipal.

Draccon hizo un gesto de frustración.

—Aún no saben qué se traían entre manos aquella noche, ¿verdad? —preguntó James.

—Me temo que no —contestó Draccon.

—¿Los Nightwalkers? —intervino Bruce, agradecido por tener un tema en qué pensar que no fuera su condena—. ¿Cuántos hay en total?

—No se meta en esto, Wayne —lo cortó Draccon—. Dé las gracias que no sea problema suyo.

De una de las celdas al final del pasillo llegaban voces. Cuando ya estaban casi ante ella, James la señaló con la cabeza.

—En esa está uno de esos a los que trasladaron. El Nightwalker más difícil con el que hemos tenido que tratar.

Por la ventana Bruce vio la escena que se desarrollaba dentro. Tres hombres, uno vestido de inspector y otros dos con uniforme policial, se apiñaban en torno a otra persona, a la que interrogaban. Las voces frustradas eran las de los policías.

—Te parece gracioso, ¿verdad? —se oyó gritar a uno de ellos—. Degüellas a un viejo y te quedas mirando cómo se desangra. ¿Cómo accediste a sus cuentas? ¿Qué va a hacer tu banda con esos millones? No contestas, ¿eh? Ahórrate la sonrisita.

—O te la quitaremos nosotros —añadió el otro.

—¿Con quién más estabas? —gruñó el primero. Por su tono, parecía que no era la primera vez que lo preguntaba.

Bruce intentó distinguir la cara del reo, pero pasaron de largo y no le dio tiempo. Los gritos fueron apagándose progresivamente. James esbozó un gesto de hastío.

—Ésa aún no ha hablado.

—Yo misma dicté su orden de traslado —comentó Draccon, mirando a Bruce con frialdad—. No se preocupe. Siempre acaban confesando.

Al salir del pabellón aún se oían los ecos iracundos del interrogatorio. En la mente de Bruce empezó a formarse una pregunta: ¿qué intentaban sonsacarle los policías a la interna? Pronto bajaría a menudo allí; vería repetirse la escena una y otra vez. Quizás en la siguiente ocasión habrían conseguido que confesara.

Y quizá Bruce podría ver, fugazmente, de quién se trataba. Quién era ella.

5

—¿Qué pasa, guapo? ¿Nunca te habías ensuciado las manos?

Arkham, primer día. Mientras limpiaba los barrotes, las reclusas acribillaban a Bruce con miradas maliciosas. Sus sonrisas lo apuntaban directamente y el eco de sus bromas resonaba por los pasillos. Se oía el golpeteo de cepillos de dientes y botas contra las rejas.

Su aspecto contrastaba totalmente con el que lucía en la fiesta de su cumpleaños, con aquel traje hecho a la medida y el Aston Martin personalizado. Vestía un overol azul y en las manos unos guantes amarillos, de limpieza.

«No les hagas ni caso. Concéntrate y ya», se repetía Bruce a medida que avanzaba por el pasillo. Querían verle la cara, sacarlo de sus casillas.

—Chicas, un multimillonario está limpiando nuestro mugrero.

Más piropos e insinuaciones.

—¡Vaya! El dinero ya no vale como antes, ¿eh?

—Pero qué lindo es, ¿verdad?

—Iría a la cárcel sólo por ese cuerpecito. Vamos, Bruce Wayne, sonríe un poco.

—Oye, oye… Si te quitas la camiseta y limpias el suelo con ella te dejamos de molestar.

El pasillo se llenó de risitas.

Continuaron así durante todo el día, pasillo tras pasillo, hasta que todas esas risas se convirtieron en un único sonido de fondo. Bruce agachaba la cabeza. James pasó a supervisarlo tres veces, y aunque en ningún momento le dirigió más que una mirada fugaz y un gesto con la nariz, él extrañaba su presencia. En cuanto aparecía las reclusas se callaban y tras su partida se pasaban unos minutos sin molestarlo, concediéndole un indulto momentáneo.

Al acabar la jornada, James se presentó ante él.

—Wayne, ya vete —le indicó que la siguiera por el pasillo—. Estás agotado, no haces más que esparcir la porquería por el suelo.

No era compasión, aunque Bruce decidió que se le parecía un poco. Casi no recordaba haber firmado para irse. No recordaba haber subido al coche de Alfred. Sólo sabía que se había hundido en el cálido asiento de cuero y que había despertado en su cama a la mañana siguiente.

—¿Qué tal te fue? —le preguntó Dianne al día siguiente, cuando iban a clase de Literatura Inglesa.

Bruce intentaba ignorar los cuchicheos y las miradas que le lanzaban sus compañeros por el pasillo. Oía que susurraban su nombre y divulgaban rumores sobre su accidente. «Borracho. Demente. Perdió el control.» La luz que se filtraba por las ventanas alargaba las sombras de todos, convirtiéndolas en tiras negras, y confería al instituto el aspecto de una cárcel. Bruce suspiró y se obligó a mirar al frente. El día anterior le parecía ahora eterno, y tendría que volver a la cárcel de verdad muchas más veces, durante semanas.

—Podía haber sido peor —contestó, y siguió explicando los pormenores mientras entraban en el salón y se sentaban.

Dianne le dirigió un gesto compasivo con la cabeza.

—Uf. Suena horrible. ¿Y te quedan cinco semanas más?

—No está tan mal. Muchos piropos y frases subidas de tono, sólo eso —le envió un mensaje con los más memorables, para no decirlos en voz alta.

Dianne puso cara de asco.

—Vaya. Sé lo que se siente. Y no es nada agradable, Bruce.

—Lo siento, Di. No te preocupes, de verdad. Cuando menos lo espere, se habrá acabado.

Dianne le puso una mano en el brazo.

—Sobrevivirás. Dentro de unas semanas terminaremos la prepa, y... —calló mientras sonaba el timbre. Y en voz más baja, añadió—: Y antes de que te des cuenta, todo habrá acabado.

Sus palabras lo reconfortaron un poco. Respiró hondo y trató de creérselas.

—Antes de que me dé cuenta —repitió Bruce.

Tras las burlas del día anterior, el sótano de Arkham le pareció tan silencioso cuando llegó, después de clase, que se le antojó siniestro.

Ante aquel silencio, se le erizó el vello de la nuca. Si no conociera la verdad, habría jurado que aquel pabellón lo habían sacado de una película de terror. La luz verdosa y pálida, las paredes desnudas, el eco apagado de sus botas... Si existían los fantasmas, seguro que vivían allí, susurrando al aire.

Al enfilar el pasillo, aguzó el oído para escuchar las voces de los policías de la última celda. A lo mejor habían vuelto a interrogar a la reclusa.

Bruce había llegado a la altura de la primera celda, cuando se oyó un golpe tremendo procedente del interior. Al retroceder instintivamente, vio a un interno que lo miraba tras el cristal.

—Vaya, vaya, vaya. Pero si es el chico nuevo... Tienes bastante carne que cortar en pedacitos —dijo casi escupiendo las palabras.

Entretanto, el resto del pasillo fue cobrando vida, hasta que se oyeron otros gritos. Bruce apartó la mirada, concentrándose en el tramo de suelo que tenía delante.

—¿Qué pasa, chico? —preguntó el recluso—. ¿Cómo acabaste aquí, limpiándonos la m...? ¡Oye! ¡Oye! ¿Adónde crees que vas?

—golpeó el cristal con furia cuando Bruce se apartó—. ¿Sabes cómo me gané mi sitio en este lugar? Me gusta cortar a la gente en pedacitos. Y lo hago de maravilla —imitando a un carnicero, se pasó una mano por el cuello y por los brazos.

Bruce se alejó con rapidez, intentando olvidar la aterradora voz de aquel hombre.

En la siguiente celda no encontró nada mejor: estaba ocupada por un reo gigantesco que parecía más grande aún por el overol que llevaba. Cada centímetro de su piel aceitunada que quedaba al descubierto se hallaba cubierto de tatuajes, incluida la cara. Soltó una carcajada cuando Bruce pasó ante él, y no le quitó la vista de encima hasta que salió por completo de su campo visual. Golpeó la puerta con su hombro inmenso, que se estremeció entera en el marco.

El tercero al que vio era alto y demacrado hasta lo indecible, con los dedos largos y las uñas rotas, sus venas azuladas contrastaban con su piel. Bruce lo reconoció de haberlo visto en las noticias: era un asesino en serie, condenado por al menos dos docenas de homicidios macabros y truculentos. El cuarto recluso era calvo, de cuello ancho, con los ojos de un tono pálido, casi transparentes, como el agua. Caminaba de un extremo a otro de la celda, hasta que los pies se topaban con las paredes.

Eran los asesinos que habían hecho temblar Gotham City mientras estaban en libertad, los que habían acaparado las noticias. Lo único que los separaba de Bruce era una fina capa de vidrio y metal.

Llegó por fin al extremo del pasillo. Con paso lento, se acercó a la última celda, donde los policías habían interrogado a la interna, a gritos y con voces frustradas. Seguía pensando en los prisioneros que acababa de ver, en sus sonrisas aviesas y en sus miradas, en sus crímenes horribles. Si estaban encerrados en aquel centro por ello, ¿qué había allí, que había acaparado toda la atención de la policía? ¿Quién ocupaba la última celda?

La ventana en la puerta de la celda medía como medio cuerpo de Bruce, suficiente para abarcar con la vista casi toda la celda. Era austera, como las otras, vacía salvo por un camastro y un retrete y un lavabo, que estaban a un lado. Se fijó en la solitaria figura que había dentro, recostada en un rincón con las piernas estiradas y una camisa de manga larga.

Era la mujer. No, la mujer no: la chica.

Parecía justo de la misma edad que él, ni un día más. Estaba sentada lánguidamente con la cabeza apoyada contra la pared, el rostro inexpresivo, como de muñeca; la mirada perdida, fija en ninguna parte. Los ojos eran oscuros, muy oscuros. Tenía el pelo largo y liso, tan negro que despedía destellos azulados, y la piel se veía tan pálida bajo la luz que parecía como cubierta de harina. La boca era pequeña y rosácea, la cara tenía forma de corazón y el cuello era largo y fino.

Parpadeó, asombrado. ¿La policía había estado interrogando a aquella interna? Bruce no sabía qué esperaba, pero desde luego la chica no tenía nada que ver con cómo se la había imaginado él. Le pareció una compañera de su clase, demasiado joven para estar en un sitio como Arkham. A diferencia de los demás ocupantes del centro, era tranquila como la muerte y nada en ella sugería un trasfondo criminal. En aquella fortaleza de violentos y deficientes, parecía por completo fuera de lugar.

Y a pesar de todo… algo en su mirada no cuadraba. Algo que lo estremeció.

Los ojos delicados de la chica se agitaron. Lo miró sin mover la cabeza.

Bruce se asustó y se apartó del cristal. «Los ojos.» No es que parecieran oscuros; algo más anidaba en aquellas profundidades, algo que merodeaba y acechaba, que calculaba. Eran ventanas a una mente inteligente, que en ese momento estaban analizando a Bruce. Tenía la inquietante sensación de que ella estaba reteniendo cuanto podía de él, de que era capaz de leerle los pensamientos.

Cuando Bruce le miró las manos, se dio cuenta de que la chica había doblado una servilleta en forma de una intrincada flor. En cuanto la accionaba, la flor se convertía en un escorpión. Una y otra vez. Quiso pensar que era imposible elaborar una figura tan compleja con una servilleta. Le recordó la manera como su madre doblaba las cartas, antes de mandarlas, repasando los pliegues con la uña para que los bordes quedaran perfectamente alineados.

Se miraron un rato más. Bruce salió de su campo visual y respiró hondo. La cabeza le daba vueltas.

Quizás el personal había trasladado al ocupante original y metido a la chica en aquella celda de modo provisional. Aquello tenía más sentido. Bruce frunció el ceño y retomó su tarea. ¿Qué habría hecho para acabar en la sección de tratamiento intensivo de la institución penitenciaria más famosa de Gotham City? Parecía tan… apacible. Tan atenta. Inocente, incluso.

Pensó en su propio esquema de categorías. ¿En cuál encajaba?

Cuando ya no pudo postergar más su estancia, recogió sus cosas y se dispuso a encaminarse a la salida. Echó una última mirada a la celda. Esperaba encontrar a la chica con los ojos aún fijos en él, oscuros y vacíos, calándolo hasta la médula.

Pero de nuevo ella tenía la mirada perdida. No se movió. La figura de origami ahora había cobrado otra vez la forma de una flor. Bruce reflexionó por un segundo y, negando con la cabeza, franqueó la salida. Quizás ella no había ni reparado en él. Tal vez todo era producto de su imaginación.

6

Bruce seguía pensando en la chica al final de la tarde, cuando salió por las puertas de Arkham y se dirigió hacia el coche de Alfred.

—¿Qué tal hoy? —preguntó su tutor.

Bruce lo miró con dureza por el retrovisor

—Una fiesta —contestó—. Voy a recomendárselo a todo el mundo. Alfred frunció el ceño.

—¿De quién ha heredado ese sarcasmo, señor Wayne?

—No lo sé —Bruce se inclinó hacia delante y apoyó un brazo en el asiento de Alfred—. Puede que de ti.

—¿De mí? ¿El sarcasmo? —Alfred arrugó la nariz y un amago de sonrisa afloró en su rostro—. Como si yo fuera británico…

A pesar de la larga jornada, ante aquella réplica Bruce no pudo evitar sonreír. Contempló la fronda sin vida de los árboles, que se desdibujaba tras el cristal. La cara de la chica le volvió a la mente mucho rato, y dejando que sus ideas vagaran suficiente tiempo, acabó viendo sus ojos, que negros como la noche lo observaban a intervalos regulares tras los troncos.

Minutos después, el coche se detenía ante el gimnasio donde Bruce pasaba la mayoría de las tardes. Respiró hondo al bajar del coche, abrió la puerta del gimnasio y entró. Necesitaba una buena sesión de ejercicio para despejarse, para quitarse de la cabeza a la chica.

El gimnasio era un club exclusivo donde el entrenador, Edward Chang —medallista olímpico que había ganado el oro en boxeo y en lucha libre—, entrenaba a los alumnos según sus necesidades personales. Bruce echó una amplia ojeada al amplio espacio cerrado hasta el techo, que se elevaba hasta la altura de un segundo piso. En el suelo había esparcidas colchonetas azules, en varias formas, y un ring octagonal se alzaba en el centro, donde el entrenador y los estudiantes combatían. Había numerosas zonas con pesas y cuerdas, sacos y guantes de boxeo y un muro de escalada. En un lateral, incluso, había una alberca de ocho carriles.

Entró en el vestidor y se cambió con premura. Se envolvió las manos en gasas blancas y las espolvoreó. Sacó de su casillero unos gogles de aviador y se los puso.

Las instalaciones eran impresionantes, pero lo que encarecía tanto el precio de aquel gimnasio era la tecnología de aquellos gogles. Con ellos puestos, Bruce veía letreros —COLCHONETAS, RING, ALBERCA— superpuestos en cada zona del recinto. Un panel central mostraba una serie giratoria de paisajes que podía escoger para entrenar.

Los hizo avanzar hasta encontrar su preferido. Alargó el brazo, seleccionó la opción y el mundo quedó sumido en la oscuridad.

Con un destello, cobró forma. Se vio de pie sobre una torre que atravesaba un lecho de nubes, contemplando un mar de rascacielos centelleantes conectados entre sí mediante cables, de manera que podía correr de uno a otro. En el exterior de cada uno, una escalera descendía en espiral. Sobre su cabeza se extendía un cielo nocturno y virtual. Al bajar la vista, la altura parecía tan real que sintió vértigo.

Los rascacielos y los obstáculos correspondían por completo con los elementos del gimnasio —las colchonetas, el ring octagonal y lo demás—; las escaleras eran colchonetas dispuestas en círculos unas sobre otras. Podía seleccionar además un desafío concreto: si quería correr entre los rascacielos y subir y bajar los escalones, estos se iluminaban de un blanco brillante, para distinguirlos con mayor facilidad. Si quería escalar las fachadas de los edificios, lo que se iluminaba eran los lugares donde apoyar los pies, que se ajustaban al muro de escalada.

Bruce seleccionó la opción que destacaba el cableado y las escaleras, que se volvieron blancos, sobresaltaban contra la puesta de sol. Estiró con tranquilidad, preparándose para borrar de su mente los pasillos de Arkham. Se quedó mirando la fachada borrosa del rascacielos. Saltó.

Aterrizó en un cable que se extendía entre él y el edificio más cercano. Al instante, comenzó a recorrerlo, con firme equilibrio y pasos certeros, gracias a años de práctica. Al llegar al final, dio un salto y se agarró al barandal de las escaleras. En realidad, a lo que estaba agarrado eran las barras suspendidas sobre un grupo de colchonetas. Sus manos envueltas en gasa desprendían una nubecilla de polvo blanco. Se impulsó de un golpe, tensando los músculos del brazo y la espalda, y rodó hasta las escaleras para seguir corriendo. Subía, saltaba, se aferraba a otro cable. Conforme pasaban los minutos, el calentamiento logró relajarlo y pudo concentrarse y hacer caso omiso de todo lo que no fueran los latidos regulares de su corazón.

—¡Bruce!

Detuvo la simulación, se quitó las gafas y vio al entrenador Chang, que salía de la oficina del fondo y lo saludaba. Sonrió.

—Hola, entrenador.

Ante el saludo, Chang asintió. Llevaba el pelo rapado a ambos lados del cráneo y el centro peinado hacia arriba en cresta. Cuando cruzó los brazos se le marcaron los músculos. Tenía cicatrices en las orejas que delataban su pasado como luchador.

—Muy bien esas carreras.

Cuando Bruce iba a responder, tras el entrenador apareció una segunda figura que lo seguía. Era Richard, que le dirigió una sonrisa forzada.

—Hola, Bruce —saludó mientras flexionaba las muñecas.

—Richard me contó que la noche que suele venir no estará en Gotham —explicó Chang—. Espero que no te importe que haya venido hoy. Pueden entrenar en pareja, como antes.

«Como antes.» Hacía años que Richard y él habían luchado como amigos. «Adiós al entrenamiento tranquilo.»

Richard asintió.

—Como en los viejos tiempos —Bruce advirtió un leve dejo de histrionismo, de sarcasmo, en Richard.

El entrenador parecía haber olvidado la tensión que existía entre ellos. Dejó en el suelo un montón de equipo. Revisó su celular.

—Calienten un poco, suéltense un poco. Enseguida empezaremos con la rutina.

Se llevó el teléfono a la oreja y se alejó, dejándolos solos.

Se colocaron sobre una colchoneta de lucha y Richard comenzó a moverse en círculos en torno a Bruce.

—Oí que te fuiste de tu fiesta antes de tiempo —comentó Richard—. ¿Tanto te molesté?

—Quería despejarme.

Bruce buscó una salida sin apartar los ojos de Richard, que soltó una carcajada sin rastro de humor.

—Cómo no. ¿Crees que no me doy cuenta cuando mientes?

Bruce abrió y cerró las manos, estirándose. Recordaba cómo rodeaba a Richard en aquel mismo lugar, cuando eran niños, la forma en que reían y se desafiaban mutuamente. ¡Qué distinto parecía entonces!

—Si me lo hubieras dicho hace unos años, te habría creído —repuso.

—No fue culpa mía que dejáramos de vernos.

—Entonces ¿por qué fue? —refunfuñó Bruce—. ¿Por algo que hice?

A Richard se le ensombreció el rostro.

—Creo que a alguien le creció demasiado la cabeza, pero el cerebro se le quedó pequeño.

Bruce sentía crecer la ira en su interior.

—¿Por? ¿Porque ya no te dejaba ganar siempre? ¿Porque ya no podías utilizarme?

—No te des tantos aires.

«O sea que fue por eso», pensó Bruce, con resignación. Richard quería pelea, se moría por luchar. Entornó los ojos cuando Richard adoptó una postura defensiva. Se ajustó los gogles. Los dos conectaron el mismo canal y el ring se transformó en un helipuerto en lo alto de un rascacielos.

Richard avanzó para descargar un puñetazo sobre la cabeza de Bruce, quien elevó los hombros instintivamente. Paró el golpe con el brazo derecho y al instante contraatacó. Comenzó a rodear al rival, sin lanzarse, esperando una nueva descarga. «Primero, defiéndete.»

Otra embestida, otra serie de ataques. Bruce siempre había sido más ágil. Esquivó a Richard, pero se notaba que éste había practicado. No era el único que había experimentado cambios, desde luego. Uno, dos golpes. Richard esquivó como pudo el segundo ataque de Bruce.

La cara de su contrincante mostraba sorpresa. Brincó hacia adelante y empujó a Bruce con tanta fuerza que retrocedió, tambaleándose. «Una técnica ilegal.» Antes de que Bruce recobrara el equilibrio, Richard le propinó una violenta patada en la rodilla. El dolor se apoderó de él. Apretó la mandíbula y trató de reprimir un grito, pero aun así la pierna cedió y casi acabó cayendo. Se sobrepuso en el último segundo, tambaleándose.

Bruce entornó los ojos. El pelo castaño le caía sobre la frente. Aquel movimiento no se lo había enseñado el entrenador.

Se sucedieron unos golpes más rápidos. Richard tenía ventaja sobre Bruce, por su peso y su estatura, pero también era más lento y sin duda estaba cansándose. Bruce le descargó dos golpes veloces y seguidos en un costado. El joven se retorció con un gruñido sordo.

Richard aprovechó que lo tenía cerca, le agarró la muñeca y le retorció el brazo, valiéndose de su peso para poner a Bruce contra las cuerdas. Lo hizo tambalearse, pero no lo agarró por sorpresa.

Bruce aprovechó el impulso para esquivarlo y le descargó un certero puñetazo en el vientre.

Richard se dobló y levantó una mano: una señal silenciosa de que quería parar. Bruce vaciló, respirando aceleradamente, mientras el dolor le recorría el cuerpo en oleadas. Bajó los puños.

En ese preciso instante, Richard atacó. Le dio un gancho en la barbilla. A Bruce se le nubló la vista.

Lo siguiente que supo fue que estaba en el suelo del ring, sin gogles y contemplando el rostro preocupado del entrenador, que le ayudaba a levantarse. ¿Cuándo había salido de la oficina?

Chang frunció el ceño y les indicó por señas que abandonaran el ring.

—¡Basta ya! Los dos —los fulminó con la mirada—. Antes peleaban con sensatez. Ahora no puedo dejarlos ni dos minutos sin que intenten matarse.

Bruce esbozó un gesto de dolor y se llevó la mano al mentón hinchado, mientras el entrenador iba por una bolsa de hielo.

—Si no haces trampa ya no puedes ganar, ¿eh? —le dijo Bruce a Richard, mirándolo.

—Pobre Bruce Wayne. Nadie es justo contigo.

Richard le devolvió una mirada fría y dio media vuelta. En cierto modo, eso le dolió a Bruce más que los puñetazos.

—En el mundo real no hay trampas, ¿sabes? La vida es como es.

7

—Pero ¿qué le pasó? —le preguntó Draccon a Bruce cuando lo vio el fin de semana en el comedor de Arkham, mirando fijamente el moretón que teñía su mandíbula.

El no contestó y se limito a tomar asiento frente a ella y colocar su bandeja en la mesa. La semana se le había pasado confusa gracias a los exámenes, los anuarios de fin de curso y los preparativos de la graduación. Bruce agradecía todas aquellas distracciones, muy bienvenidas tras el combate con Richard. Incluso lo aliviaba pasar un sábado en Arkham.

—Mientras se cura es cuando peor aspecto tiene —respondió al fin—. Me recuperaré.

Draccon dio por finalizado su interrogatorio, para alivio de Bruce. En lugar de agobiarlo con preguntas, se frotó las sienes y se concentró en la comida.

—Espero que las horas que pasas aquí sigan resultándote deprimentes.

—Casi tanto como a usted —contestó él.

—¿En serio? —la mujer soltó una risita—. Lo tienes difícil entonces.

Bruce la observó. Llevaba las uñas impolutas, esmaltadas con aquel marrón claro que armonizaba con el tono de piel de sus manos.

Comía con atención, observó, casi tanta como la que ponía en su apariencia: con la servilleta doblada en un cuadrado junto al plato, los bordes perfectamente paralelos a la mesa. No era de extrañar que se hubiera hecho inspectora, dada la atención que prestaba a los detalles. A su pesar, a Bruce le gustaba contar con su presencia. Al menos no estaba interesada en tonterías y tampoco tenía afán de provocarlo. De hecho, si Bruce no se hubiera acercado, ella seguramente lo habría evitado durante todo el verano, mientras prestara servicio en Arkham.

Bruce volvió a pensar en la chica del sótano. Había pasado de nuevo varias veces por el pasillo, desde que sus miradas se cruzaron, aunque su celda estaba siempre ocupada por inspectores y policías, incluida Draccon, que se notaba frustrada en las sesiones, pues se masajeaba el cuello mientras la joven guardaba silencio.

Bruce no podía evitar maravillarse con la terquedad de la joven. Ni siquiera miraba a sus interrogadores; se limitaba a fijar la vista al frente, como si no fuera consciente de su presencia. Cada vez tenía una servilleta doblada en formas distintas: un cisne, un barco, una estrella. Él merodeaba por allí con frecuencia, esperando que con un movimiento de muñeca transformara el papel en algo distinto. Algo más peligroso.

Draccon lo sorprendió mientras él la observaba con atención.

—Wayne, ¿qué quieres? —le preguntó—. Es como si tuvieras una pregunta en la punta de la lengua.

—La semana pasada la vi a usted y a su equipo en el sótano, dos veces —contestó—. ¿Qué pasa con la chica de la última celda?

Draccon arqueó una de sus cejas perfectas.

—¿Tan aburrido es este sitio que tienes que meterte donde no te llaman?

—Me lo preguntaba, nada más —añadió Bruce mientras removía el puré de papas, para ablandarlo—. Es difícil pasar por alto el espectáculo.

Draccon dejó el tenedor y volvió a acariciarse la frente. Por el motivo que fuera, pensó Bruce, aquellas sesiones le amargaban la existencia.

—Esa chica… Está donde está por una razón, créeme, pero lo que hablemos con ella no es en absoluto de tu incumbencia.

Bruce bajó la vista a su comida y, escogiendo con cuidado las palabras, aventuró:

—No me pareció una conversación, inspectora.

—¿Cómo dices?

Bruce cortó un trozo de filete fingiendo indiferencia.

—Con el debido respeto, no he visto más que a usted y a otros agentes haciéndole preguntas. Ella ni siquiera parece responderles.

Por la expresión de Draccon, Bruce adivinó la respuesta: la chica jamás contestaba las preguntas de nadie. Probablemente se quedaba mirando al vacío durante los interrogatorios, como si estuviera sola en la celda, haciendo sus figuritas de origami. A Bruce le sorprendía que en un momento de frustración no tiraran al suelo sus creaciones.

Draccon maldijo en voz casi imperceptible.

—Los Nightwalkers nos proporcionan un sinnúmero de casos de que ocuparnos.

Los Nightwalkers. Bruce se inclinó hacia ella.

—¿Qué pretenden?

La inspectora se encogió de hombros.

—Ya conoces su símbolo, ¿verdad? Una moneda envuelta en llamas, pintada por lo general en una pared. Forman una extensa red de ladrones y asesinos. Persiguen a los ricos; hablamos de cientos de millones de dólares. Y con ese dinero financian sus operaciones.

—¿Operaciones?

—Por ahora se han dedicado a asesinar, a bombardear fábricas. A sembrar el terror en la ciudad. Se ven a sí mismos como unos Robin Hood sui géneris, y les gusta pensar en sus estrategias como si robaran a los ricos para dárselo a los pobres… aunque lo único que les han dado a los pobres es más peligro a la hora de vivir en Gotham.

—Robar a los ricos para dárselo a los pobres —Bruce no pudo evitar reír ante la idea. Draccon lo miró.

—¿Qué pasa?

—Que... —vaciló—. Bueno, la gente suele olvidarse de la segunda parte de la frase.

Draccon se bajó los lentes y lo miró por encima del armazón rojo.

—Qué filosófico —comentó, casi divertida. Hizo un gesto con la mano—. Gracias por preguntar, Wayne —le dijo levantándose y recogiendo el abrigo del respaldo de la silla—. Pero aquí estás cumpliendo servicios comunitarios, no tareas de investigación. Esforcémonos para sacarte de esta telaraña, no para enredarte más en ella.

Cuando Bruce bajó al sótano después del almuerzo, una de las lámparas del pasillo parpadeaba trémula. Iluminaba las paredes con un resplandor tembloroso, transformando el corredor en algo irreal, que podía desaparecer si cerraba los ojos. Dos de las celdas estaban vacías; varios de los internos dormían. A algunos no los reconoció. No solían quedarse allí abajo mucho tiempo. Pensó que quizá ya habían trasladado a la chica y esa idea, extrañamente, lo decepcionó.

Se acercó al final del pasillo, donde se hallaba su celda, salpicada por la luz intermitente. Aminoró el paso. Allí seguía, y esa vez sola.

«Está donde está por una razón.»

Pero era tan, tan joven... Décadas más joven que cualquiera de los demás presos. Bruce frunció el ceño observándola, ansioso de captar algo, lo que fuera, un berrinche, un insulto que le diera una pista de por qué a todos les resultaba tan amenazadora como para tenerla allí encerrada. Miró el origami que estaba haciendo con la servilleta. Parecía un león sin acabar. Se preguntó en qué lo transformaría una vez terminado.

Estaba contemplándola cuando ella alzó la vista hacia la puerta. Hacia él.

Sus ojos volvieron a agarrarlo por sorpresa, pero esta vez Bruce se obligó a aguantarle la mirada. Se acercó a la ventanilla y se quedó parado delante.

Ella lo observó largo rato. Era evidente que no iba a hablar, se dijo Bruce. Se había pasado allí semanas enteras, como mínimo, incluso meses, sin decir una sola palabra. ¿Cuánto tiempo más podría empeñarse Draccon en querer sacarle algo? Además, ¿qué quería que les dijera? Si tan sólo…

—Eres Bruce Wayne.

Bruce se quedó petrificado.

¿Acababa de oírla hablar? ¿Hablar? No sólo eso: lo había reconocido. El sonido de su voz lo sorprendió tanto que, por un instante, fue incapaz de moverse. Su tono era suave y sus palabras eran cristalinas. Agradables. Incluso relajantes.

—Así es —contestó al final. ¿Podía oírlo ella?

Se produjo otra pausa, pero la chica no apartó la mirada, sino que siguió observándolo con calma, en silencio, sin casi pestañear, los ojos como pozos oscuros sobre mármol blanco. Al fin, separó los labios, abriendo un espacio fino como un cabello.

—No eres como la gente normal.

«Que no deje de hablar.»

—Podría decir lo mismo de ti —consiguió articular él.

Ella dejó a un lado la servilleta con forma de león.

—¿Quién tiene el valor de pegarle a un millonario?

Bruce parpadeó y se tocó instintivamente el moretón.

—No es nada —murmuró.

La chica apretó los labios.

—Mmm… Apuesto a que fue alguien cercano, alguien que te conoce bien —ladeó la cabeza y el pelo le cayó sobre los hombros como una cascada de oscuridad. Sus movimientos le recordaban a una bailarina, era toda gracia y delicadeza, como si fuera consciente de que él observaba cada uno de sus gestos—. Todo el mundo tiene enemigos; pero mira tus ojos: tan entrecerrados, tan frustrados… Quienquiera que te lo hiciera no se te va de la cabeza.

Bruce no dijo nada. La manera que tenía de estudiarlo lo ponía nervioso; desgranaba el acertijo que era él en piezas cada vez más pequeñas.

Con su silencio, hubo un destello en la mirada de la chica.

—Estás molesto, muy molesto. ¿Verdad? Te gusta comprender el porqué de las cosas, resolver los misterios y clasificarlos en cajones ordenados. Pero el que tienes delante se te escapa.

La cabeza le daba vueltas, intentaba meterla en una categoría. La joven suspiró.

—Ya veo cuál es tu problema.

—¿Y bien? —preguntó Bruce, que había recobrado el habla.

—Te aferras a las cosas. Pobre corazón herido, siempre ansioso de conceder una segunda oportunidad —lo escrutaba de un modo que le llegaba a las entrañas—. No lo hagas.

—¿Qué?

—Reprimirte, claro.

Bruce frunció el entrecejo, hipnotizado por aquellas extrañas palabras. «No te reprimas.» En apenas treinta segundos, aquella chica lo había penetrado por completo. ¿Cómo lo sabía? ¿Cómo es que hablaba de manera que parecía oír cada uno de sus pensamientos?

—¿Quién eres? —preguntó Bruce.

—Soy Madeleine.

«Madeleine.»

Tenía la certeza casi absoluta de que en el último minuto la había oído hablar más que nadie en el mundo. Esperó, creyendo que querría añadir algo, pero ella se limitó a llevarse las manos a la nuca y arquear la espalda, estirándose lánguidamente hasta que dejó ver, bajo la ropa, el hueco entre las costillas y la panza. Se quedó quieta y cruzó las piernas.

—¿Por qué estás aquí? —preguntó él, con la esperanza de una respuesta. La razón que la había llevado a hablar, aun si había sido ínfima, había desaparecido; se había esfumado tan deprisa que Bruce se preguntó si no se lo habría imaginado todo.

Se inclinó un poco, por si acaso, pero cuando ella siguió en silencio, se dio la vuelta y la dejó en paz, mientras el espectro de sus palabras revoloteaba en su cabeza y le planteaba más preguntas que respuestas.

8

La graduación.

Los birretes volaban por el aire y los gritos de entusiasmo se alzaban entre la multitud de estudiantes sentados en el amplio césped del instituto.

Bruce estaba de pie, junto a Alfred y Lucius, sonriendo mientras lo felicitaban, respondiendo con los gestos oportunos: apretones de manos, abrazos e intentos por quitarse del cuello el montón de guirnaldas y medallas que Alfred se empeñaba en ponerle. Llevaba mucho esperando terminar la preparatoria, contando los días junto a Dianne y Harvey.

Se suponía que aquel era el momento más importante de su vida.

Pero su mente erraba distraída mientras miraba el patio. Las palabras de Madeleine seguían resonando en su cabeza.

«No eres como la gente normal.»

Incluso entonces, mientras se graduaba, le parecía estar oyendo con claridad la voz de ella, como si la tuviera delante, encerrada tras el cristal. Sabía quién era, había estado observándolo desde que él empezó a fijarse en ella. ¿Por qué se había tomado la molestia?

—Bruce.

Se esforzó por prestar atención a Lucius, que estaba hablándole.

—Mejor planearlo con antelación, ¿de acuerdo? —le dio una palmadita en el hombro—. Será una exhibición en toda regla de los androides con los que estamos trabajando. La Wayne Foundation va a organizar una gala benéfica de proporciones astronómicas sólo para mostrarlos en acción —se jaló las solapas del saco—. Hay gente importante entre los invitados: el gobierno municipal, los funcionarios de Metropolis, los Luthor… A todos les interesa lo que fabricamos, Bruce —Lucius saludó a un hombre que estaba a la distancia, rodeado por varios agentes de policía— y también al alcalde.

Bruce se puso tenso. Si el alcalde se presentaba, seguro Richard también lo haría.

Dianne y Harvey se acercaron, ambos con sus collares y medallas al cuello. Dianne se percató de la mirada de Bruce, se quitó una de las medallas y se la colocó.

—Bruce, son para ponérselas —le dijo sonriendo—. ¿Ves? Sigue el ejemplo de Harvey.

—Hola, señor —saludó Harvey a Alfred con un formal apretón de manos que hizo tintinear las medallas que llevaba. Parecía incómodo entre todos los familiares que habían asistido, salvo su padre. Bruce se acercó, protector, a su amigo—. Tanto usted como Lucius estarán muy orgullosos de Bruce.

—Igual que de usted —sonrió Alfred, guiñándole un ojo—. Enhorabuena, señor Dent.

Dianne tomó a Harvey del brazo y trató de llevárselo. Tras ella, una multitud de familiares vitoreaba con entusiasmo. Le hicieron gestos.

—Harvey, Bruce, vengan… Mi familia se muere por verlos.

Harvey protestó, pero su amiga seguía jalándolo. En cuanto se acercó, la familia de Dianne lo cubrió de elogios y lo aprisionó con abrazos. Se ruborizó, pero a la vez se puso eufórico.

—Ve con ellos —dijo Lucius empujando a Bruce—, yo me quedo con Alfred.

Bruce le dio las gracias y se dirigió hacia donde estaban los demás. Apenas había avanzado cuando el alcalde lo interceptó, seguido de Richard.

—¡Bruce Wayne! —exclamó, dándole una palmadita en el hombro y sonriéndole con afecto hasta que se le estiraron las pecas en el rostro pálido—. Hace siglos que no te veo. ¡Mira cuánto has crecido! Felicidades, hijo. Nadie tenía la menor duda de que saldrías airoso. ¿Verdad, Richard? —miró de reojo y sin interés la medalla de su hijo. Richard estaba tieso como un palo.

Bruce asintió, formal. El alcalde siempre era amable con él.

—Gracias, señor —replicó, con un apretón de manos—. Felicidades a usted también y a Richard.

El alcalde ni se molestó en sonreír.

—Eres un buen chico, pero aceptaré que felicites a éste cuando se lo merezca —su expresión reflejaba tal desdén, que Bruce no podía creer que su propio hijo fuera la causa. Richard permaneció callado, nervioso mientras su padre evitaba referirse a él—. Es una lástima que no te veamos tan a menudo en casa, como antes.

—Últimamente he estado ocupado, con el trabajo y con… el tiempo que paso en Arkham…

—Ah, ya —movió una de las manos en al aire—. Demostraste iniciativa al detener a aquel Nightwalker. Tienes madera de líder. Aún recuerdo cuando eras pequeño, el chiquillo más listo que he visto nunca. Y todavía lo eres —le palmeó la espalda con fuerza—. Ya le podías enseñar un par de cosas a éste de aquí.

Bruce volvió a fijarse en Richard, que se esforzaba mucho por no formar parte de la conversación. Le vinieron a la mente recuerdos de cuando hacía la tarea con él, en su casa. Bruce siempre se llevaba elogios, y siempre se los hacían cuando Richard podía oírlos. En aquella época, y aun en ese momento, eso no parecía motivo de gran preocupación: Alfred también se ponía firme a veces con Bruce, a menudo delante de sus amigos. Pero algo en las palabras del alcalde, así como en la actitud distante de Richard, hizo que se preocupara mucho por aquellos recuerdos. Quizás entre ellos había una brecha mayor de lo que creía.

—Me contaron que este verano trabajarás con Lucius Fox.

—Así es, señor.

—¡Vaya, vaya! —su sonrisa se ensanchó—. Era de esperar en un genio tecnológico como tú. Pasa cuando quieras a mi despacho y te mostraré la colaboración entre tu fundación y la ciudad. Harás grandes cosas por Gotham City, hijo. Estoy seguro.

«Hijo.» De pie junto al alcalde, Richard parecía más abatido que nunca. A Bruce, incómodo, se le hizo un nudo en el estómago. Por primera vez, se preguntó si aquella indiferencia de que hacía gala el alcalde con respecto a Richard, mientras a él lo cubría de elogios, tendría algo que ver con su deteriorada amistad.

—Gracias, señor —contestó, sin saber muy bien qué añadir.

El alcalde le hizo un gesto con la cabeza y saludó a alguien al otro lado del patio. Sin dirigirle a Richard una sola palabra, se apartó de su lado y se fue caminando.

—Papá te tiene en muy alta estima, desde siempre —le dijo Richard metiéndose las manos en los bolsillos—. Le podrías robar la cartera y te felicitaría.

Bruce pensó en los desesperados intentos de Richard por salir siempre victorioso, en lo cómodo que se sentía haciendo trampa.

—¿Por eso ya no nos vemos nunca? ¿Por culpa de tu padre?

Richard se encogió de hombros, aunque su mirada delataba que aquello le había dolido más de lo que quería aparentar.

—Anoche le enseñé mi foto en el anuario, que está ordenado por méritos. ¿Y sabes lo que dijo, sin mirarla siquiera? Me preguntó dónde estaba la tuya.

Bruce se entristeció.

—Lo siento. No lo sabía.

—No. Claro que no —frunció aún más la frente—. Pero tú no te ves obligado a oír esas cosas todos los días, ¿verdad que no? Tienes a Alfred.

—Como si Alfred nunca me criticara.

—Es tu mayordomo, no tu…

Ante aquella frase, la compasión que sentía Bruce flaqueó.

—Alfred es mi tutor; ya lo sabes. Y si ibas a comentar algo sobre mis padres, ya puedes ahorrártelo.

El tono de advertencia sólo pareció irritar aún más a Richard.

—¿Qué? No estoy sugiriendo que sea tu culpa.

Bruce negó con la cabeza.

—¿Qué te molesta?

Richard guardó silencio. Hundió de nuevo las manos en los bolsillos y miró hacia su padre, que estaba con otros adultos.

—Me enteré que mi padre me quitó de su fondo fiduciario —dijo.

De repente, Bruce lo tuvo claro. Había tenido acceso al suyo hacía poco. Sus padres le habían dado las llaves de su emporio sin pensarlo dos veces, aunque Bruce notaba más el peso de la responsabilidad sobre sus hombros que los beneficios que implicaba. Si Richard, por su parte, se había enterado hacía poco que su padre lo había excluido de su testamento, la suerte reciente de Bruce le caería como un insulto personal.

—Siento mucho lo de tu padre. Oye, no sé qué quieres que te diga.

El semblante de Richard se ensombreció de crueldad.

—No quiero tu compasión. Al menos no tienes que ser el hijo de repuesto. Tu padre ni siquiera sigue vivo para…

La ira recorrió a Bruce de arriba abajo.

—Cuidado con lo que dices.

—No es más que un comentario. Podrías hacer lo que te diera la gana y no perderías el apoyo de tus padres.

—¿Insinúas que es más fácil porque ellos ya no están? —era presa de la furia, que le nublaba la vista—. ¿No te has puesto a pensar que todos los días anhelo… que lo daría todo para que siguieran aquí?

—No finjas, Bruce —el rostro de Richard mostraba desdén, su voz había adquirido un tono severo—. Te encanta no tener que esforzarte para ganarte la aprobación de tus padres. Todo el mundo adora al pobrecito Bruce Wayne, porque su papi y su mami están bajo tierra…

Después, Bruce no supo qué ocurrió. Un momento estaba delante de Richard, intentando razonar con quien alguna vez había sido su amigo, y al siguiente, los dos estaban en el suelo, Bruce con la rodilla apoyada en el pecho de Richard. Empezó a sangrarle la nariz. Bruce debía de haberle pegado fuerte, porque al mirarse el puño se vio los nudillos salpicados de sangre. A lo lejos oyó unos gritos que los rodeaban, pero como apagados, como si estuvieran bajo el agua. El entorno y los curiosos se difuminaron. Por un instante, creyó ver a la chica de la celda, a Madeleine, que le devolvía una mirada de ojos oscuros.

«No te reprimas», le había dicho.

De pronto todo acabó, tan rápido como había empezado. Richard se había llevado la mano a la nariz; entre sus dedos brotaba la sangre. Varias manos levantaron a Bruce, alejándolo mientras él pateaba el suelo. Tardó otro segundo en darse cuenta de que quienes lo sujetaban eran Dianne y Harvey, cuyos rostros reflejaban asombro y cautela.

La mano de Harvey se aferraba con fuerza al brazo de Bruce. Su amigo apretaba la mandíbula. Con una punzada de culpabilidad, Bruce pensó que a Harvey ese tipo de escenas debían resultarle familiares. Sin embargo, cuando lo miró, su amigo se limitó a hacerle un gesto.

—Ya lo sé —se limitó a decir—. Respira hondo. Ya lo sé.

—No pasa nada —le murmuraba Dianne al oído, sujetándolo por el otro brazo.

Bruce dejó de forcejear y volvió a mirar a Richard, que seguía tapándose la nariz y fulminando a Bruce con una mirada de desprecio. El corazón le martilleaba el pecho; las últimas frases de Richard seguían resonando en su mente. El mundo le pareció un vacío sordo, como si lo contemplara desde el otro lado de un cristal, como si mirara una amistad que acabara de desmoronarse.

Richard se puso de pie despacio. Tenía una manga totalmente manchada de sangre, pero para sorpresa de Bruce, sus labios componían una sonrisa, una mueca de siniestro regocijo.

—Te arrepentirás de lo que hiciste —lo amenazó Richard. Y sin darle tiempo a responder, dio media vuelta y se alejó.

9

Al día siguiente, en Arkham, tanto Draccon como James se dieron cuenta del inusitado silencio de Bruce; vieron también el moretón, que ya estaba curándose, de sus nudillos. Para alivio de Bruce, no sacaron el tema.

La noticia de la pelea había corrido como la pólvora. No se disiparía, como habría pasado si se tratara de una persona normal. Bruce estaba seguro de que alguna publicación sensacionalista habría impreso una foto borrosa enviada por algún alumno que había estado cerca cuando tuvo lugar la pelea. La combinarían con un titular en que darían su interpretación de los hechos, fuera cual fuera. Aquel día, Bruce evitaría a toda costa revisar los periódicos.

En el comedor, mientras se acercaba a la inspectora y la alcaidesa, escuchó a medias lo que Draccon le decía a James.

—Algo pasa con esa chica… Ni siquiera nos mira… Lo sabe, estoy segura, ya ha trabajado personalmente con el jefe de los Nightwalkers, puede que como una colaboradora muy cercana… El blanco son los negocios de Bellingham Industries, los bancos, las fábricas… Pronto atacarán el resto… Se lo juro, he hecho confesar a muchos desde que entré aquí, pero ella…

«Están hablando de Madeleine.» Quizá Draccon había estado con ella aquella mañana, para interrogarla. Por lo visto, no había tenido éxito.

Draccon lo miró mientras se acercaba a la mesa. James se dio la vuelta, sin levantarse, y le clavó sus ojos color avellana. La conversación se interrumpió.

—Inspectora —saludó Bruce, sentándose con ellas—. Doctora James.

—Buenas tardes, Bruce —respondió Draccon, y se concentró de nuevo en su café.

No se quitaba de la cabeza su encuentro con Madeleine. Sabía que era cuestión de tiempo para que vieran las imágenes de las cámaras de seguridad y lo interrogaran. Se aclaró la garganta.

—No… —comenzó, tratando de encontrar la mejor manera de contarles lo que había pasado—. No pude evitar oír lo que decían, inspectora. Hablaban de la chica, ¿verdad?

Draccon hizo una mueca, como si Bruce estuviera acusándola de no hacer bien su trabajo. Suspiró y se llevó de nuevo el café a la boca.

—Sigue negándose a hablar —refunfuñó—. Hoy se cumplen exactamente cuatro meses desde su detención, y aún no ha dicho una palabra a nadie.

—Sí lo ha hecho —apuntó Bruce.

Draccon enarcó una ceja por encima de su taza mientras James se limpiaba los dientes.

—Será en tus sueños, ¿no? —se burló la alcaidesa—. Jovencito, creo que ella está fuera de tu alcance.

Bruce fulminó a James con la mirada, pero siguió hablando mientras Draccon sorbía su café:

—Sabía quién era yo. Me dijo que se llamaba Madeleine.

Draccon se atragantó. El líquido marrón salió disparado de la taza, que dejó sobre la mesa, tosiendo. Bruce esperó a que se repusiera. Entre jadeos y resuellos, se limpió la boca con la servilleta y le lanzó una mirada asesina.

—Fisgoneaste en los archivos —lo acusó, con voz ronca—. ¿Dónde has estado metiendo las narices?

—No hice nada.

—No me mientas.

—¿Cree que no se me ocurriría una mentira mejor? Podría haberle dado algo más interesante que un nombre.

—¿Cómo sabes que se llama Madeleine? ¿Te lo dijo algún interno? —Draccon se apoyó contra el respaldo de la silla y cruzó los brazos—. Yo desde luego no te lo conté.

—Me lo contó ella. Me lo dijo la semana pasada, mientras limpiaba el sótano.

James lo miraba con suspicacia.

—No te creo —espetó.

—Pues compruebe las grabaciones de seguridad.

—¿Te pones altivo conmigo?

—Cálmense los dos —dijo Draccon, mostrándole las palmas de las manos a Bruce—. Háblame de la conversación, Bruce. No te diría su nombre porque sí.

—A veces los veo a usted y a otros agentes en su celda —explicó—, interrogándola. Pero la semana pasada estaba sola, y se dio cuenta de que yo la miraba. Me dijo: «Eres Bruce Wayne» —hizo una pausa, seguro de que Draccon lo interrumpiría, pero la inspectora guardó silencio y lo animó a seguir—. Y le dije que sí. Me aseguró que yo no era como lo que solía ver por aquí, y acabó diciéndome su nombre.

Los ojos de Draccon brillaban con una luz extraña, como si hubiera comprendido algo que Bruce no era capaz de entender bien. Lo que había dicho él la había hecho recordar.

—A lo mejor le caes bien porque tienes su edad —se burló James.

—O porque sabe que eres multimillonario desde hace poco —añadió Draccon. Observó a Bruce un segundo y se levantó. Los planes que hubiera tenido parecían habérsele olvidado, tan concentrada estaba en él—. Perfecto. ¿Quieres saber más cosas sobre ella?

—Todo lo que se me permita.

Draccon señaló a la puerta con un gesto de la cabeza.

—Acompáñame. Vamos a la comisaría.

Para cuando llegaron, una ligera llovizna lo teñía todo de un gris neblinoso. Más allá de las ventanas empañadas de la oficina de Draccon, Bruce apenas podía distinguir la iluminación del teatro independiente de Gotham City, que brillaba entre el agua. Apartó la vista cuando Draccon volvió a entrar, con dos humeantes tazas de café y una carpeta de papel manila bajo el brazo.

Puso una de las tazas ante Bruce y dejó en la mesa la carpeta, de un golpe.

—Se llama Madeleine Wallace —dijo—. Tiene dieciocho años.

«Dieciocho años.» Podría haber estado incluso en su graduación, con sus medallas y collares.

—¿Es todo? —preguntó Bruce.

Draccon asintió, indicándole que echara un vistazo al contenido de la carpeta.

—Acabo de sacarla de los archivos. Contiene su historial completo. La interna más joven de toda la historia de Arkham, pero no por ello la menos peligrosa. La delincuencia le viene de familia; de su madre, en concreto. Sobre ella pesan tres acusaciones de asesinato, todos con el mismo modus operandi. Durante meses figuró en nuestras listas de los más buscados hasta que la detuvieron en febrero, en la mansión de los Grant —miró a Bruce fijamente—. Dentro hay fotos bastante explícitas. Si no vas a soportarlo, no las mires.

Bruce abrió la carpeta. La fotografía de la ficha policial de Madeleine le devolvió la mirada, seria y blanca como el alabastro. El pelo le caía, liso como una cascada, a ambos lados de la cara. De no ser por el uniforme carcelario y por el cartel numerado que sostenía, habría parecido una alumna de preparatoria normal. Echó un vistazo al resto de la documentación, pero no había casi nada digno de interés, aparte del hecho de que era especialmente diestra para la tecnología. Sólo de pensar que alguien así había cometido tres asesinatos lo bastante horripilantes como para acabar en Arkham, Bruce se estremeció. Pasó la hoja.

Se sorprendió. Era una fotografía a toda página de una de las escenas de sus crímenes.

Draccon asintió con un gesto siniestro.

—¿Aún te parece divertido interferir en los asuntos de la policía? Bienvenido a mi mundo.

Había páginas y más páginas con fotos. Bruce no podía retener más que algunos detalles: un anciano, un charco de sangre, la espantosa mirada de aquel rostro congelado, la última mueca de un hombre antes de morir. Se le revolvió el estómago a medida que pasaba las imágenes, incapaz de apartar la vista al tiempo que estaba muerto de miedo por seguir viendo más. Se le nubló la vista. Le faltaba la respiración.

«El teatro. Sangre en la acera. Alguien gritaba, siempre gritaba.»

—¿Bruce?

A través de la niebla, notó las manos de Draccon en los hombros, que lo zarandeaban con fuerza. De pronto abrió los ojos y vio a la inspectora, que lo observaba preocupada.

—¿Te encuentras bien? —ella negó con la cabeza—. No tenía que haberte traído aquí. Podemos regresar…

Bruce frunció el ceño y se zafó de las manos de la inspectora.

—Estoy bien.

Respiró hondo, forzándose a mirar de nuevo las pruebas fotográficas. «Concéntrate.»

—A este hombre lo conozco —dijo.

Draccon se sentó y pasó el brazo tras el respaldo de su silla, sin quitarle los ojos de encima a Bruce.

—Quizá lo hayas visto en algún acto de la Wayne Fundation. Se trata de sir Robert Bartholomew Grant, responsable de un fondo de inversión, ahora concejal. Era conocido en los círculos de filántropos porque no pasaba un mes sin que organizara un baile benéfico —frunció ligerísimamente los labios, como si pensar en un hombre tan acaudalado le dejara mal sabor de boca. Negó con la cabeza y su expresión se esfumó, dando paso a un rictus de culpabilidad por hablar mal de un muerto—. Lo encontraron así, en su propia casa. Fue la última víctima de Madeleine —su voz se tiñó de duda mientras ambos contemplaban la foto—. Degollado y con múltiples heridas de arma blanca. Le dejaron las cuentas bancarias vacías. Pocas semanas después de su muerte, los Nightwalkers atentaron contra un edificio que llevaba su nombre, en el campus de la Gotham City University, y también contra las organizaciones de beneficencia que había patrocinado.

Bruce asintió con lentitud. Hizo acopio de casi todas sus fuerzas para mantener a raya sus recuerdos. Aunque se acordaba vagamente de aquel hombre, estaba seguro de que sus padres debían haberlo conocido.

Pasó la página y ante él aparecieron las fotografías de la siguiente víctima.

—Annabelle White —continuó Draccon—. Expresidenta de Airo Technologies y filántropa de renombre, que no obstante evitaba aparecer en público por timidez. La encontraron en su casa, en un estado similar al de sir Grant. También le habían vaciado las cuentas. La sede de AiroTech Labs sufrió un atentado con explosivos poco después.

—He oído hablar de ese asesinato —murmuró Bruce, echando una rápida ojeada a las fotos, para no fijarse en ninguna en concreto—. No vivía lejos de mi casa. Recuerdo haber visto desde allí las luces parpadeantes de las patrullas en la colina donde vivía ella.

Había estado escuchando a los agentes, muertos de miedo, mediante su receptor; parte del caos lo había seguido en directo.

Draccon asintió. Cuando Bruce pasó la última página, la inspectora continuó:

—Edward Bellingham III, heredero de la fortuna petrolera de los Bellingham. Asesinado de igual modo, en su propio hogar. Éste fue el que nos proporcionó la pista que conducía a Madeleine, aunque en cada ocasión hay más de un delincuente implicado. Dos marcas de neumáticos distintas, en la puerta principal y la trasera, y cerrojos forzados en distintos sitios dentro de cada vivienda.

Bellingham. BELLINGHAM INDUSTRIES & CO; el nombre figuraba en un lateral del edificio hasta donde Bruce había perseguido al Nightwalker.

—Era dueño de la última propiedad que atacaron los Nightwalkers, ¿verdad?

Draccon asintió.

—Todo fue idéntico: su fortuna se esfumó sin dejar rastro. Los Nightwalkers están financiando una guerra contra los más ricos, Bruce. Quieren castigar a la élite porque creen que ésta ha corrompido el sistema. Lo hacen despojándolos de su dinero y financiando con él la destrucción de cuanto aprecian las víctimas.

Sus padres también podrían haber sido esas víctimas. ¿A quiénes dejaban desamparados? ¿Aquella gente tenía hijos, hijas, hermanos, personas que tenían que aprender a vivir sin un ser querido? Sintió un nudo en la garganta, acompañado de un acceso de ira. ¿Existía una razón para matar? ¿Madeleine dormía tranquila por las noches, con las manos manchadas de sangre?

«Sangre en la banqueta. Sangre en el suelo.»

Cerró de un carpetazo el fólder y se sintió aliviado de inmediato. Observó a Draccon al otro lado de la mesa, que se calentaba las manos con la taza de café.

—Eran todos filántropos acaudalados —dijo.

—Y a todos los asesinaron en sus casas —apuntó la inspectora—. En todos los casos, no sólo sabotearon los sistemas de seguridad, sino que los reprogramaron por completo para que se volvieran contra el propietario; en vez de protegerlo, lo atrapaban en su propio hogar. El sistema de sir Grant tenía que haber avisado a la policía, por ejemplo; en cambio, desbloqueó la puerta del garaje y abrió el paso a sus atacantes. Las cámaras de seguridad fueron reprogramadas para que los asesinos supieran en todo momento dónde se encontraba su víctima. Etcétera.

Poner en su contra sus propias medidas de seguridad y su propio dinero. Bruce se estremeció al imaginarse atrapado por su propia mansión, igual que en una tumba.

—¿Madeleine tiene contactos con los Nightwalkers?

—Cuando se produjo su detención, encontraron una lata de pintura de color idéntico al que habían usado para dibujar el símbolo de la banda en la casa. Puede incluso que sea una Nightwalker de alto rango. Durante meses hemos intentado obtener información, primero ofreciendo reducir su sentencia y después por medio de amenazas… en vano, pues hasta el momento no ha pronunciado una sola palabra. Bueno, hasta que tú te acercaste a ella.

—No me acerqué.

Draccon enarcó una ceja ante la réplica y su cara se le iluminó en una expresión divertida.

—Sin proponértelo —repuso secamente—. Tienes aspecto de líder.

Bruce no lo mencionó (y agradeció que Draccon tampoco lo hiciera), pero no podía ser una mera coincidencia que él fuera también un rico heredero y que quisiera continuar con la labor filantrópica que habían hecho sus padres. Era miembro de la élite de Gotham City. Una víctima perfecta para ella. Para ellos.

—Hemos sonsacado algo de información sobre Madeleine a otros Nightwalkers que están internos en Arkham —prosiguió Draccon—. No mucho, no lo suficiente, pero algo es algo. Es una manipuladora muy hábil. Parece que puede conocer a las personas mejor que ellas mismas, que es capaz de adivinar quién les importa y utilizar esas relaciones para introducirse en sus mentes.

Bruce recordó su mirada penetrante, su manera de adivinar que tenía problemas con Richard, la semilla que había plantado en su mente. «No te reprimas.» Él ni siquiera había hecho alusión a aquellos problemas. Se estremeció de pies a cabeza.

—No puedo creerlo —acertó a decir, con un hilo de voz.

—Bruce —lo interpeló Draccon, mirándolo fijamente—, Lucius Fox, tu mentor… Hace poco nos pusimos en contacto con él, para que diseñara un sistema de seguridad más eficaz para tus nuevas cuentas corrientes. Éste es el motivo.

Bruce parpadeó, incrédulo. «La seguridad que Lucius había implantado en sus cuentas.»

—¿Fue a petición del departamento de policía?

Draccon volvió a asentir.

Por eso Lucius tenía tanto interés en desarrollar un sistema de seguridad específico para la fortuna de Bruce. Lo aprovecharían para mejorar la protección de las cuentas de los bancos de la ciudad, por supuesto; pero en primera instancia lo habían creado para proteger a Bruce de los Nightwalkers.

—Bueno —Draccon estudiaba su reacción—. Ahora ya formas parte del caso, te guste o no.

Bruce estaba de acuerdo. Ahora que conocía con más detalle la faceta asesina de Madeleine, la idea de volver a verla en Arkham le hizo sentir algo extraño en el pecho. El corazón se le congeló, se le petrificó. «Quizá fuera demasiado pequeño para salvar a mis padres, pero ahora puedo hacer justicia. Puedo evitar la muerte de los demás antes de que los Nightwalkers vuelvan a atacar. No permitiré que me tachen de su lista.»

—Quiero ayudar —se ofreció—. Necesitan mi ayuda.

Draccon hizo una mueca.

—Si no tuvieras dieciocho años y no fueras legalmente un adulto, ni siquiera me lo plantearía. De hecho, ahora mismo estoy dudando, en vista de quien eres y de los objetivos de los Nightwalkers. Pero ella no ha cruzado ni una sola palabra con nadie, salvo contigo. Así que a ver si conseguimos que hable.

10

Aquella noche, Bruce no dejó de dar vueltas en la cama, acosado por las pesadillas. Se encontraba de nuevo en la calle, a medianoche, a la salida del teatro, con las manos metidas en los bolsillos, tiritando por el frío y la llovizna y con el brazo de su madre rodeándole los hombros. Intentó gritarle a su padre que se detuviera, que fueran por otro camino, pero no parecía oírlo. Siguieron alejándose de los faroles, hasta que se adentraron en la oscuridad de los callejones, brumosos por la niebla y el vapor. Apretaron el paso y acabaron corriendo. A cada zancada, le parecía que avanzaba sobre lodo, pero se obligó a seguir.

De pronto los callejones se transformaron: ya no eran callejones, sino corredores, los pasillos familiares de la Wayne Manor, iluminados por la luna. Bruce llamó a Alfred, pero no estaba por ninguna parte. No recordaba por qué corría; sólo sabía que debía hacerlo, que lo amenazaba un terrible peligro. Cada vez que llegaba a la puerta de la calle, la abría y se encontraba de nuevo ante un pasillo que lo devolvía a la mansión. «¿Por qué no puedo salir?»

Tropezó con algo en el suelo, pero no cayó. Al bajar la vista, se dio cuenta de que había tropezado con el cadáver sangriento y mutilado de Richard. Recordaba vagamente haberle pegado y que ni siquiera había dejado de hacerlo cuando lo sujetaron un montón de manos.

—Hola, Bruce.

Volteó. Aunque aquella voz sólo la había oído una vez, la reconoció de inmediato. Madeleine lo miraba por debajo del dosel de sus pestañas, con sus labios carnosos y aquel rostro arrebatador.

—Te sale con tanta facilidad… —le dijo sonriendo mirando el cadáver de Richard.

Levantó el brazo y le clavó a Bruce una navaja en el vientre.

Bruce dio un salto en la cama, ahogando un grito. Fuera, el viento movía las ramas que golpeaban contra sus ventanas. Se sentó, temblando, respirando hondo, hasta que su corazón se serenó. Tenía que poner en orden sus ideas.

No podía permitirse ver a Madeleine si ella tenía el control incluso antes de comenzar el interrogatorio. Bruce intentó no pensar en las imágenes de los tres asesinatos que le había mostrado Draccon. Si en verdad quería ser útil para la investigación, si pretendía de veras aprender algo de la justicia, necesitaba ser capaz de mirar directamente a las tinieblas.

—Esto, dentro de la camisa; esto, en el bolsillo.

En la oficina de Draccon, Bruce se inclinó hacia delante en su silla. La inspectora sostenía una fina lámina cuadrada, que parecía de aluminio. Se la pasó a Bruce, que se la metió con cuidado en el bolsillo frontal del uniforme. Al hacer presión contra la tela, la lámina quedó pegada a ella.

Draccon le pasó una tarjeta rectangular, que Bruce se metió en el bolsillo de los pantalones.

—El dispositivo del pecho es un micrófono inalámbrico —explicó la inspectora—. Registrará tus conversaciones con total claridad. El otro grabará absolutamente todo.

Bruce asintió.

—¿Debo saber algo más acerca de Madeleine?

—Aunque no salga una palabra de su boca, conseguirá que dudes de ti mismo. Es imposible intimidarla y nunca la he visto perder el control. Cuidado con lo que le cuentas. Estaremos observándote en todo momento, claro, y en ningún momento permitiremos que corras peligro. Aun así, mantén la guardia.

Era una advertencia un tanto extraña. Madeleine estaba atrapada tras una puerta de sólido acero. No contaba con ningún objeto que utilizar como un arma.

—De acuerdo —accedió Bruce.

Se quedó pensando en las palabras de Draccon, se preguntaba cómo era posible que el departamento entero de policía hubiera sido incapaz de hacer confesar a la chica.

—Y recuerda —le advirtió la inspectora cuando ambos se levantaban—: aparte de ti, de mí y de la doctora James, nadie está al tanto de esto. Estás en tu derecho de informar o no a tu tutor, pero por lo que a nosotros respecta, esto sigue formando parte de tus servicios comunitarios.

—¿Qué es «esto»? —se burló Bruce.

En el rostro de Draccon afloró una sonrisa.

—Eres muy divertido, Wayne —le dijo.

El viento de la noche anterior había dado paso a una mañana oscura, de nubarrones bajos y negros. Cuando Bruce y Draccon llegaron a Arkham, ya caían los primeros goterones y un rumor lejano recorría el cielo sin interrupción.

La rutina matinal no varió en lo más mínimo. Bruce se registró, tomó sus materiales de limpieza y se encaminó al sótano, mientras Draccon iba en busca de James. En cuanto la perdió de vista, Bruce no dudó de que estaban instalando equipos nuevos en la oficina de la alcaidesa, aguzando el oído de cara a la conversación que esperaban escuchar más tarde.

El nivel de casos de tratamiento intensivo parecía más siniestro aquella mañana, y el aire más agobiante, daba la impresión de empujar a Bruce desde todos los frentes. Al acercarse a la celda de Madeleine, se asomó. Como había imaginado, volvía a estar sola, de pie en medio del cuarto y observando algo que se encontraba en el techo y que él no podía ver.

Fijó la mirada en ella un rato más, esperando que lo viera. Como ni siquiera se movía, tiró el trapeador al suelo, para hacer ruido, y lo recogió. Se irguió para ver si ella le prestaba algo de atención.

Ni la más mínima.

Quizás aquella primera vez había sido la última. Ante esa idea, Bruce se sintió extrañamente decepcionado.

—Eres más torpe de lo que recordaba.

La voz lo sobresaltó, por repentina. Era un eco de sus pesadillas… Cuando Bruce se giró y miró por el cristal, el rostro de Madeleine seguía mirando el techo, como si no hubiera reparado en él. Sin embargo, continuó:

—Hoy no te toca limpiar este piso. ¿Qué haces aquí?

¿Controlaba sus turnos? Las ideas se agolpaban en su mente. Por supuesto, podía decir que la dirección le había cambiado el horario… pero sería totalmente transparente para ella, la pondría alerta y se daría cuenta de que estaba allí para interrogarla. Probó con una estrategia distinta.

—No tendría que estar aquí —explicó, sin subir la voz. Se acercó a la ventanilla—. Mi supervisora tiene el día libre.

Al oírlo, Madeleine arqueó el cuello y echó la cabeza atrás. Tenía los ojos cerrados, las pestañas rizadas le rozaban suavemente las mejillas. Se había recogido la larga cascada de pelo en una gruesa trenza de espiga, que brillaba y le caía sobre un hombro, abriéndose al final. Se dio la vuelta y lo miró.

—Qué rebelde te has vuelto, ¿eh? ¿Vienes a darme las gracias por mis consejos?

¿Qué consejos? ¿Acaso lo había empujado ella a atacar a Richard? ¿Cómo sabía siquiera que había ocurrido algo? Cuando volvió a mirar por la ventanilla, se topó con sus ojos. Sintió un escalofrío, igual que la primera vez.

Cuando estaba ante ella, tenía que estar atento a sus propias expresiones. Madeleine veía en su mirada cosas que ningún otro habría visto.

Tras cerciorarse de que no había nadie mirándolos, Bruce se acercó un poco más a la celda.

—Vine porque la última vez hablaste conmigo —contestó—. Además, estás casi siempre rodeada de un montón de policías que tratan de que confieses.

La mirada de ella volvió a vagar por el techo.

—¿Y te dio curiosidad?

—Sí.

Ella inclinó la cabeza lenta y metódicamente. A Bruce le dio escalofrío en la nuca.

—¿Por qué tanta curiosidad?

¿Cómo era posible que alguien que había asesinado con semejante brutalidad actuara con tanta calma, con tanto dominio de sí misma? ¿Nunca había pensado en las muertes que cargaba en la conciencia? ¿Nunca se había agitado por las pesadillas?

—Me enteré de los asesinatos que cometiste —le dijo él.

—¿De verdad? —parpadeó—. ¿Y qué impresión tienes de mí, entonces?

—Todavía no estoy seguro. Nunca había hablado con una asesina.

—Claro, claro: los internos de Arkham somos los que damos miedo —murmuró Madeleine, distraída, volviendo a concentrarse en el techo—. ¿Cuántas vidas han destrozado ustedes, los millonarios?

Bruce sintió un arrebato de ira; aquellas palabras lo encendieron. «Es una falacia», pensó. Madeleine estaba jugando con su mente.

—¿Por qué los mataste?

Ella se encogió de hombros y guardó silencio. Su indiferencia lo ponía enfermo.

—¿Qué miras? —preguntó Bruce, señalando al techo con la cabeza.

Ella frunció los labios, reflexionando.

—Las cámaras que están conectadas al techo —contestó en voz alta, como si quisiera que alguien la oyera.

—¿Y por qué las miras?

93

—Para romperlas, claro.

Bruce la miró con cautela. Madeleine estaba ejecutando un truco de magia, aunque él no le veía las manos.

—Quizá no sea buena idea decirlo en voz alta.

—Y ¿por qué no? No sería difícil. Es tecnología anticuada. ¿Ves? —preguntó, señalando los cables que recorrían el techo, protegidos con revestimiento metálico y que acababan en unas cámaras pequeñas y redondas, colocadas en el exterior de cada celda.

—No hace falta más que un emisor que genere las interferencias adecuadas, a una determinada frecuencia. Cualquier aparato con el rango de señal adecuado las deshabilitaría —se dio toquecitos en la sien con uno de sus dedos esbeltos—. Nunca confíes en la tecnología. Cualquier cosa que te facilite la vida puede utilizarse contra ti.

Bruce la escuchaba confuso y fascinado. Las palabras de Madeleine iban dirigidas a quienquiera que estuviera al otro lado de aquella cámara, vigilándola. Era como si jugara con el operario en cuestión, igual que un gato con el ratón, forzándolo a ponerse a la defensiva, distrayéndolo incluso para que no adivinara sus verdaderas intenciones. Aunque tal vez sólo estuviera divirtiéndose un rato. Bruce clavó la mirada en el camastro de la celda, el único mobiliario allí. Si saltaba encima desde el ángulo adecuado, seguro podría alcanzar la cámara. Pero aún no lo había hecho.

—¿Qué quieres conseguir? ¿Que te quiten la cama? —preguntó, incrédulo.

Las expresiones de ella eran imposibles de dilucidar; cambiaban continuamente, como las nubes antes de una tormenta.

—¿De verdad viniste a preguntarme eso?

Bruce se fijó en sus dedos, finos y pálidos, mientras apretaban las puntas sueltas de su trenza.

—¿Por qué me hablas? Llevas meses sin dirigirle la palabra a nadie.

—Ah… —Madeleine esbozó una amplia sonrisa—. Eso está mejor —movió la cabeza y la trenza le cayó sobre el hombro, desatándose en una cascada oscura. Bostezó.

—Hoy te dieron un uniforme nuevo, ¿no? El primero te quedaba enorme y era de otro tono de azul. ¿Tus supervisores cambiaron de opinión? Tardaron semanas en proporcionarte uno de tu talla.

Bruce se miró la ropa. Ni siquiera había notado la diferencia. ¿Cuánto tiempo había estado observándolo?

—Buena observación —la felicitó, volviendo a mirarla.

Madeleine sonrió, evidentemente complacida.

—Ojalá los policíass hayan oído eso por el micrófono que llevas encima. Tienen la manía de hablarme como si estuviera loca.

«Sabe que llevo un micro. Pero ¿cómo?»

Bruce reprimió una grosería. Tenía que haber sido más listo. No él, sino Draccon. Mientras se esforzaba para parecer sereno, Madeleine no apartaba la vista de él, ansiosa por constatar su reacción. No tenía sentido negarlo. «Eres más torpe de lo que recordaba», le había dicho hacía un rato. Bruce había creído que se refería a cuando había tirado el trapeador, pero quizá se refería al micrófono.

«Al menos ahora Draccon tiene pruebas de que habla conmigo.»

—¿Cómo lo supiste? —preguntó.

—Viniste un día que no te toca. Me hablaste en un tono un poco más alto que la última vez, para asegurarte de que el micro captara bien tu voz. No te mueves igual que antes: te inclinas un poco a la izquierda, con el cuello hacia el micrófono. Eres zurdo, ¿verdad? Y lo llevas en el bolsillo izquierdo de la camisa, ¿o no? Todo eso lo supe por cómo limpiabas.

Su voz. Su postura. La mano que dominaba. Bruce se quedó paralizado un momento, incapaz de hablar. Había acertado todo, por supuesto.

Madeleine frunció el ceño, decepcionada.

—Vaya… No estaba segura, pero ahora no me cabe duda. Tu cara dice a gritos que tengo razón. De verdad que eres como un libro abierto.

Bruce la miró de reojo.

—Me parece que confías mucho en tus capacidades.

Ella se desperezó, con indolencia. Apartó la mirada y dio un paso hacia su cama.

—Me aburres —comentó con un suspiro.

«Protégete.» Recordó la advertencia de Draccon, que ahora parecía más importante. Se preguntó qué pensaría mientras oía el interrogatorio. «Tengo que actuar, y rápido.» Si no, perdería toda la confianza de Madeleine y la ronda de preguntas terminaría ahí.

De repente, Bruce metió la mano en el bolsillo y sacó el micrófono cuadrado. Si Draccon le pudiera hablar al oído, seguro estaría gritándole. Bruce colocó el dispositivo frente al cristal, para que Madeleine lo viera, y lo lanzó hasta el fondo del pasillo. Se hurgó en el pantalón, sacó la grabadora y también la aventó.

—Bueno —anunció, levantando las manos—, me atrapaste.

Madeleine no cambió su expresión; al menos no mucho. Pero alzó lo suficiente una ceja como para que Bruce supiera que aquello no se lo esperaba: que se hubiera descubierto tan pronto. La había sorprendido. «De nada sirve lo que estoy haciendo si no me gano su confianza.»

—Creo que por hoy ya basta —dijo ella. Las comisuras de sus labios se arqueaban en una sonrisa. Se sentó en la cama y se tumbó de lado.

—Oye —Bruce levantó la mano. La irritación le salía por la boca con sus palabras—, espera. Tú me hablaste primero, mucho antes de que la policía se fijara en mí. Esto no lo empecé yo. Sabías que si hablabas conmigo, atraerías a los policías hacia mí, que me colocarían un micro y me mandarían a hablar contigo. Y ahora resulta que, según tú, ya basta. ¿A qué viene todo esto?

—Quería ver si valía la pena hablar contigo —reconoció Madeleine.

—¿Y bien?

No obtuvo respuesta.

Bruce dio un paso hacia la puerta; estaba a apenas treinta centímetros del cristal. Había resistido a una multitud de fotógrafos y cámaras. Había logrado convencer a Draccon para que lo dejara investigar un caso real. Sin embargo, en cierto modo, en aquel lugar, le costaba encontrar las palabras para dirigirse a aquella chica. Ya no estaba seguro de lo que sabía ella, ni de cómo lo sabía; de si estaba adivinando cosas sobre él, de si jugaba a algo. Ignoraba si estaría pensando en las maneras de matarlo, de no estar encerrada. Las imágenes de los tres asesinatos pasaron por su mente a toda velocidad.

¿En qué categoría la metía? No sabía ni por dónde empezar.

Quizás, en efecto, eso era todo. Si Madeleine se negaba a dirigirle la palabra, Draccon ya no lo consideraría útil. Bruce miró a la chica un rato, como si ella fuera a darse la vuelta… pero no lo hizo. Se quedó donde estaba, con los ojos cerrados, sumida en sus ensoñaciones. El pelo le caía por detrás, como un mar de negrura.

Justo cuando Bruce iba a irse, Madeleine volteó y metió las manos debajo de la almohada.

—No eres como los demás.

Bruce se quedó paralizado. Se dio la vuelta.

—¿A qué te refieres?

—A que ellos me interrogan porque es su trabajo. ¿Tú por qué lo haces? No necesitas ganarte el sueldo, me parece.

Bruce pensó en las noches en vela que se había pasado oyendo las comunicaciones de la policía, obsesionado con los proyectos de seguridad de WayneTech.

—No me gusta quedarme al margen, de brazos cruzados —contestó—. Quiero averiguar el porqué de las cosas.

—Mmm… —Madeleine parecía cavilar. Se giró un poco para que él pudiera verle parte de la cara, con los ojos aún cerrados—. Para ser alguien que lo tiene todo, albergas una enorme tristeza.

Bruce no podía dejar de mirarla. ¿Cómo sabía aquello? ¿Lo había adivinado por sus palabras, por su voz?

—¿Qué quieres decir? —le preguntó, pero ella ya no le prestaba atención. Su pecho se movía acompasadamente, como si hubiera decidido dormirse.

Unos minutos después apartó la mirada de ella y caminó de vuelta por el pasillo. Seguía viendo su esbelta figura, acurrucada en la cama. Aquellas últimas palabras estaban privadas de sarcasmo y burla. Las había dicho en serio.

Eran las palabras de alguien que, en cierto modo, lo comprendía.

11

—Eres un insensato.

—Quería que confiara en mí.

Desde el otro lado del escritorio Draccon lo atravesó con su gélida mirada. Tiró a la basura un sándwich de aspecto horrible. Varios papeles amontonados en el borde de la mesa cayeron al suelo.

—¿Y arruinar todo el plan? ¿No se te ocurrió mentir? Nada de lo que te dijo cuando te acercaste quedó grabado.

—Ella ya lo sabía —repuso Bruce—, lo vi en sus ojos. Usted quería que me ganara su confianza, ¿o no?

—No des por sentado lo que yo quería —replicó la inspectora, cortante.

—Sólo dije la verdad; no se enfade conmigo.

Draccon se llevó las manos a la cara y se la frotó.

—Esto me pasa por confiar en un niño para que averigüe algo.

Bruce se inclinó hacia delante y la miró fijamente.

—Deme otra oportunidad. Ella no habría dicho lo último que dijo si no le interesara volver a hablar conmigo. Tenía curiosidad. Se lo noté en la voz.

—No creas una palabra de lo que te diga.

—Usted y su equipo ni siquiera consiguieron que hablara.

—Desde que trabajo en Arkham, he hecho confesar a montones de internos —aseguró Draccon—. Madeleine no te da más que frases medidas; contesta con interrogantes a tus preguntas, intenta adivinar por qué te interesas en ella. Te tendió el anzuelo; quizá quería que le hablaras de tus padres.

—No siga.

Draccon dudó un instante, consciente de que se había pasado de la raya, incluso tratándose de ella. Suspiró y en su rostro se reflejó una fugaz expresión de culpa.

—Bruce, perdona —se disculpó, bajando el tono—. Lo que quiero decirte es que no te tomes sus palabras al pie de la letra. Si le permites llevar la conversación donde le venga en gana, te convertirás en un juguete en sus manos, y no al contrario.

Bruce abrió la boca dispuesto a rebatir, pero lo pensó mejor. Draccon estaba en lo cierto. Si no se andaba con cuidado, lo apartaría completamente del caso, quizá le impediría bajar al sótano, lo cual significaría retomar las tareas normales de su condena, las jornadas de trabajo interminables. Pensó en las finas manos de Madeleine mientras se trenzaba el pelo, en cómo ladeaba la cabeza al darse la vuelta, en aquella inquietante sonrisa. Sus ojos eran un mar de misterio, había una rabia muda en aquellas palabras intimidatorias que le había dirigido al final. Necesitaba ahondar, oírla confesar aquellos secretos que se negaba a compartir con la policía.

—Tendré cuidado —decidió replicar—. Se lo prometo. Y dejaré que usted me indique lo que tengo que decirle.

El sótano de Arkham parecía más estrecho y asfixiante cada vez que Bruce bajaba de nuevo.

La siguiente vez que se encontró frente a la ventanilla, Madeleine estaba sentada, con la espalda recta y los brazos en torno a las rodillas encogidas, contemplando el vacío. Bruce dejó en un rincón los artículos de limpieza y con las manos en los bolsillos se acercó a la puerta de la celda. Cuando llegó ante el cristal, las sacó y se las enseñó.

—Creía que a lo mejor no volvían a enviarte —dijo Madeleine antes de que él pudiera hablar. Giró el cuello lentamente y le sostuvo la mirada. Allí estaban: aquellos ojos profundos y negros. La chica lo observó inquisitiva, como si le robara los pensamientos—. Hoy no llevas micro —sentenció.

—¿Cómo estás tan segura?

Se encogió de hombros.

—Hoy la inspectora estuvo más molesta conmigo que de costumbre. No parecería tan frustrada si pensara que podrías sonsacarme más información; es decir, que no ha tratado de llenarte de cables —apoyó el mentón en las rodillas, adoptando un aire de inocencia siniestra—. Quería relegarte del caso, ¿verdad?

Bruce se sorprendió. Parecía que Madeleine era capaz de adivinar cualquier idea que él tuviera en mente.

—Sí —admitió.

—¿Por qué volviste?

«No creas una palabra de lo que te diga», le había advertido Draccon repetidas veces. Pero las últimas palabras de la chica seguían resonando en su cabeza.

—Me quedé pensando en lo que me dijiste la última vez que hablamos —dijo Bruce—. En cómo lo dijiste.

Burlona, Madeleine puso cara de inocente.

—¿A qué te refieres?

—Dijiste que albergo una tristeza enorme —bajó el tono—. Percibí el cambio en tu voz, como si algo… como si te identificaras conmigo de algún modo.

Madeleine apoyó la cabeza en una mano.

—No —declaró—. Sólo sé qué les ocurrió a tus padres. Es de dominio público, ¿no? A mi manera, era un pésame. ¿Cuenta como tal, dada mi forma de ser?

De nuevo le sonreía vagamente pero con convicción, como si hubiera encontrado algo interesante y quisiera aprovecharlo. Y sin embargo, estaba hablando de sus padres.

Draccon se lo había advertido: no debía dejarle llevar las riendas de la conversación. Como la inspectora había predicho, Madeleine se divertía jugando con los detalles del pasado de Bruce.

—No necesito tus condolencias —replicó Bruce—. Tan sólo trato de entenderte.

—Qué amable de tu parte —murmuró ella, con los ojos a salvo tras las espesas pestañas—. La próxima vez trae flores. ¿No sabes nada de seducción?

—Estás tomándome el pelo.

Madeleine sonrió, dejando al descubierto una fila de dientes blancos.

—Ojalá.

Bruce notó, con enfado, que se sonrojaba. ¿Qué estaba haciendo? ¿Intentaba sonsacarle algo más? Madeleine Wallace era una interna de Arkham. No estaba en absoluto bien de la cabeza, y allí la tenía, coqueteando juguetonamente con él. Había cometido tres asesinatos a sangre fría, degollado a sus víctimas con la precisión de un cirujano psicópata. Bruce se sintió estúpido por haberse acercado a ella con la esperanza de obtener respuestas lógicas. Nada de lo que había dicho, y nada de lo que le estaba diciendo, tenía valor alguno. Debía cambiar de táctica.

Bruce negó con la cabeza y dio media vuelta.

—¿Sabes qué? Olvídalo —le gritó por encima del hombro—. Está claro que esto no lleva a ninguna parte.

—Espera.

Se detuvo. Al mirarla de nuevo, vio que ahora ella lo miraba, que las piernas le colgaban de la cama y los brazos, del marco de la cama. La larga melena le enmarcaba la cara, y sus ojos traslucían seriedad.

—Yo también perdí a mi madre.

En un gesto inconsciente, Bruce volvió sobre sus pasos.

—Estás mintiendo —dijo, para ponerla a la defensiva.

—También perdí a mi madre —repitió Madeleine—, así que sé lo que se siente cuando llevas un peso tan grande en el corazón. Por eso te dije aquello.

—¿Cómo ocurrió?

—Qué entrometido eres.

Bruce no se inmutó.

—Tú ya sabes qué les pasó a mis padres.

—¿Y?

—Pues que me parece una pregunta pertinente. Según la policía, tu madre era una delincuente.

La diversión de los ojos de Madeleine se borró en un instante, dando paso a la ira.

—No sabes nada de mi madre —susurró—, ni de mí —suspiró y apartó la mirada, sumiéndose en sus pensamientos—. Mi madre era catedrática de robótica en la Gotham City University. Era la mejor de su departamento y una de las más brillantes de su especialidad. Pasaba los fines de semana conmigo, enseñándome a desmontar relojes y a recomponerlos. Incluso cuando estaba hasta arriba de trabajo, se sentaba a mi lado por las noches y me enseñaba cómo funcionaba algún programa, cómo conseguía que un brazo robótico se moviera utilizando una línea de código —asintió mirando a Bruce—. De esas cosas sí entiendes, ¿verdad, Bruce Wayne? Ahora estás al mando de WayneTech, ¿no?

Bruce sintió un escalofrío de la cabeza a los pies, aunque el hecho de que Madeleine hubiera sacado el tema de la robótica lo había animado. ¿Acaso esa chica no era tal como él?

Madeleine percibió el cambio de actitud de Bruce.

—Somos almas gemelas —murmuró, deslizándose hasta el borde de la cama—. ¿Qué cosas desmontabas tú de niño? ¿Relojes? ¿Robots?

—Teléfonos —los recuerdos lo invadían: él, sentado ante el escritorio, contemplando el montón de placas base y baterías que había sacado de varios dispositivos— y computadoras.

—Igual que yo. Hasta construía las mías.

—¿Tus propias computadoras?

—Claro. Para mí y para los demás.

Bruce le señaló las manos.

—¿Así te salieron los callos?

—Lo notaste —frunció los labios color grana—. Vaya, Bruce Wayne no es tan aburrido como parece.

Ahora le tocaba sonreír a él.

—No creerás que eres la única que se fija en todo.

Madeleine soltó una carcajada hermosa, cristalina.

—Mi trabajo consiste en saber lo que los demás no saben —respondió, guiñándole un ojo.

—Sherlock Holmes —señaló Bruce, descubriendo el autor original de la cita y disfrutando de haberla sorprendido.

—Muy bien —juntó los dedos—. Sin embargo, los callos son por tocar el violín. Supongo que tengo más cosas en común con Holmes de las que creía.

El violín. ¿Habría algo que Madeleine no supiera hacer?

«Ten cuidado, Bruce.» Sintió la fuerza que lo atraía hacia ella, el ansia por continuar la conversación para averiguarlo todo.

Pero no hablaba con una persona cualquiera: se trataba de Madeleine, una asesina convicta, una homicida que lo había invitado a jugar un juego tácito. Sus víctimas habían visto cómo sus edificios y laboratorios se venían abajo, destruidos por el grupo criminal del que ella formaba parte. Seguro que no dudaría en hacerle lo mismo a él y a WayneTech. Bruce se repitió varias veces la idea, hasta que se notó de nuevo con los pies en la tierra, firmemente anclados. «La delincuencia le viene de familia», le había contado Draccon.

«Se acabó la conversación trivial.»

—¿Todo eso te lo enseñó tu madre? —preguntó, intentando llevar la conversación al pasado.

Madeleine desvió la mirada. Bruce se decepcionó un poco, ahora que aquel momento de intimidad había terminado.

—¿Qué más te da? —replicó ella, doblando las piernas y apoyando la espalda en la pared—. Ahora está muerta. Murió en la cárcel.

«Murió en la cárcel.»

—¿Cómo acabó allí?

La mirada de Madeleine quedó oculta tras las pestañas; parecía más oscura que de costumbre. Por algún motivo, no quería hablar de eso.

—Tu curiosidad nunca se sacia, ¿eh? —dijo—. Por eso volviste y estás aquí hablando conmigo, sin sacar más provecho que tu propia satisfacción. Por eso estrellaste el coche durante la persecución y acabaste aquí, en Arkham, limpiando pisos. Crees que resolverás el misterio de los Nightwalkers, ¿verdad?

—¿Y tú qué? —replicó Bruce—. ¿Qué quieres? ¿A quién proteges? ¿Por qué no le cuentas a Draccon nada de los planes de los Nightwalkers, o del edificio de Bellingham Industries?

—Ah… eso. No te lo quitas de la cabeza, ¿verdad, Bruce?

—¿Quitármelo de…? Destrocé mi coche y el tipo al que perseguí está muerto… Así que sí: me cuesta quitármelo de la cabeza —estaba disparando a ciegas, pero quería ver si daba en el blanco. Volvió a mirarla—. No soy como los Nightwalkers: no me deshago de la gente cuando ya no cumple su cometido. Quiero saber qué tenía de especial aquel edificio.

Ella lo observó un momento.

—Digamos, pues, Bruce Wayne, que vives en un mundo en que todo es blanco o negro. Sabes que en algún sitio ha de existir el color. Así que lees todos los libros sobre el color que te caen en las manos. Investigas día y noche hasta aprenderte de memoria las longitudes de onda del azul, del rojo, del amarillo; hasta que sabes, por lógica, que una brizna de hierba ha de ser verde, y que el cielo, cuando lo miras, sin duda es azul. Puedes contarme con pelos y señales cuanto pueda saberse del color, aunque nunca lo hayas visto en realidad —se arrodilló—. Y un día de repente ves de verdad el color. ¿Lo reconocerás? ¿Puedes saber, comprender algo de cualquier cosa, o cualquier persona… si no lo vives en carne propia?

Bruce entornó los ojos. Por cómo hablaba, parecía que Madeleine fuera muy mayor.

—No estarás refiriéndote al experimento mental de Frank Jackson…

—¿Y además conoces el trabajo filosófico de Jackson? Vaya… Eres muy interesante, de verdad.

—¿Qué intentas decirme?

Madeleine se levantó y se le acercó. Su expresión se había vuelto serena, como un mar cuyos monstruos se ocultaban en las profundidades. Bruce retrocedió instintivamente en cuanto la tuvo a pocos pasos. Se detuvo frente al cristal que los separaba y se acercó hasta que sus rasgos se hicieron visibles con detalle: un lunar diminuto, de nacimiento, en el cuello esbelto; las espesas pestañas y cada mechón de su pelo, la abultada forma de sus labios, curvados en una sonrisa. «Dios mío.» Era tan hermosa que daba miedo.

—La primera norma cuando engañas a alguien —declaró— es mezclar pocas mentiras con muchas verdades —agachó la cabeza y lo miró a través del abanico de pestañas—. Cuesta creer lo que digo, ¿no?

Resultaba que Madeleine había estado tomándole el pelo, incluso con sus palabras de dolor, con sus expresiones de rabia.

—Quizás esté perdiendo el tiempo —repuso Bruce.

—Deberías darme las gracias. Estoy enseñándote cosas —su enigmática sonrisa se ensanchó—. No confíes en nada, sospecha de todo. Si quieres descubrir la verdad, no te limites a venir aquí e intentar que hable. Sal y mira tú mismo los colores.

La huida del Nightwalker en el cruce de Eastham con Wicker se le apareció claramente. ¿Qué había pasado tras la fachada de ladrillos del edificio Bellingham? No podía apartar la vista de los ojos de Madeleine. Un cosquilleo desagradable le recorrió la columna.

—Me tienes miedo —le dijo ella.

En lugar de encontrar una categoría para Madeleine, era ella quien lo estaba diseccionando, paso a paso.

—Estás encerrada en el sótano de Arkham —replicó él—. No te tengo miedo.

—Puede que temas que te guste —le sonrió con ternura.

—¿Por qué ibas a gustarme?

—Porque cuando bajas hablas por los codos.

—Podría decir lo mismo de ti.

Los ojos de Madeleine se encendieron, provocadores. Se colocó una trenza brillante sobre el hombro.

—A lo mejor es que me gusta tratar de leerte el pensamiento —aventuró ella.

Bruce apoyó un hombro contra el cristal que los separaba y suspiró.

—¿Sabes acaso por qué estaban ahí?

Madeleine se llevó una mano a la cadera y se mordió el labio, escrutando a Bruce. Él se preguntó qué buscaba ella.

—Vuelve al edificio —dijo Madeleine al fin—. Si quieres encontrar algo, tendrás que entrar en él.

«Entrar.»

—¿Lo dices por una corazonada o estás segura ya que trabajabas con los Nightwalkers?

Madeleine se limitó a encogerse de hombros.

—A lo mejor sé ciertas cosas.

—¿Sabes quién es su jefe?

—Cuántas preguntas. No puedo darte todas las respuestas; sal y averigua algo por tu cuenta.

—¿Cómo sé que no mientes? Me dijiste que no confíe en nadie.

Eso pareció complacerla.

—Claro que deberías sospechar de mí, más que de cualquiera. Pero por lo que estoy oyendo, creo que quieres meterte hasta el fondo en las filas de los Nightwalkers y que la policía quiere apartarte del caso. Puede que tenga la información precisa que necesitas, pero eres tú quien debe aprovecharla.

Por aquello había vuelto Bruce: por la información que Draccon se había pasado meses tratando de sonsacarle. «Mantén la cabeza fría. No la dejes entrar.» Se preguntó si en realidad no querría que lo hiciera sólo para ver hasta dónde podía llegar.

—Sabes que es muy probable que comparta esta información con la policía. ¿Por qué me la cuentas, cuando llevas meses sin decirles nada a ellos?

Los ojos de Madeleine se iluminaron con una chispa de placer juguetón.

—Porque puede, señor Wayne, que estén empezándome a gustar sus visitas —admitió.

Aunque todo su ser quería alejarse de ella, aunque la chica tenía las manos manchadas de sangre y aunque trabajara en una banda de asesinos, Bruce no deseaba irse, sino seguir hablando con ella. «Tengo que hacerlo», se dijo, para justificar esa sensación. «Tengo que averiguar más de lo que ha averiguado la policía. Soy su única esperanza.»

—Y una vez dentro, ¿qué encontraré? —preguntó.

Madeleine se llevó un dedo a los labios con coquetería, se despidió con un gesto de la mano y volvió a la cama.

—Fíjate en los ladrillos de la pared que da al norte, los que están más abajo. Dejaré que decidas tú mismo si esta información resulta ser útil o no.

Bruce dio media vuelta. Quizá todo hubiera sido mentira, pero aun así el corazón se le había acelerado. «Información útil.» Sus palabras se habían instalado en su mente y se sentía obligado a darles crédito.

12

—¡Odias a este grupo! —le gritó Dianne, pasándole un brazo por los hombros. Bruce tuvo que agacharse para poder oírla.

Se dirigían, junto con Harvey, a un concierto en el parque recién inaugurado en el centro de Gotham City. Tras una semana de tormentas, aquella noche el aire era sorprendentemente helado y había unas cuantas nubes en el cielo teñidas de rosa y dorado por el sol poniente.

—No es que lo odie —mintió Bruce—, pero creo que los Midnight Poets están sobrevalorados.

Sin embargo, en el fondo Bruce estaba pensando en el vecindario que los rodeaba. El parque se hallaba tan sólo a unas manzanas del cruce de Eastham con Wicker, donde se erigía el edificio de Bellingham Industries & Co. que había sufrido el atentado. Si encontraba un momento para escabullirse entre la multitud, podría acercarse allí y quizás incluso entrar y seguir la pista de Madeleine.

Se ajustó la mochila a los hombros, agobiado por el peso de cuanto llevaba dentro y que tal vez pudiera necesitar. Un cortacadenas, para romper cualquier candado en las puertas con que se topara. Una navaja. Un pasamontañas. Guantes. Los materiales de un delincuente, pensaría alguien que se los encontrara. Su mente vagó de nuevo hasta Madeleine, hasta el recuerdo de su sonrisa discreta y hermética. ¿Qué más sabía que se negaba a revelar a la policía?

—¿Bruce? —Dianne lo zarandeó lo bastante fuerte como para devolverlo a la realidad—. Decía que por qué no te gustan. Los llaman el nuevo gran grupo indie.

—Claro, a alguien tendrán que gustarle —contestó Bruce, reponiéndose enseguida. Dirigió a Dianne una sonrisa irónica—. No seré yo quien les impida escuchar a un grupo malísimo.

Dianne lo fulminó con la mirada y miró al cielo exasperada. Él sabía que no la engañaba, que ella era consciente de que la mente de Bruce estaba en otro sitio.

—Si en el futuro los vemos tocar en el medio tiempo del Super Bowl, te lo restregaré en la cara toda la vida.

—Bruce, estás muy raro desde la graduación —dijo Harvey, comiéndose un churro y llenándolos de azúcar y migajas—. Es difícil que algo te afecte tanto. ¿Qué pasa en Arkham? ¿Te está afectando?

Bruce vaciló. No les había contado nada, salvo que Draccon al fin se había vuelto… no amable, pero sí le había permitido conocer algunos aspectos de la labor detectivesca. Lo demás —la conversación con Madeleine acerca de los Nightwalkers— no se lo había mencionado a ninguno de los dos.

Así que se encogió de hombros.

—Puede que un poco. Ha habido mucho caos en Arkham; los reclusos no dejan de acosarme.

—A lo mejor Draccon encuentra la forma de reducirte la condena —aventuró Harvey—, para que no tengas que aguantarlo diario. No parece una experiencia muy positiva.

«No tienes ni idea.»

—Se lo preguntaré —repuso Bruce.

Harvey parecía con ganas de hacerle más preguntas, pero Dianne suspiró y aceleró el paso, obligándolos a seguirle el ritmo.

—¿Podemos dejar de lado el tema de Arkham, sólo por hoy? —preguntó, ahorrándole la conversación a Bruce, que se sintió aliviado cuando vio que le guiñaba un ojo y señalaba el parque con la cabeza. El pasto estaba lleno de gente con manteles de picnic y sillas plegables. En los troncos se apoyaban varias personas, a la espera del momento de trepar y sentarse en las ramas—. ¿No se dan cuenta de que es una de las últimas veces que salimos los tres por Gotham City?

—Aún tenemos el verano entero —dijo Harvey—. Hasta finales de agosto te vas, ¿no?

Dianne les mostró todos los dedos.

—Diez semanas —dijo—. Mi abuela me lo recordó esta mañana. Casi se pone a llorar sobre su arroz con huevo.

Asimiló la cifra, Bruce sintió una punzada de dolor por el poco tiempo que les quedaba para estar juntos.

Llegaron al césped y olvidaron el tema del futuro mientras buscaban un sitio donde sentarse. Encontraron un hueco libre y se sentaron a esperar al grupo. Mientras Dianne discutía con Harvey sobre cuál era su mejor canción y éste intentaba que Dianne la cantara en voz alta, los pensamientos de Bruce volvieron a Madeleine.

La inspectora Draccon le había advertido que intentaría manipularlo. Y seguro tenía razón. Pero había algo en su voz… «Para ser alguien que lo tiene todo, albergas una enorme tristeza.» Madeleine se lo había dicho con complicidad, como si una parte de su propio pasado concediera peso a esas palabras. ¿Qué había perdido? Draccon no le había revelado mucho del pasado de la chica ni sobre su familia. ¿Y si en sus palabras subyacía más de lo que Draccon sabía?

La multitud estalló en una ovación que lo distrajo. El grupo entró al escenario y los micrófonos rechinaron cuando el primer cantante se aclaró la garganta. Dianne hizo bocina con las manos y pidió a gritos una canción, mientras Harvey la empujaba para hacer lo mismo. Cuando empezaron a tocar, el público cantó el coro.

Bruce se limitaba a escuchar, mientras todos seguían la canción, y miraba a sus amigos. Con ellos resultaba tan natural la cercanía, derribar las barreras y limitarse a ser él mismo… De nuevo presa de una sensación de soledad, supo que nunca podría bajar la guardia igual que ellos. Allí estaba Harvey, tan pulcro, obediente, convencido de que tenía que comportarse de acuerdo al sistema para hacer todo el bien que pudiera. Y Dianne, criada en el seno de una familia afectuosa y enorme, con una fe absoluta en el sistema.

¿Y si en realidad el sistema necesitaba ayuda? En todas las novelas de misterio que había leído, la policía iba siempre un paso por detrás del protagonista. ¿Y si la única manera de arreglar las cosas era tomarse la justicia por su mano?

Al acabar la segunda canción aplaudió, tratando de no hacer muecas por lo mala que le pareció, hasta que estuvo seguro de que Harvey y Dianne habían vuelto a centrarse en el concierto. Cuando todo el mundo se puso a saltar al son del siguiente tema, Bruce se levantó y se encaminó hacia la multitud. Dianne lo miró de reojo mientras se iba. «Voy al baño», le dijo por señas, y se alejó.

Fuera del parque, en la calle reinaba un silencio absoluto a la luz del crepúsculo. Parecía como si, en un kilómetro a la redonda, todo el mundo hubiera decidido ir al concierto o evitar por completo la zona, dejando desiertas las banquetas. Sopló una brisa fresca, cargada del olor del mar y el hedor del alcantarillado.

Bruce se alisó la chaqueta y la sudadera que llevaba debajo, y se puso la gorra. Aquella noche los murciélagos de Gotham City habían salido con ganas; se paró a mirarlos y vio una bandada que se alejaba hacia el horizonte, lista para su caza vespertina. Apretó el paso mientras el cielo oscurecía por completo, hasta que la calzada quedó iluminada sólo por los faroles.

En la esquina de la intersección, bajo la señal en que se leía EASTHAM y WICKER, se detuvo y observó los edificios.

Nada le llamó la atención, al menos a primera vista. El enjambre de patrullas y barreras policiales había desaparecido hacía tiempo, y habían limpiado de cristales y casquillos las calles. No parecía que en ese lugar hubiera ocurrido nada fuera de lo normal. Pero las marcas de derrape seguían en el asfalto, negras y agresivas, y el edificio Bellingham aún presentaba secuelas de la explosión y el incendio. Un andamiaje de madera cubría casi todos los elementos

dañados, así como las ventanas y los ladrillos nuevos a medio colocar; una reja de alambre cubierta de lona negra delimitaba el terreno, ocultando la planta baja de las miradas.

Dio vuelta en la esquina despacio reteniendo cada detalle y
recordando lo que había sucedido allí. Las barreras policiales, el
coche del fugitivo, los tiros y la explosión que había destruido
el inmueble.

«Los Nightwalkers destruyen el legado de sus víctimas.»

Al llegar al cruce se detuvo y dio media vuelta. Por fin divisó el
nombre que adornaba la fachada, en el segundo piso: BELLINGHAM
INDUSTRIES & CO.

Cruzó la calle hasta el edificio. Más allá de la reja vio las marcas
del enladrillado gastado por los años, la historia impresa en aquellos
muros. Caminó en silencio a lo largo de la reja, en busca de algo, de
alguna cosa que pudiera resultarle útil. Los minutos iban pasando.

Hasta que oyó una voz a su espalda que lo sobresaltó.

—Bruce.

13

Bruce volteó como un rayo y se encontró frente a frente con Dianne.

Suspiró y apoyó las manos en las rodillas.

—¡Por el amor de…! —exclamó—. ¿No podías haberme seguido con más disimulo?

—¿Te asustaste tú… de mí? —se sorprendió ella. Exclamó una grosería en tagalo que él no logró entender. «Qué enojada está», pensó Bruce—. ¿Qué diablos haces aquí?

Bruce suspiró y se pasó la mano por el pelo.

—¿Harvey también vino?

—Lo dejé apartándonos el lugar. Y ahora dime qué pasa contigo. Atacas a Richard, te pones a vagar de noche en la escena del crimen donde te atraparon… ¡Ya, Bruce!

—No pasa nada. Estoy echando un vistazo, nada más.

La mirada gélida de Dianne se cruzó con la suya. Respiró hondo y se puso a contarle la historia de Madeleine. La primera conversación. Sus antiguos delitos. Su propia implicación en la investigación de Draccon. Hablaba deprisa y en susurros, como si alguien pudiera oírlo e informar a la inspectora.

Cuando terminó, la piel de Dianne había pasado de morena a grisácea.

—No creo que te hayan arrastrado a semejante locura. Dime que estás bromeando.

—Necesitaban mi ayuda.

Dianne lo miró fijamente.

—Oye, digamos que esa chica (que, no lo olvidemos, es una asesina trastornada) estuviera contándote la verdad. ¿Cómo es que la policía aún no tiene el menor indicio? Han revisado esta esquina durante semanas sin encontrar ni una pista de qué se traían los Nightwalkers entre manos.

Bruce levantó un dedo.

—Si no hay nada que encontrar, no habré perdido más que una noche. Pero ¿y si me dio una pista verdadera? Me dijo que me fijara en la pared que da al norte. Quizás a la policía se le pasara algo por alto.

Dianne se inclinó hacia él, mirándolo de reojo, con cautela.

—Ah, ya sé —declaró—. Ya entiendo.

—¿Qué entiendes?

—A ti. Lo que te pasa; lo adiviné —cruzó los brazos y lo miró a los ojos—. Te gusta Madeleine. Te encanta.

—¿Qué? —Bruce se hizo para atrás—. ¿De todo lo que te conté deduces eso?

—Bruce, es obvio. ¿Te acuerdas de Cindie Patel, de primero de secundaria? Estabas loco por ella. ¿No recuerdas cuando perdió la pulsera de su abuela, durante el recreo, y te pasaste cinco días sin comer, buscándola?

—Y al final la encontré.

Dianne aplaudió dos veces.

—¡Céntrate, Bruce! Siempre tienes que hacer de caballero andante, y ahora te obsesionaste con una pista sin fundamento que te dio esa chica, al punto de arriesgarte a una sanción mayor de la que ya tienes. Es exactamente lo mismo.

Bruce la miró, receloso.

—A diferencia de que a Cindie Patel la conocía porque se sentaba a mi lado en biología y a Madeleine la conozco porque está encarcelada acusada de tres asesinatos.

Dianne hizo un gesto de desdén.

—Minucias. Ya sabes a qué me refiero.

Madeleine volvió a cobrar forma en la mente de Bruce. «Quizá Dianne tenga razón.» Pero aquello no tenía ni pies ni cabeza.

—Oye, vine porque quise —declaró con voz firme—. Y no hay más que hablar.

—Como quieras. Si Harvey supiera en qué andas metido ahora mismo, se enojaría muchísimo contigo. Y con razón. A veces tienes que confiar en que la policía haga lo correcto. Si Draccon se entera de que te escabulles hasta aquí de esta manera, tal vez te aumenten la condena.

«Tu curiosidad nunca se sacia, ¿eh?» Bruce negó con la cabeza, intentando librarse de las palabras de Madeleine.

—Oye, piénsalo de este modo: si no encuentro nada…

—Si no encontramos nada —lo corrigió su amiga—. Ahora estoy metida en esto; no te voy a dejar aquí solo.

Bruce la fulminó con la mirada; Dianne se la sostuvo.

—Okey, si no encontramos nada, te prometo que no volveré a hacer nada semejante. Jamás. Pero no podrás contárselo a nadie. Lo digo en serio.

Dianne frunció el ceño.

—Me debes una por asegurarme de que no te mates.

Bruce le dirigió una sonrisa burlona.

—Está bien, está bien. Te debo una. Gracias por cuidarme. Oye, Lucius va a celebrar una gala impresionante dentro de dos semanas, para mostrar la tecnología de los androides de seguridad de Wayne-Tech. ¿Quieres acompañarme, para asegurarte de que no me mato?

Dianne lo miró de reojo.

—¿Hablas en serio?

—Será muy elegante.

—¿Habrá buena comida?

—De la mejor —prometió Bruce.

Reflexionó un segundo, frunciendo los labios.

—De acuerdo —respondió—. Parece un buen plan.

Bruce señaló la esquina de la cuadra.

—Quédate aquí, junto a esa puerta. Ahí. Así se te ve menos. Vigila que no venga nadie. Si dentro de media hora no vuelvo, llama a alguien.

—De acuerdo, pero a cambio de que hables conmigo por teléfono todo el tiempo —Dianne sacó el celular y tocó la pantalla dos veces—. Si al final tardas más de treinta minutos, mandaré a toda la policía de la ciudad a buscarte.

—Me parece justo.

Bruce se alejó de Dianne y regresó a la reja, que recorrió entera. Rodeaba por completo el edificio sin una sola fisura, así que acabó en el punto de partida. Después de otra vuelta, se detuvo, se frotó los ojos, que le dolían de tanto mirar el edificio.

¿Qué buscaba, al fin y al cabo?

Con el rabillo del ojo, vio algo que le llamó la atención. Miró la tela metálica y entornó la vista.

No había una sola fisura en toda la reja… pero entre el alambre destacaba una serie de bultos, como si hubieran soldado una sección que estuviera rota. Era un detalle nimio y quizás antes lo había pasado por alto, pero era indudable que estaba allí. Habían soldado la reja, lo que significaba que alguien había cortado el alambre y borrado luego cualquier señal de su paso.

Obreros. Investigadores de la policía. Detectives privados. Bruce analizó las posibilidades que no tuvieran relación con algún delito. Quizá no tenía la más mínima importancia… pero, al fin y al cabo, se trataba de la escena de un crimen, y además de uno sin resolver. ¿Y si los Nightwalkers no se habían limitado a destruir el legado de Bellingham? Bruce alzó la vista hacia la fachada. Alguien había vuelto por algo, sin que nadie se diera cuenta.

Tomó la mochila, abrió el cierre y sacó el pasamontañas y los guantes. Se los puso con cuidado, para ocultar el rostro y las manos. Colocó las hojas del cortacadenas entre los alambres de metal. Clinc. Clinc. Uno a uno, los pedazos cortados fueron cayendo en su mano en silencio. Los metió en la mochila y cerró el cierre. La reja

117

se abrió ligeramente. Bruce la jaló hasta conseguir suficiente espacio para meterse. Se introdujo por el hueco y quedó oculto por la tela negra.

Al otro lado había tablones de madera fijados con clavos en el borde de todo el edificio, pero también huecos suficientes para escalar por ellos. En el interior, el ambiente era húmedo, claustrofóbico, todo olía a polvo y metal. Bruce aguardó mientras sus ojos se acostumbraban a la oscuridad. Estaba cómodo en ella. Justo después de morir sus padres, había pasado muchas noches encerrado en su clóset, tenebroso y oscuro, o en la bodega, o en el ático, donde soplaba una fría corriente. Muchos de sus compañeros de clase le temían a la oscuridad, como si pudiera hacerles daño. Pero Bruce sabía que las sombras lo ocultaban a él, igual que a cualquier otro, o a cualquier cosa. La noche era una ventaja.

Sus reflejos, adiestrados por las horas que había pasado en el gimnasio, lo mantenían alerta. Conforme todo iba cobrando forma a la suave luz de los faroles, comprobó que se hallaba en una habitación abierta. De las vigas colgaban focos, la mitad rotos, que habían dejado el suelo lleno de cristales. Todo estaba cubierto de sábanas: las mesas, las sillas, la maquinaria… El polvo de la duela estaba lleno de pisadas, quizá las de los agentes que habían estado allí. «O quizá de otra gente.»

—Está todo hecho un asco —susurró Bruce al teléfono.

—¿Qué te dijo Madeleine? —repuso Dianne.

—La pared que da al norte —murmuró Bruce mientras se orientaba—. Los ladrillos. Me pidió que me fijara en ellos.

Volteó para ver la pared que daba al norte. Abarcaba la estancia en toda su longitud, y la parte inferior estaba hecha de ladrillos viejos y oscuros, que contrastaban con la pintura blanca de encima de ellos. Bruce se dirigió al extremo más cercano, se acercó al muro y se agachó. Pasó una mano por los ladrillos; estaban cubiertos de una fina capa de polvo, como toda la estancia.

Así pues, Madeleine tenía razón: había ladrillos en la pared septentrional. Ella ya había estado allí.

—¿Hay algo? ¿Qué buscas exactamente? —preguntó Dianne.

—Algo fuera de lugar —contestó Bruce. De pronto, mientras recorría la habitación sin dejar de tocar los ladrillos, se sintió tonto. No tenía ni idea de qué podría estar fuera de lugar en un sitio como aquel... Sólo una cosa era cierta: si lo encontraba, lo sabría.

Ya casi había llegado al final cuando se detuvo, con la mano sobre uno de los ladrillos. Había algo peculiar en la textura: era un poco más suave que el resto, como si lo hubieran tocado más veces. Bruce frunció el ceño y se agachó para mirarlo más de cerca.

—Espera —susurró—. Creo que encontré algo.

—¿Qué? —preguntó Dianne.

—Este ladrillo tiene una textura extraña —lo apretó suavemente—. No está fijo, como los otros. Los bordes no encajan con el resto.

Apretó con más fuerza. No notó que cediera, al principio. Pero sin previo aviso, el ladrillo se introdujo dos centímetros en el muro y la pared comenzó a temblar. Bruce retrocedió; casi se le cae el teléfono. Cuando volvió a mirar, parte de la pared se había desplazado hacia un lado, dejando un hueco oscuro de unos quince centímetros de ancho.

Miró aturdido por un segundo. Entonces, avanzó hacia el agujero, buscando un punto de apoyo con el pie. «Escalones.» Tras el muro había una escalera metálica que conducía, por un estrecho hueco, a un lugar fuera de la vista.

—Dianne —llamó, con los ojos muy abiertos—. Hay una escalera detrás del muro.

Su amiga susurró una grosería.

«Madeleine decía la verdad, después de todo.» Bruce se estremeció, preguntándose por qué lo ayudaría. A lo mejor estaba tendiéndole una trampa.

—No bajes —le advirtió Dianne, haciendo eco de sus pensamientos. Bruce notaba el miedo en su voz—. Ahí abajo no encontrarás nada bueno.

Bruce negó con la cabeza.

—Voy a bajar. Quédate vigilando y, si ves algo sospechoso, avísame.

—Será mejor que seas tú quien encuentre algo sospechoso —respondió ella—. Me debes una, y bien grande… Tanto, que vas a pasarte años pagándomela.

Bruce dejó escapar una risita, se puso delante de la abertura y se metió por ella. Hacia las tinieblas. Avanzaba lentamente: los peldaños, estrechos y altos, descendían en espiral. A cada paso, comprobaba que el escalón inferior soportaba su peso. Bajó en medio de la oscuridad, poco a poco, peldaño a peldaño, hasta que notó lo que le pareció un suelo de cemento. Se encontraba en un cuarto estrecho de aire enrarecido, lleno de polvo. Reprimió las ganas de toser.

—Llegué hasta abajo —susurró, afónico. Cerca se veía una barrera de obra.

—¿Dónde diablos estás?

—No tengo ni idea —respondió. Se estiró y levantó el brazo cuanto pudo, tratando de no golpearse con nada. Tocó el techo, rugoso al tacto como si fuera de cemento. Alzó el celular y encendió la linterna.

La luz iluminó varios metros ante él. Estaba en un túnel que conducía a la oscuridad más absoluta. Le recordaba los estrechos pasadizos que había en la cueva cercana a su mansión, y a los murciélagos que salían de ella de vez en cuando. Casi esperaba que una bandada saliera volando en barrena hacia él.

«¿Por qué tanta curiosidad?» El recuerdo le puso la piel de gallina, pero apretó los dientes y siguió adelante, tratando de no hacer el menor ruido.

—Estoy entrando —susurró.

El túnel era más profundo de lo que había previsto y el techo, cada vez más bajo. ¿Por qué lo había mandado allí Madeleine? ¿Qué sabía acerca del lugar? ¿Y si el pasadizo se derrumbaba sobre él?

«¿Y si hay alguien más aquí abajo?» De pronto, Bruce se imaginó que un hombre armado lo esperaba al final del camino, apuntándole.

No se detuvo.

Al final, llegó a un espacio más amplio. Cuando el suelo descendió un poco bajo sus pies, tropezó.

Allí era distinto: un pavimento pulido y bien acabado. La linterna de su celular proyectaba un haz luminoso en la pared. La recorrió hasta que vio un interruptor. Ahí estaba.

Lo accionó.

La luz fluorescente lo cegó e instintivamente apretó los párpados y se protegió la cara. Cuando volvió a abrirlos, ahogó una exclamación.

—Mierda —susurró.

—¿Qué pasa? —dijo Dianne, con una voz tensa como la cuerda de un arco—. ¿Qué ves?

Estaba en una sala llena hasta la mitad de munición: pistolas, balas, cargadores. Debía haber al menos un centenar de armas de todas las formas y los tamaños, colocadas sobre mesas y colgadas de las paredes. Se quedó atónito. Parecía un arsenal militar.

—Bruce —lo llamó Dianne, con un murmullo. Aunque no veía lo mismo que él, percibía la tensión del silencio—. Sal de ahí. Voy a buscarte.

Percibió un sonido débil. Se quedó paralizado. Procedía del otro extremo de la sala, de detrás de una puerta de salida. Era una voz masculina, profunda y amargada. Parecía hablar con alguien. Rápidamente, Bruce pulsó el interruptor y apagó el celular, de modo que el lugar quedó de nuevo sumido en la oscuridad. Comenzó a retroceder.

Demasiado tarde.

La segunda puerta se abrió y Bruce vio la silueta de un hombre que entraba hablando y encendía la luz. Logró distinguir un rostro cansado y pálido, y con barba.

—Oye, no puedo seguir ocupándome de este almacén. Diles que traigan el camión mañana por la noche, para que traslademos el resto de…

Al ver a Bruce, se interrumpió. Se miraron un instante, asombrados y en silencio.

Cuando se dio cuenta de que Bruce llevaba el pasamontañas, el hombre torció el gesto.

—Ey… No eres el… ¿El jefe de…?

Bruce se echó a correr. El hombre fue tras él. En cuanto llegó a la parte estrecha del túnel, sintió que dos manos lo agarraban por los hombros. El instinto defensivo se activó de modo automático. Con un solo movimiento, Bruce se zafó de su captor y le propinó un puñetazo en la cara.

Su oponente apenas alcanzó a detener el golpe y atacó. Bruce lo esquivó. De una patada, alcanzó al hombre en la pantorrilla y lo derribó. Se dio la vuelta para reemprender la huida, pero los dedos del hombre se aferraron a la pernera de su pantalón, haciéndolo caer. Dos manos agarraron el pasamontañas que ocultaba su rostro.

Su enemigo quedó indefenso por un segundo. Llevado por la desesperación, Bruce se levantó. Su puño golpeó la barbilla del hombre, en el punto justo. La cabeza salió casi despedida hacia atrás. Perdió el equilibrio, flaqueó y cayó.

Temblando de pies a cabeza, Bruce miró al hombre inconsciente que yacía a sus pies. Los músculos le quemaban. ¿Había otras personas con él? «Almacenan armamento.» Madeleine lo había llevado directo a donde quería. Lo había ayudado, aun cuando la policía, después de meses, no había logrado sacarle ni una sola palabra.

«Draccon me matará por esto.»

Pero ¿para qué acumulaban aquel arsenal? Había tanta munición que parecía excesiva para cualquier cosa, a menos que fuera para un ataque a gran escala. ¿Y si tenían más guaridas? Lo asaltó un terrible presentimiento: ¿qué planeaban los Nightwalkers para necesitar tantas armas?

«Debería contarle a la policía que estuve aquí.»

Pero a fin de cuentas, ¿qué les diría? ¿Que había ido por una corazonada a partir de las palabras de una asesina? ¿Que se había colado en el edificio? Tal vez le acarrearía incluso más problemas, y no tenía ganas. «Que la policía siga con el caso desde aquí. Hallarán la reja cortada y el hueco de la pared.»

Con manos temblorosas, volvió a encender el teléfono. De inmediato le llegó una llamada de Dianne. Al responder oyó su voz, sus gritos agudos que casi eran de pánico.

—¿Bruce? ¡Bruce! ¿Dónde carajo estás? Llamé a la policía. ¡Sal inmediatamente!

—Estoy bien. Estoy regresando —tranquilizó a su amiga mientras desandaba el camino, acosado aún por el misterio de aquella guarida.

14

Al día siguiente, Bruce estaba sentado en silencio en la oficina de Draccon, contemplando por la ventana las calles mojadas de Gotham City. La inspectora se hallaba frente a él, leyendo la portada de un periódico. La carpeta correspondiente a Madeleine estaba abierta sobre el escritorio y la documentación apilada por orden. Por fin, Draccon dejó el diario y se acodó sobre la mesa.

—¿Qué pasó? —preguntó Bruce.

Draccon le pasó el periódico para que leyera el titular:

LA POLICÍA DESCUBRE UNA GUARIDA DE LOS NIGHTWALKERS

—Había un pasadizo subterráneo sin terminar —murmuró Draccon.

—¿Como los que conectan los edificios del centro? —preguntó Bruce, midiendo cada palabra. Por lo que a los demás respectaba, él no tenía ni idea del incidente.

Draccon asintió.

—Conoces el túnel que hay bajo la Wayne Tower, ¿verdad?

—Sí —contestó Bruce. Bajo la Wayne Tower discurría uno de aquellos pasajes subterráneos, al igual que bajo la Seco Financial Tower y cualquier otro rascacielos. En los días tórridos de verano, cuando caminar por las calles era como hacerlo por un horno, o cuando se desataban tormentas de nieve, la gente podía tomar las rutas subterráneas sin tener que poner un pie en la calle.

—Verás —continuó Draccon—, forma parte de una red subterránea que el ayuntamiento dejó de financiar. Por lo visto los Nightwalkers aprovecharon el tramo que hay debajo del edificio Bellingham para construir una bodega de armas.

En la mente de Bruce se repetían una y otra vez los sucesos de la noche anterior. Había vuelto al concierto con Dianne, ambos en silencio; había convencido a Harvey de que los había interrogado la policía. «Al final de la calle pasaba algo», le había contado a su amigo, lo que Dianne había confirmado. «Hay polis interrogando a la gente por toda la calle.»

Pocos minutos después, se habían oído sirenas al dar la vuelta en la esquina del Bellingham, lo que pareció corroborar su historia, y Harvey se lo creyó.

Dianne no había dicho una palabra sobre lo sucedido, y él tampoco. La posibilidad de que le aumentaran la condena y de implicar a Harvey los mantenía a ambos mudos. Aunque seguía esperando una llamada de la policía, o un interrogatorio por parte de Draccon, nadie parecía saber dónde habían estado.

—¿Cómo encontraron la guarida? —preguntó Bruce.

Cansada, Draccon se pasó la mano por el cuello.

—Recibimos una llamada anónima —dijo suspirando—. ¿Quién iba a saber que habían abierto ese túnel, que estaba sin terminar? En el búnker, encontramos a un hombre inconsciente. Por lo visto es un proveedor de los Nightwalkers. De bajo rango; le habían asignado la tarea de trasladar el arsenal a una nueva ubicación.

Bruce fingía curiosidad e ignorancia.

—¿Reveló por qué lo hacían?

—No creo que lo supiera, dado su puesto en el escalafón. Confesó adónde iba a trasladarlo, pero cuando los agentes fueron a investigar, ya no quedaba nada. Otro Nightwalker se lo había llevado todo y había dejado el lugar completamente vacío. No dijo nada más. De hecho, el pobre diablo estaba tan asustado ayer, que trató de ahorcarse con la camisa que llevaba —Draccon vaciló—. No paraba de hablar de un ladrón enmascarado, de que alguien lo había atacado y de que debía de ser un agente encubierto. No dio más detalles. Quizá los Nightwalkers se han ganado algunos enemigos entre la delincuencia organizada de Gotham, por apropiarse de su espacio.

—A lo mejor puedo sacarle información a Madeleine —aventuró Bruce.

Draccon entrelazó los dedos y lo miró con el ceño fruncido.

—No estoy segura, Bruce.

—Quizá sepa por qué acumulaban ese arsenal.

La inspectora volvió a suspirar y dio un sorbo a su café.

—No quiero continuar con esto. Se supone que no deberías estar tan implicado en la investigación, y el hecho de que Madeleine sólo hable contigo me inquieta. Además, no quiero ganarme la enemistad de tu tutor.

Alfred. Bruce aún no le había contado nada, y tampoco le había explicado por qué sus pesadillas empeoraban, ni había mencionado las sombras, los pasillos tenebrosos ni a la chica del pelo largo.

—Y sin embargo aquí estoy, en su oficina —replicó él, apartando todo lo demás de su mente—. Usted sigue contándome lo que pasa con respecto a los Nightwalkers. ¿No es así? Es decir, que aún quiere que la ayude, como pueda… y cree que todavía puedo averiguar más por medio de Madeleine.

Draccon lo miró con semblante serio.

—Acuérdate de sus víctimas pasadas: filántropos con inmensas fortunas. Se fijaba en ellos por el dinero, robaba ingentes cantidades y acababa asesinándolos en sus propias casas. Ya lo has visto —vaciló—, ya sabes que encajas en el perfil de sus víctimas.

—No me pasará nada —afirmó Bruce—. Está encerrada en Arkham. Pero ahora nos llevamos bien. Podemos hallar el modo de desenmascarar a los Nightwalkers, incluso de encontrar al líder.

Draccon miró largo rato su café.

—No me ponga otro micrófono —añadió Bruce—. Se dará cuenta. Déjeme seguir hablando con ella.

Draccon se apoyó en el respaldo de su silla.

—Una conversación más —concedió, levantando un dedo—. Una. Ya veremos adónde llegamos.

Una tormenta se abatió sobre Gotham City y, a la mañana siguiente, por las ventanas de Arkham el cielo seguía viéndose negro como la noche.

Cuando Bruce bajó para comenzar su turno y se detuvo ante la celda de Madeleine, no la encontró sentada en la cama. Por un instante creyó que se la habrían llevado de allí; pero la vio, en posición fetal sobre el camastro. No veía más que el uniforme blanco de la cárcel y su melena negra, que se le desparramaba sobre el cuerpo.

—Tenías razón —dijo Bruce, tras un largo silencio.

La reclusa no se movió. Parecía estar mirando el vacío, concentrada en un punto del suelo. La bandeja de comida yacía al otro lado de la estancia, y la servilleta, que normalmente aparecía doblada en una compleja figura de origami, estaba tirada junto al borde de la cama. Bruce se sintió incómodo. «Algo anda mal.»

—¿Madeleine? —la llamó—. ¿Me oyes?

Otro silencio. Bruce pensó que los celadores habían insonorizado su celda, o que estaba perdida en sus pensamientos. O quizá no quería hacerle caso, como pasaba a veces. Se sentía un tonto allí plantado, y estaba a punto de dar la media vuelta y alejarse cuando por fin oyó una respuesta.

—¿Qué quieres, Bruce Wayne? —le preguntó Madeleine. Hablaba en tono más bajo, menos bravucón y más irritado que de costumbre.

El desasosiego que Bruce sentía en el estómago crecía.

—No sé si habrás oído las noticias —dijo Bruce, aunque en parte estaba seguro de que sí; de alguna manera, se habría enterado;

al fin y al cabo, parecía saberlo todo—, pero la policía descubrió un arsenal subterráneo de los Nightwalkers en el edificio Belling…

—Felicidades —lo cortó ella. Cambió ligeramente de postura, aflojando la tensión de su cuerpo y dejando el rostro más a la vista. Lo miró sin levantar la cabeza—. Parece que sabes seguir instrucciones.

Aquel día no estaba juguetona, no lucía la sonrisita de costumbre, que había dado paso a la frialdad. Confundido, Bruce parpadeó. No sabía por qué lo molestaba aquella actitud, aquel enfado.

—¿Por qué haces esto? ¿Por qué esperaste hasta que yo llegara para empezar a darle información a la policía? Ya conocías la existencia de la guarida, sabías lo de la pared de ladrillos. Has trabajado antes con los Nightwalkers. ¿Por qué ahora? ¿Qué ganas?

—Quizás haya decidido hacer borrón y cuenta nueva —le respondió ella, en tono sarcástico.

El pabellón volvió a quedar en silencio. Bruce se fijó en los brazos de Madeleine y notó algo distinto: había un moretón azulado en la parte superior. Cuatro, para ser exactos, como la marca de una mano. Volvió a mirarle la cara y descubrió que, bajo la sombra que se proyectaba sobre un ojo, había otro.

Madeleine Wallace era una criminal, una famosa asesina convicta de tres homicidios brutales, pero en aquel momento a Bruce eso se le olvidó. Sólo veía a una chica de su edad, protegiéndose en posición fetal, su habitual arrogancia convertida en vulnerabilidad.

Un trueno reverberó en el exterior. Madeleine dijo una grosería.

—Detesto las tormentas. Si los rayos interfieren con el sistema eléctrico, las puertas se cerrarán atrapándonos como ratas.

Bruce miró las puertas.

—No va a pasarte nada —le dijo. ¿En serio estaba tratando de consolarla?—. Y aunque ocurriera algo, seguro que los evacuarían a todos.

Madeleine no le hizo caso y siguió mirando al suelo.

—Somos ratas enjauladas —susurró, en voz más baja que antes. Con un estremecimiento, se encogió.

«Es claustrofóbica», pensó Bruce.

—¿Te encuentras bien? —quiso saber él—. ¿Qué te pasó?

Madeleine tardó un buen rato en responder.

—Hoy me negué a tomar mi medicamento intravenoso —dijo al fin—. En la enfermería nos peleamos un poco.

Medicamento intravenoso. Draccon no había mencionado que Madeleine recibiera fármacos.

—¿Te pegaron?

—¿Tanto se nota? —Madeleine levantó la cabeza y lo miró burlona. Luego volvió a apoyarla en la cama y suspiró—. No le digas a Draccon que lo sabes. Quiero que siga considerándome un caso difícil.

—Lo siento —se compadeció Bruce. Para su sorpresa, sentía lástima de verdad. El moretón de debajo del ojo no tenía buen aspecto. Quien le hubiera dado el golpe, lo había hecho con fuerza. La ira le oprimió el pecho sólo de pensarlo. Se acordó de su primer día en Arkham, cuando James había empujado a un interno contra la pared. El hombre había atacado a Bruce, eso era cierto; pero a James no parecía costarle tratar mal a los reclusos. Bruce no había pensado que harían lo mismo con alguien tan joven como Madeleine. ¿Acaso Draccon no estaba al corriente de aquello?

—No es culpa tuya —murmuró Madeleine. Inclinó el tronco hacia adelante y dejó los pies colgando al borde de la cama. Miró a Bruce—. Me preguntaste por qué te había contado lo del arsenal subterráneo.

Bruce asintió en silencio, aguardando a que continuara.

—Cuando murieron tus padres, ¿cómo te las arreglaste?

Lo abrumó un enorme peso. «Cuidado.»

—¿Eso qué tiene que ver?

Madeleine encogió los hombros hasta casi parecer más pequeña.

—Cuando sufres una pérdida la gente espera que uno lo supere rápido, ¿verdad? —apartó la mirada—. Los primeros meses te llenan de compasión. Luego, poco a poco, va disminuyendo, y un día te encuentras solo ante la tumba, preguntándote por qué todos han pasado a preocuparse por otras cosas mientras tú sigues ahí, soportando el mismo dolor en silencio. La gente se aburre con las penas ajenas. Quieren otro tema para hablar. Así que dejas de mencionarlo, porque no deseas ser aburrido.

Bruce asintió de forma automática. Por fin le salieron las palabras. Se oyó a sí mismo relatando los días anteriores y posteriores a la velada en el teatro. Cada palabra, cargada de ira, iba dirigida contra ella, contra cualquier criminal que matara a los inocentes para que los demás tuvieran que recoger los pedazos.

Cuando terminó, casi esperaba que le sonriera, que lo provocara, que se regodeara al haber obtenido aquella información, de que él se la hubiera proporcionado. Sin embargo, había cambiado de postura y lo miraba fijamente, con ojos oscuros y serios.

¿Por qué le había contado? ¿Quería que se diera cuenta del dolor que ella había infligido a los demás? ¿O quería que le hablara de su propio dolor, para tratar de entenderla?

—A mi madre la encerraron acusada de asesinato —dijo Madeleine un rato después—. Lo hizo porque quería a mi hermano.

La revelación le sorprendió. Bruce no sabía por qué habían encarcelado a la madre de Madeleine y tampoco nada sobre su familia.

—¿Tu hermano?

Ella asintió.

—Tenía un hermano mayor. De pequeño, una bacteria poco común le infectó las articulaciones y quedó gravemente enfermo. Sufría dolores terribles mientras la infección iba consumiéndolo.

Hizo una pausa, frunciendo el ceño ante el recuerdo. Bruce nunca la había visto así, con el rostro ensombrecido, en una expresión que le recordaba a la suya, a los pocos meses de quedarse huérfano.

—Mi madre dedicó todas sus energías a intentar salvarlo, lo llevó de clínica en clínica y salió de todas con las manos vacías. Era catedrática, pero desde luego no era rica. Teníamos un seguro que daba risa. No cubría los gastos ni de broma. Y ella tuvo que hacer trabajos extra —respiró profundo. Bruce sintió una punzada de culpa al pensar en su fortuna, y que otros no tenían tanta suerte—.

Al final, encontró a una doctora que aceptó tratar a mi hermano. Estábamos muy esperanzados.

Mientras le hablaba, Bruce veía pasar ante sí cada escena: una mujer, sentada junto al lecho de su hijo, con la cabeza entre las manos. Carreras y más carreras de hospital en hospital, cada vez con mayor desesperación.

—¿Qué sucedió?

—Mi hermano murió mientras lo supervisaba aquella doctora, que dijo que no había podido hacer nada, que le había llegado la hora y que él había acabado por sucumbir ante la enfermedad. Pero mi madre no le creyó. Algo le olía mal. Una tarde, se coló en la oficina de la doctora, buscó entre los papeles y descubrió que no había cuidado en absoluto de mi hermano. Se había limitado a quedarse con nuestro dinero y administrarle placebos y agua con azúcar —Madeleine miró a Bruce—. Mi madre aún seguía allí cuando la doctora entró en el despacho. No le pegó muy fuerte… sólo lo suficiente para matarla. Fue un accidente.

Madeleine calló, y el silencio se cernió sobre ellos, pesadamente.

—Lo siento mucho —acertó a decir Bruce.

¿Qué otra cosa podía decirle? ¿Qué palabras le habían dirigido a él cuando fallecieron sus padres?

—Murió en la cárcel. Nadie supo contarme qué le pasó exactamente, aunque ya sé cómo tratan a los reclusos.

Se encogió de hombros, como si estuviera muy acostumbrada a convivir con aquella información. Los ojos de Bruce se posaron de nuevo en los moretones.

—Durante el tiempo que estuvo aquí, vi cómo los ricachones salían de prisión a sus anchas. Me infiltré en el sistema informático de la cárcel y por lo visto siempre los condenaban a arresto domiciliario. Mientras tanto, mi madre se pudría aquí dentro. No teníamos dinero. Por aquel entonces, yo tenía diez años.

«Diez.» Aquel número fue un duro golpe para Bruce, que se vio a sí mismo a los diez años, yendo solo a clase por primera vez, consciente de que todas las tardes sería Alfred quien lo recogería a la salida de la escuela, y no su madre o su padre. ¿Qué aspecto habría tenido Madeleine? ¿Sería una niña bajita, delicada, con el pelo largo y mirada seria? ¿Adónde había ido, sin tutores ni dinero que la protegieran? ¿Cómo había acabado allí, una asesina más, que había llevado el delito de su madre a otro nivel?

¿Sabía Draccon todo aquello sobre ella? Bruce lo dudaba… Era severa, pero no cruel.

—Una vez me preguntaste por qué había cometido aquellos asesinatos —dijo Madeleine, para acabar—. Dime, Bruce Wayne… ¿Me consideras igual que el asesino que mató a tus padres a sangre fría? ¿Crees que me merezco arder en el infierno, que me maten inyectándome veneno en el brazo? —hizo una mueca—. Eres multimillonario. ¿Qué sabes realmente de mí? Una persona como tú, ¿es capaz de comprender la desesperación?

«No confíes en nada, sospecha de todo.» Estaba confundido: la imagen de sus padres en el suelo contrastaba con otra de una niña solitaria, perdida lejos de su madre y su hermano. Negó con la cabeza e hizo una mueca.

—Si Draccon estuviera al tanto, no lo permitiría. No creo que ni siquiera lo aprobara la doctora James.

Madeleine emitió un sonido gutural, de asco. Se levantó de la cama y se acercó a la ventanilla, hasta que sólo la separaron de Bruce unos cuantos centímetros y la barrera de cristal.

—Siempre tan confiado… A nadie le importa lo que me pase. No quieren más que la información que puedan sacarme. Seguramente no te dejarán bajar de nuevo —tras un momento de duda, continuó—, no quiero ver cómo arde Gotham City, pero prefiero morir antes de revelarles directamente lo que sé.

La mirada de Madeleine perdió la dureza y Bruce vio que sus ojos no eran negros del todo. Cuando la luz incidía en ellos desde cierto ángulo, emitían reflejos de tonos castaño y avellana. Si entre ambos no hubiera mediado el cristal, si ella no hubiera estado recluida en un centro como aquel, esa cercanía le habría resultado incómoda, o incluso íntima.

—¿Por eso decidiste hablar conmigo? —le preguntó— ¿Porque crees que compartimos parte de nuestra historia?

Madeleine frunció el ceño y lo miró perpleja.

—Te cuento todo esto porque… es difícil entenderte. Tal vez esté diciéndote que tengas cuidado.

Lo dijo con tal rotundidad que Bruce se estremeció en lo más hondo de su ser. «Es una advertencia.» Madeleine volvió a mudar de expresión y bajó la mirada. Frunció el ceño, como si fuera la primera vez que no se sintiera segura de sí misma.

—O quizá, simplemente, me caigas bien —murmuró.

—No podré volver a hablar contigo —replicó Bruce, apoyando una mano en el cristal—. Draccon me advirtió que ésta sería la última vez.

Madeleine lo fulminó con la mirada, sin creerle.

—Si no te ven, no podrán impedírtelo —hizo una pausa y miró las cámaras—. Si quieres volver, tendrás que utilizar un decodificador en la frecuencia adecuada.

«Intenta engañarte», se dijo Bruce, dividido entre un marea de inquietud y un pozo de confusión.

—¿De verdad estás sugiriéndome que interfiera con el sistema de seguridad de Arkham? ¿Por qué iba a hacerlo?

—No te sugiero nada —respondió ella—. Sólo te cuento qué necesitarías para volver a verme. Si quieres —vaciló—, si te hace falta.

«Trucos. Estafas. Mentiras.» Sin embargo, había una súplica muda en su voz, en la entonación de aquella última frase. «Si te hace falta.» Había un dejo de advertencia en aquel tono. Algo apremiante. Debía haber muchas cosas que Madeleine no le contaba.

La chica movió la cabeza, como si hubiera cambiado de opinión.

—No me crees —declaró—. Pues no vuelvas. Repítele a Draccon lo que te conté, si te da la gana. Nada cambiará lo que me pase estando aquí abajo.

Bruce iba a responder, pero entonces un estruendo ensordecedor estremeció el pabellón. Las luces del pasillo se apagaron al unísono. Sus palabras se quedaron congeladas, sin salir.

En un primer momento, la oscuridad fue absoluta, y se sintió como si flotara a la deriva por el vacío. Oía los gritos de los demás internos; algunos gritaban de alegría, otros llamaban a gritos a los guardias, para que arreglaran las luces, y unos golpeaban las ventanillas de cristal de las celdas, o se lanzaban contra las puertas, como para ponerlas a prueba. Era incapaz de oír a Madeleine en medio de aquel caos, y ni siquiera le veía la cara, que estaba justo delante de la suya. Pero fue otro sonido el que le puso la piel de gallina.

El rechinido de una puerta que se abría.

Se encendieron luces escarlata que bañaron el pasillo en sangre. Bruce vio a dos internos que salían de sus celdas, mientras una voz sobresaltada sonaba por los altavoces. Empezó a oírse una alarma.

«Una fuga.»

15

Los reos que acababan de salir de sus celdas parpadearon varias veces ante la luz de un rojo sangre. Uno de ellos miró confuso a la cámara que tenía más cerca. Otro observó a Bruce con incredulidad, como si no terminara de creer que hubiera escapado de su encierro. De los pisos superiores llegaba el eco de las alarmas y un temblor de pasos apresurados.

—¡Protocolo de emergencia! —gritó una voz por megafonía—. ¡PROTOCOLO DE EMERGENCIA!

Bruce echó un vistazo a la puerta de salida y un timbrazo resonó en todo el pabellón. Las luces sobre la salida se iluminaron de verde, indicando que quedaba abierta. «Corre», se dijo. «Huye.» Clavó la vista en la celda de Madeleine. Aún no había abierto la puerta, pero no la veía; había salido del campo visual de la ventana.

El primer interno corrió hacia la salida. Sin ser consciente de lo que hacía, Bruce salió disparado hacia la puerta, para bloquearla.

El recluso le enseñó los dientes y se abalanzó sobre él, intentando morderlo. Bruce retrocedió, cubriéndose el cuello. Descargó un puñetazo en la mandíbula del hombre, un derechazo limpio. El preso se tambaleó y maldijo. Volvió a lanzarse contra Bruce. En sus ojos había fiereza, una desesperación ciega. Al oír su voz, a Bruce se le puso la piel de gallina.

—¡Déjame salir! —bufó—. ¡Quítate de en medio…!

Bruce se retorció de dolor cuando el hombre le clavo las uñas en el hombro. Retrocedió y se lanzó con todo su peso contra él, empujándolo. El preso perdió el equilibrio. Bruce cayó junto con él y consiguió agarrar el palo de un trapeador, justo cuando el otro volvía a ponerse de pie. Le descargó un golpe en las espinillas que lo hizo gritar. Bruce se agachó y repitió el movimiento, descargándole otro golpe en el vientre. El preso se dobló por la mitad, con ojos desorbitados, y se desplomó hacia un lado. La alarma seguía sonando. Todo era difuso y estaba teñido de escarlata.

Bruce levantó la cabeza y vio a otro preso: al tipo que lo había amenazado con cortarlo en pedacitos. No miraba hacia la salida, sino que se había acercado a la celda de Madeleine y tenía una mano puesta en la puerta. Bruce se estremeció de miedo.

Justo cuando estaba abriéndola, Bruce lo apartó de una embestida. Pero el preso le sacaba treinta centímetros. Le dirigió una siniestra sonrisa. «Voy a morir aquí», pensó Bruce, y la sola idea provocó una descarga de adrenalina que corrió por sus venas. El hombre se acercó a él. Bruce se agachó, evitando apenas el puñetazo, y bloqueó con su cuerpo la puerta.

El hombre se preparó para golpear de nuevo.

Por la puerta del pasillo entró un grupo de guardias con cascos, con los escudos en alto y las armas desenfundadas… Eran como borrones negros que gritaban a los internos que se tiraran al suelo. El mastodonte que Bruce tenía delante miró hacia ambos lados cuando lo rodearon. Abrió la boca en un gruñido y se retorció de dolor cuando un vigilante descargó su pistola eléctrica sobre él y lo derribo. Bruce miró cómo lo arrastraban hasta su celda, mientras él gritaba y se resistía. La alarma dejo de sonar por fin. Las puertas de las celdas volvieron a quedar selladas.

Apareció James. Clavó los ojos en Bruce y, por primera vez desde que la conocía, vio en ella una expresión de asombro. Tal vez incluso culpa.

—¿Estás bien? —preguntó, ayudándolo a levantarse. Se le habían soltado algunos mechones del peinado y estaba jadeante—. Dichosa tormenta. No debiste quedarte aquí abajo. Lo… —suspiró, negando con la cabeza y poniéndole una mano sobre el hombro—. Lo siento. Vámonos de aquí.

Mientras se encaminaba a la salida, Bruce volteó a mirar la celda de Madeleine. Estaba de nuevo sentada en la cama, abrazada a las rodillas, y el pelo le caía en cascada sobre el hombro derecho. Parecía temblar un poco. Levantó la cabeza y lo miró. Una fugaz sonrisa se dibujó en sus labios, irregular como la llama de una vela, tan leve que seguro nadie más la vio.

Bruce se sorprendió pensando en las palabras de Madeleine. «Somos ratas enjauladas», había dicho. Y él había corrido a protegerla.

Las manos aún le temblaban cuando siguió a James por la salida del pabellón, mientras los gritos reverberaban a su espalda.

Bruce no regresó a Arkham hasta una semana después; tras la fuga, necesitaba tomarse unos días. El incidente había salido en las noticias y el lugar se había llenado de periodistas.

Cuando volvió a ver a James, la notó apagada; su habitual sarcasmo había dado paso a la preocupación. Incluso le informó que tras los sucesos había hablado con Draccon y el tribunal para que le redujeran la condena que le quedaba. De hecho, ya había cumplido las horas de limpieza del pabellón de tratamiento intensivo.

Pero Bruce no quería que le redujeran el tiempo que tenía que pasar en Arkham y tampoco acabar con las visitas al sótano. Aún le quedaban muchas preguntas, demasiadas cosas que averiguar acerca de Madeleine. Se reunió con Draccon en la comisaría, para ver qué podía decirle.

—Me alegro de que salieras ileso —le aseguró ella mientras examinaba carpetas llenas de documentos judiciales. Bruce la observaba sentado al otro lado del escritorio—. Hablaré con los del juzgado. Nunca oí que se produjera un fallo en Arkham, pero la tormenta provocó una serie de fallos en el sistema de seguridad. No volverá a ocurrir.

—Madeleine ni siquiera trató de huir —replicó Bruce, frunciendo el ceño—. ¿Por qué se quedó allí plantada, si tenía oportunidad de escapar?

—No tengo ni idea. ¿Te contó algo sobre nuestro hallazgo subterráneo?

«Tal vez esté diciéndote que tengas cuidado. O quizá, simplemente, me caigas bien.»

Bruce se esforzó por pasar por alto aquello.

—No añadió nada, pero tampoco parecía sorprendida cuando se lo conté. El resto de información útil ya se la he contado.

Bruce observó a la inspectora. Aunque Madeleine le había pedido que no le mencionara lo de los moretones, ¿debía hacerlo, y también lo de los medicamentos? Sin embargo, si Draccon tenía la sensación de que él criticaba el trabajo de la policía, también era posible que pareciera que él empezaba a sentir lástima, incluso afecto, por la chica.

Ante la idea de no volver a hablar con Madeleine, una sensación extraña y desagradable le oprimió el pecho. ¿Por qué la protegía?

«No le digas a Draccon que lo sabes», le había pedido, entre susurros.

Tal vez fuera mejor ir por su cuenta. Tenía que existir información sobre la madre de Madeleine, sobre su estancia tras las rejas. Lo averiguaría solo. Miró el montón ordenado de carpetas que había al borde del escritorio, toda la documentación sobre Madeleine reunida hasta la fecha.

—¿Y el resto de la conversación? —preguntó Draccon girando la cabeza y mirándolo mientras tomaba una carpeta negra y gruesa del estante superior y sacaba un formulario.

Bruce abrió la boca, torturado por contarle o no a Draccon el relato que le había hecho Madeleine del arresto de su madre… pero en cambio lo que salió de ella fue:

—Me preguntó por mis padres, así que le hablé de ellos.

—Pues me alegro de no mandarte más allí —admitió Drac-con—. No vale la pena que corras peligro para lograr una posible confesión —suspiró y se arrodilló para sacar un cajón de carpetas del estante inferior—. Ah, aquí están los papeles de tu caso.

Por un instante, desapareció de su vista.

Bruce le agradecía su preocupación, pero el eco de una duda seguía resonando en su cabeza.

¿Y si Madeleine confiaba de verdad en él?

Bruce aprovechó que Draccon estaba concentrada en sus pape-les para sacar de su carpeta el documento con el perfil de Madeleine. Lo enrolló con cuidado y se lo metió en el bolsillo interior de la chamarra. Necesitaba desentrañar el misterio que rodeaba a esa chica, obtener la máxima información posible. Y debía hacerlo sin tener a la policía pendiente de él.

16

Al día siguiente, cuando Alfred dejó a Bruce a la entrada de los nuevos laboratorios de WayneTech, estaba agotado. Había tenido pesadillas: pasillos teñidos de una luz sanguinolenta, escaleras que bajaban a la oscuridad absoluta, una chica en posición fetal y enfundada en su uniforme de presa, una sombra que se abalanzaba sobre él. Había soñado con su propia mano pegada al cristal y la de Madeleine al otro lado, mientras ella le pedía que tuviera cuidado.

—Pareces cansado —le comentó Lucius cuando lo vio. Vestía todo de blanco, color que contrastaba llamativamente con su piel negra.

Bruce se acercó a él sonriendo.

—Gracias. Tú también tienes buen aspecto —repuso.

Lucius soltó una risita.

—Me alegro de que te quede poco en Arkham.

¿Tanto tiempo llevaba allí? Las cubetas de agua sucia y las labores de limpieza pronto quedarían atrás, pero también aquella chica extraña, hermética y brillante, confinada en el sótano, que parecía atesorar tanta información sobre los Nightwalkers.

—Trabajamos mucho en el perfeccionamiento de cada detalle —le contaba Lucius mientras atravesaban el vestíbulo.

Al oírlo pronunciar su nombre, Bruce salió de su ensimisma-
miento. Miró cómo Lucius colocaba la mano sobre un monitor
situado ante una serie de puertas corredizas de cristal. Esperó a que
Bruce hiciera lo mismo. Dos investigadores les dieron dos batas
blancas y un par de gogles de seguridad.

—Si Gotham City va a emplear tecnología nuestra en sus sistemas de seguridad y justicia, tenemos que asegurarnos de que todo
parezca infalible. La ciudadanía debe confiar plenamente en nosotros, igual que el ayuntamiento —miró a Bruce—. Igual que tú.

Al avanzar por uno de los pasillos, Bruce experimentó un *déjà
vu*. Ya los había recorrido con su padre en la época en que Lucius
aún era becario; ahora parecía extrañamente normal que Lucius lo
guiara a él, para mostrarle cómo funcionaban las cosas en Wayne-
Tech. El sello de Thomas Wayne era evidente en cualquier edificio
de las Wayne Industries; sobre todo allí, en los laboratorios de investigación, Bruce veía que la elegante disposición de los pasillos y
de la arquitectura en general reflejaba directamente la influencia
paterna.

Por fin se detuvieron ante una serie de puertas dobles de metal
que se elevaban hasta el techo. Bruce alargó el cuello, expectante.
Había estado en otras zonas del edificio docenas de veces, pero
aquellas puertas daban a la fábrica de los prototipos. La última vez
que la había visitado todavía era un niño y su padre vivía.

Lucius volteó la cabeza y le sonrió, mientras un investigador
tecleaba un código en un panel adyacente a la puerta. La pantalla
emitió un pitido, se puso verde y los tres entraron.

Era más grande de lo que Bruce recordaba. Un entramado de
vigas metálicas atravesaba el techo, y todo estaba iluminado por
cientos, o miles, de luces. Se hallaban rodeados de objetos de todas
las formas y los tamaños: vehículos militares Humvee, revestidos de
placas y con neumáticos a prueba de balas; mallas metálicas finas
como cuchillas, dispuestas en hilera; una fila de estanterías de metal
con lo que parecían cañones propios de la ciencia ficción colocados encima. Mientras un investigador le hacía unas preguntas a

Lucius, Bruce se acercó a los soportes y examinó algunos de los objetos.

Se detuvo ante un dispositivo cuadrado, cuya cara superior era una pantalla. Cuando le dio la vuelta, vio una serie de frecuencias impresa sobre el plástico.

—Vaya —dijo Lucius desde un extremo de la estantería, encogiéndose de hombros al ver a Bruce examinando el artilugio—. Es un dispositivo de reparación. Quizá te interese para tu casa. Emite unas frecuencias que harían funcionar con normalidad cualquier dispositivo estropeado.

Bruce asintió con poco interés, y como Lucius siguió conversando con los investigadores, aprovechó para quitar la tapa trasera. Recordó las palabras de Madeleine y también cómo miraba al techo. Si era capaz de modificar los parámetros de aquel instrumento, tal vez desactivara temporalmente las cámaras de Arkham, y así volvería a hablar con Madeleine, en caso de emergencia o si los Nightwalkers daban un nuevo golpe y necesitaba sacarle más información.

Desactivó la alarma para llevárselo de aquella sala. Se lo metió en el bolsillo y volvió junto a Lucius, que estaba de pie frente a una vitrina.

—¿Y esto? —le preguntó.

Lucius sonrió.

—Es algo que creo que te impresionará.

Dentro del expositor había un casco negro opaco y un traje blindado de cuerpo entero, cuyo tejido formaba una malla. Brillaba como si fuera de metal, pero por su aspecto estaba claro que era maleable y flexible como la seda; una armadura que daba la impresión de ajustarse a cualquier cuerpo. Bruce se inclinó hacia delante para observarla mejor, admirando sus destellos bajo la luz.

—Estamos trabajando también con mecanismos de protección —le explicó Lucius—. Este de aquí es nuestro último experimento en lo que se refiere a tejidos portátiles a prueba de balas, con eslabones reforzados: es como una malla microscópica, resistente como el acero y lo bastante cómoda como para permitir saltos y giros completos. Aún está en fase beta de prueba, claro, no puede estrenarse. Pero puede duplicar la resistencia de un ser humano. Nos lo encargó la marina, hace dos años, y ha resultado un contrato bastante lucrativo.

Bruce asintió. Aquel traje le habría venido de maravilla en el túnel del edificio Bellingham.

Pasaron ante varias estanterías más hasta que Lucius se detuvo. Un espacio libre dividía en dos el laboratorio; al otro lado distinguió una serie de máquinas con apariencia de cíborgs, cuyos brazos y piernas metálicos eran tan anchos como la cintura de Bruce. Unos rotores dobles instalados a la espalda parecían permitirles volar y en la cabeza dos líneas de luz azul grisácea hacían pensar en unos ojos estrechos.

Lucius se detuvo junto a una de las máquinas y la señaló.

—¡Ah, esto! Esto es lo que te morías por ver.

Bruce observó aquellas luces con aspecto de ojos. «Son los androides.» Daba la impresión de que le devolvía la mirada, como si fuera realmente consciente de que lo tenía delante. Si Lucius pretendía impresionarlo, desde luego lo había conseguido.

—¿Cómo funcionan? —preguntó Bruce, tratando de apartar la vista de aquellos ojos escrutadores.

—Pues… —respondió Lucius—. Es mejor sacar uno y demostrártelo.

El robot más cercano cobró vida con una sacudida y un tono azul brilló en lo que eran sus ojos. De inmediato, pareció detectar que tenía a gente delante.

—Ada —dijo Lucius dirigiéndose al robot. Al pronunciar el nombre, el androide giró la cabeza hacia él.

—Señor Fox —replicó.

—Mira —indicó Lucius a Bruce—, Ada, que es nuestro Armamento Defensivo Avanzado, ya decidió (a partir de nuestro ritmo cardíaco, las señales eléctricas de nuestros cuerpos y nuestro lenguaje corporal) que somos amigos. También ha buscado en internet para obtener información sobre nosotros. Préstame el teléfono.

Bruce obedeció. Lucius lo agarró, lo sostuvo junto al suyo, de manera que ambos estuvieran en contacto, e instaló algo en el de Bruce, que observaba con atención. Un instante después, se lo devolvió. En la pantalla, Bruce vio una app que mostraba dos siluetas blancas y azules. Eran las de ambos, y tenían marcada una categoría: AMISTAD.

—Si hubiera detectado a un enemigo, habría reaccionado de inmediato adecuadamente.

—¿Y cómo distingue si alguien es su enemigo? —quiso saber Bruce.

—Por el lenguaje corporal, por una postura agresiva. También entiende las palabras de los humanos, entre las cuales algunas activarán su detector de hostilidad —Lucius fingió abalanzarse sobre el cíborg: encorvó los hombros, alzó los puños y entornó los ojos con expresión amenazante. Sin desviar la mirada, le dijo a Bruce—: te lo demostraré.

El androide se puso rígido y sus brazos y piernas se abrieron, revelando un arsenal interno a cada lado. Se irguió, mucho más alto que Lucius.

—Apártese o será detenido —dijo el robot, al tiempo que un escudo metálico salía de uno de los brazos y se desplegaba ante Bruce y los demás con tanta rapidez que casi ni lo vieron.

Bruce retrocedió instintivamente levantando las manos en actitud defensiva. Cuando Lucius alzó los brazos, como si se rindiera, el robot detectó el movimiento y dijo:

—Gracias por su cooperación, señor Fox.

Pese a la emoción que sentía, Bruce experimentó un escalofrío.

—Y si no cooperas, ¿qué hace? —preguntó.

Lucius pulsó de nuevo la tecla de su teléfono y el cíborg volvió a su posición pasiva.

—Su objetivo principal es proteger a los agentes a su cargo. Estará por defecto en modo defensivo y reaccionará de manera ofensiva como último recurso, al detectar que un individuo peligroso está a punto de atacar.

Mientras Lucius le explicaba los pormenores del funcionamiento de los Ada, Bruce se acercó al androide para examinar las articulaciones. Lucius desplegó un panel a un costado del robot y le mostró una serie de circuitos.

—Si, por ejemplo, hubiera corrido o me hubiera resistido, Ada me habría alcanzado y retenido con tranquilidad. Además, está programado para no atacar a otros androides. Nunca abren fuego unos contra otros.

—Impresionante —reconoció Bruce, sin apartar los ojos del robot, mientras Lucius le enseñaba orgulloso los circuitos de un segundo panel.

—Propusimos que uno de ellos acompañe a cada patrulla policial y que trabajen varios juntos con SWAT. Proyectarán una imagen de seguridad, harán que aumente la autoestima y la confianza de sus compañeros humanos y servirán de defensa ultrarrápida para proteger las vidas de los agentes hasta en las calles más peligrosas.

Bruce no apartaba la vista del cíborg. Nunca había visto una muestra tan receptiva de inteligencia artificial. La cabeza le daba vueltas, intentaba averiguar cómo lo había logrado. Recordaba un modelo antiguo, volador, que Lucius había diseñado y fabricado hacía años. Pensó en el código y el hardware que había visto en aquel caso. ¿Lucius había trabajado en aquel prototipo?

«A Madeleine le gustaría.»

La idea le pasó por la mente como un relámpago, apenas un instante. Parpadeó varias veces, avergonzado. Era una delincuente, justo un tipo de persona a la que aquel cíborg arrestaría en primer lugar. ¿Qué más le daba a él que Madeleine comprendiera aquella tecnología, que le interesara?

—Ada puede adoptar varios tamaños —prosiguió Lucius, pulsando más teclas de su app. Ante sus ojos, las piernas del cíborg se alargaron hasta casi duplicar su altura, para luego replegarse varias veces, hasta que su cabeza quedó al nivel de la de Bruce—. Esto le permite una movilidad impresionante durante sus tareas de protección.

—¿Cuándo lanzarán la versión beta? —preguntó Bruce.

—En la gala —contestó Lucius, cruzándose las manos a la espalda—. Llevaremos unos cuantos, en lugar de contar con un cuerpo de seguridad humano. Para impresionar a los asistentes.

—Genial —contestó Bruce, cuya mente volvía a los Nightwalkers. Ignoraba todavía por qué acumulaban tantas armas y también dónde sería su próximo golpe. Apretó el dispositivo de frecuencias que se había escondido en el bolsillo: lo necesitaría si tenía que hablar de nuevo con Madeleine. Y si volvía a verse envuelto en una situación como la de Bellingham, le vendría muy bien la protección que le ofrecía la tecnología de aquella sala.

—¿Puedes registrarme en el sistema, para que pueda regresar por mi cuenta? —volteó para preguntarle a Lucius—. Durante los próximos meses no nos veremos mucho —se aclaró la garganta y lo miró con toda la franqueza que pudo—, me gustaría estudiar los androides a fondo.

—Por supuesto —concedió Lucius, inclinando la cabeza con respeto, un gesto que antaño empleaba con el padre de Bruce—, al fin y al cabo, la empresa es tuya.

17

Aquella noche, Bruce tuvo otra pesadilla. De nuevo recorría los pasillos de su casa. La mansión parecía alargarse hasta el infinito en todas direcciones; los pasillos se convertían en estudios, que se transformaban en balcones erigidos sobre la oscuridad. Alfred no aparecía por ninguna parte. Bruce se detuvo al llegar al comedor. Sobre el sillón había algo.

La tormenta arreciaba. En el sueño, una de las ventanas de la sala se cerró de golpe, llenándolo todo de cristales. Una ráfaga de viento helado apagó de un soplo la chimenea y provocó una columna de humo. Bruce se retorció y levantó un brazo instintivamente, para cubrirse la cara. Sin embargo, cuando volvió a mirar, la misteriosa silueta ya no estaba. El temor le atravesó la piel y sintió la imperiosa necesidad de echarse a correr.

Una mano le tocó el brazo. De inmediato, volteó.

Era Madeleine.

Estaba mortalmente pálida en la oscuridad; era una aparición hermosísima. El pelo negro y brillante le caía sobre los hombros, lanzando destellos azules en la luz plateada que incidía sobre el suelo y las paredes. Le sonrió, como si hubiera estado esperándolo, y Bruce le devolvió la sonrisa, aunque tenía la piel de gallina donde ella lo había tocado. Se suponía que no debía estar allí, ¿no? ¿Acaso él había olvidado algo? Era una delincuente, se hallaba encerrada tras una gruesa barrera de cristal, en Arkham Asylum. ¿Qué hacía allí? No le resultaba fácil comprender nada cuando estaba cerca de ella, como si toda la lógica que reinaba un instante antes hubiera desaparecido.

—¿No te acuerdas? —murmuró ella, acercándose—. Me liberaste y me trajiste aquí.

Hablaba en voz muy baja, en un tono desgarrado por el dolor. Al oírla, a Bruce le dio un vuelco el corazón. Las manos de ella eran pequeñas, y las sentía frías contra el pecho.

Se acercó a Madeleine hasta que ambos quedaron pegados a la pared. Tardó un momento en darse cuenta de que ella tenía las manos ensangrentadas y le había dejado marcas oscuras en la piel.

—¿Crees que mi hermano merecía sufrir como lo hizo?

«No. Claro que no.» Bruce se estremeció, porque las palabras de ella le recordaron la sensación que le provocaba la ausencia de sus padres. Al apartar la mirada de la suya, Madeleine le envolvió el cuello con los brazos. Con la mano en la barbilla, Madeleine le giró la cara de nuevo hacia la suya.

—Dime la verdad —susurró. Tenía los ojos tan negros que no se distinguía la pupila del iris—. No puedes dejar de pensar en mí.

«No, no puedo.»

Ella sonrió.

—¿Y exactamente en qué piensas, Bruce?

«En tus labios. En tus ojos. En la curva de tu sonrisa. En la sangre de tus manos. Te deseo. Te temo.»

Bruce negó con la cabeza y se apartó. Cada fibra de su ser sabía que ella no debía estar allí, que él mismo corría un grave peligro… pero Madeleine lo atrajo de nuevo hacia sí, acercándose hasta que sus labios quedaron a pocos milímetros. Y entonces la besó, y sintió el cuerpo suave contra el suyo, y aquello, justo aquello, era lo que deseaba. ¿Por qué quería irse? Ella le devolvió el beso, apasionadamente. Él se mareó; cada músculo de su cuerpo se había tensado, de deseo y terror. Nunca había estado con nadie como ella, nunca en los brazos de una chica que le daba miedo de verdad. Tenía la sensación de que estaba mal, de que era detestable… y aun así, era la sensación más intensa del mundo. No podía apartarse. Sólo era capaz de seguir besándola, en los labios, en el mentón, en el cuello. Quería oírla respirar con intensidad, susurrar su nombre una y otra vez. Y ella quería estar allí, en sus brazos.

«Bruce, corre. Vino a matarte.»

A su espalda se oyó el inconfundible percutor de una pistola. Bruce se apartó de Madeleine y volteó. Tenía ante sí una pared, oscura y vacía. Giró de nuevo, pero Madeleine ya no estaba. Los pasillos parecían replegarse hacia él, comprimiéndose y expandiéndose. Sacudió la cabeza, mareado aún por el calor de aquellos labios sobre los suyos. Un miedo repentino, visceral, le atravesó las entrañas. No estaban solos.

«Los Nightwalkers. Van a encerrarme.» Tenía que salir de la mansión.

Se dio la vuelta y se echo a correr. Parecía que se movía por el aire. Llegó a la puerta principal y la abrió de par en par, pero en lugar de salir acabó en la misma habitación de la que acababa de huir. «No es posible.» La ventana rota estaba intacta. La poca luz que se filtraba por las ventanas se apagó y lo sumió todo en tinieblas. En la oscuridad, percibió una silueta que corría. Más pasos. Susurros. Un objeto afilado contra una superficie de metal.

—Madeleine —la llamó.

—Estoy aquí —respondió ella, a su espalda.

Bruce se despertó ahogándose, respirando entrecortadamente. Fuera tronaba. Las ramas de los árboles golpeaban el cristal de la ventana. Se sentó en la cama unos segundos, jadeante, y con los ojos como platos escaneó el cuarto.

¿De verdad había sido un sueño? ¿Estaban los Nightwalkers en su hogar, atrapándolo como a las antiguas víctimas de Madeleine, acechándolo? Aún sentía en la boca los labios ardientes de ella y la calidez de sus brazos en torno al cuello. Su pecho estaba perlado de un sudor frío. Se quedó quieto hasta que pudo respirar con normalidad y el recuerdo del sueño comenzó a borrarse, llevándose el terror. La tormenta arreciaba implacable contra la casa.

Bruce miró la hora en el celular. Acababa de amanecer, pero parecía medianoche por los nubarrones del cielo. Echó la cabeza atrás y cerró los ojos por un instante. Luego balanceó las piernas en un lateral de la cama y se levantó. Una luz débil le iluminaba el pecho desnudo y los pantalones que llevaba por debajo de las caderas. Salió descalzo de la habitación y miró hacia el pasillo fijamente, hacia los rincones sumidos en la penumbra, imaginando que Madeleine se materializaba allí, una figura fantasmagórica en medio de la oscuridad. Sólo lo recibieron el silencio y la tormenta. Ni siquiera Alfred se había levantado. Débiles manchas de luz salpicaban el suelo. Tras un buen rato, se adentró en el pasillo, sin hacer ningún ruido mientras se encaminaba a su estudio.

Allí la atmósfera estaba viciada, y la lluvia que azotaba los cristales distorsionaba el mundo exterior, convirtiéndolo en una mancha. Tenía las manos agarrotadas, pero no se había molestado en desentumecerlas. Agotado, se pasó una por el pelo y se dirigió al escritorio. Se sentó y encendió la computadora.

La máquina, apenas un delgado panel de cristal tan largo como la mesa —un artefacto que había fabricado él mismo—, cobró vida y lo iluminó con luz fría y artificial. Se quedó mirando los iconos que iban apareciendo y parecían flotar en el aire. Luego se inclinó y escribió:

Madre Madeleine Wallace

Aparecieron varios enlaces ya conocidos, resultados de anteriores pesquisas sobre Madeleine: su detención y los detalles acerca de los homicidios que se habían hecho públicos. Recorrió dos páginas de resultados. Al final, en la parte superior de la tercera, encontró un breve artículo sobre Madeleine donde se mencionaba a su madre.

Era una columna de opinión que exponía pormenores turbios sobre la juventud de Madeleine. Había una foto de familia, borrosa. «Madeleine Wallace. Cameron Wallace. Eliza Eto.» Aunque su hermano era mayor que ella, era más escuálido, más frágil, con los ojos hundidos, los hombros caídos y el pelo rapado. La atención de Bruce se centró en Eliza Eto. No cabía duda de que Madeleine había heredado la belleza de su madre; ambas tenían el cabello negro azulado, largo y liso, la tez pálida y los labios carnosos. Bruce releyó el artículo en voz alta.

—«La consecuencia de aquella mala praxis resultó trágica. Una semana después de la muerte de su hijo, la señora Eliza Eto asaltó el consultorio de la doctora Kincaid, esperó a que ésta entrara y le asestó más de doce puñaladas con un cuchillo de cocina.»

Bruce tragó saliva. La historia se parecía a la versión de Madeleine, pero no era exactamente igual. Según ella, su madre le había pegado a la doctora una sola vez, por accidente y con demasiada fuerza. Y en el relato que ahora leía, Eliza había apuñalado una docena de veces a su víctima con un cuchillo, había asesinado con morbosidad y premeditación a su víctima, a raíz de lo cual había sido condenada a muerte. Había fallecido en prisión, antes de que se hiciera efectiva la sentencia.

Bruce se recostó contra el respaldo de la silla y suspiró frustrado. Todas las cosas que decía Madeleine resultaban ser verdades a medias. ¿Y lo demás que le había contado?

En un ángulo de la pantalla se abrió una ventana de un chat. Era Dianne.

«¿Ya estás despierto?», le preguntaba.

«Por la tormenta. No dormí mucho», respondió Bruce.

«Yo tampoco.»

«¿Estás bien? ¿Cómo te sientes?»

«Bien, Bruce. La pregunta es: ¿tú estás bien?»

Bruce suspiró.

«En realidad no», contestó.

Aunque le molestaba admitir que Dianne estaba implicada en el caso hasta cierto punto, lo aliviaba hablar con alguien del tema, aparte de con Draccon y James. Borró la barra de búsqueda y probó ahora con «Cameron Wallace».

«Resulta que Madeleine me contó cosas de su pasado. Por lo menos, Draccon estaba en lo cierto en lo que respecta a la familia criminal, aunque no sé cuánto de lo que me contó Madeleine es verdad.»

«Bruce…» Casi oyó el suspiro de su amiga. «¿Aún sigues con esto? ¿Un caso por el que casi acabas muerto?»

«Escúchame, Di, por favor.»

«Okey… okey. ¿Qué más?»

«A su madre casi la ejecutan por asesinato.»

Pausa.

«Carajo».

«Me da lástima. Madeleine tenía diez años, y fue por su hermano.»

Bruce contempló los resultados de la pantalla. El de arriba era una esquela de Cameron Wallace, de doce años. Automáticamente, se abrió una foto del mismo chico, débil y sonriente.

«Su hermano murió por una especie de infección bacteriana.»

Envió un enlace a Dianne.

«¿Eso la empujó hasta las filas de los Nightwalkers?»

La venganza. Bruce lo sabía de manera instintiva, sin ninguna duda; lo había percibido al oír a Madeleine hablar de la muerte de su madre, de cómo la había maltratado el sistema judicial… al oírla hablar de su hermano. Quizá Bruce hubiera actuado igual, si le hubiera tocado a él. Se imaginó a la doctora asesinada y a los tres filántropos asesinados a sangre fría.

«No importa el motivo, sino que no lo hizo ella sola», contestó Bruce.

Una niña de diez años no se volvía una asesina ocho años después sin que alguien la incitara a ello.

Bruce frunció el ceño y se inclinó en su silla, tomó la carpeta con el expediente sobre Madeleine que había agarrado en la oficina de Draccon. «La devolveré cuando regrese», se prometió. Recorrió la ficha con el dedo y también su historial delictivo. Se detuvo casi en la parte inferior de la página, donde había un enlace de internet, un nombre de usuario y una contraseña. Con él se accedía al video de su interrogatorio.

Por un instante, dudó. Copió a mano el enlace en la barra de navegación. De inmediato, la página le solicitó un nombre y una contraseña, y Bruce se los dio.

PolGC-Invitado
RayoVerde

Un parpadeo y la página se actualizó. Había accedido al archivo fílmico de la policía de Gotham City.

Aparecieron los informes ya conocidos de cada delito de Madeleine, seguidos de una serie de videos e interrogatorios. Bruce se detuvo en uno en que se veía a Draccon y varios agentes en torno a Madeleine, en su celda. Estaba en la cama, con la cabeza volteada con desgana, mientras le formulaban una serie de preguntas, que quedaron sin respuesta. Bruce sonrió con cinismo recordando cómo se había sentido cuando Madeleine no le había hecho el menor caso tampoco.

—No miente muy bien, señorita Wallace —le decía Draccon, con el mismo tono incisivo que había empleado cuando Bruce la conoció—. Sabemos que en casa de sir Grant no estuvo sola. De hecho, pensamos que contó con tres, si no cuatro, cómplices que la ayudaron a cometer el asesinato. ¿Quiénes eran?

Como era de esperar, Madeleine no habló; su mirada era tan tranquila y distante que daba la impresión de que creía estar sola en la celda. Lo único que percibió Bruce fue un ligero movimiento de las manos, y al fijarse se dio cuenta de que estaba doblando y desdoblando una de sus creaciones de origami, sobre el regazo, repitiendo tres o cuatro gestos una y otra vez.

Draccon se adelantó y negó con la cabeza.

—Los atraparemos, nos lo diga o no —sentenció—, pero una confesión marcaría la diferencia entre la cadena perpetua y la pena de muerte. Usted elige.

Madeleine no se dignó a responder.

Bruce siguió viendo la infructuosa entrevista, similar a todas las demás que le habían hecho a la chica antes de que él llegara. «Su banda.» Sentado en la silenciosa habitación, siguió escuchando la tormenta que azotaba las ventanas y el rumor apagado del interrogatorio, mientras pensaba en la gente que trabajaba con Madeleine. Ella había pirateado el sistema informático de la prisión con apenas diez años… Era lista, sin duda, pero seguro la habían ayudado. Luego pensó en los asesinatos mismos, en la naturaleza macabra de cada uno… en las gargantas degolladas, la sangre por doquier, las señales de lucha encarnizada en cada casa que atacaban.

«Una niña de diez años no se convierte en una experta homicida ocho años después; no, sin ayuda.» E incluso contando con cuatro cómplices…

El video terminó. Bruce volvió a ponerlo y lo dejó correr.

¿Y si Madeleine había estado allí, pero no era la asesina? «¿Quién estuvo con ella?»

Llegó de nuevo al punto en que doblaba la servilleta sobre el regazo. Bruce entornó los ojos… Algo, hubo algo en sus movimientos que lo obligó a pausar el video. Volvió a poner el fragmento. No cabía duda, repetía los mismos dobleces una y otra vez, tres o cuatro, deshaciendo y rehaciendo la figura antes de continuar.

Ya la había visto hacerlo, por supuesto, pero nunca al otro lado de las cámaras. Al verlo desde aquel ángulo, se le ocurrió algo.

Los agentes y él mismo habían creído siempre que el origami era la ociosa costumbre de una mente inteligente y aburrida. ¿Y si era cualquier cosa menos algo trivial? ¿Y si era su modo de comunicarse con el mundo exterior? ¿Y si enviaba señales a quienquiera que se encontrara al otro lado del circuito?

Se recostó en la silla, sintiendo náuseas. Madeleine no tenía problemas para enterarse de las cosas, pero a veces daba la sensación de que sabía más de lo normal sobre lo que sucedía fuera de su celda. Había alguien en el exterior que había trabajado con ella… y con quien quizá seguía colaborando.

«Hola… hola…» Era Dianne, acosándolo con zumbidos desde el chat. «Hola, hola, hola, ey, Bruce Wayne, ¿sigues despierto? ¿¿Hola?? ¿Qué diablos pasa en la calle?»

Con la nueva teoría rodándole aún por la cabeza, tardó un rato en darse cuenta de a qué se refería su amiga. Amortiguado por el repiqueteo de la lluvia y la tormenta, le llegó el ulular de varias sirenas. Muchas sirenas.

«¿Te refieres a las sirenas?», tecleó.

Dianne le envió un video que había grabado con el celular. Por su calle se oían las sirenas y se veían sus luces centelleantes, tan cerca de su casa que resultaban ensordecedoras.

«Vaya. Parece un desfile de Año Nuevo.»

Bruce se levantó y se acercó a la ventana, tratando de atisbar algo afuera. En la curva que describía la calle, en la falda de la colina, se veía el resplandor de muchas patrullas.

Algo grave había pasado.

Corrió al escritorio, tomó el control de la tele y la encendió. Zapeó por varios canales hasta dar con las noticias matutinas, que dejó puestas. Encima de un reportero, que hablaba frenético sobre la última víctima de los Nightwalkers, había un rótulo inmenso:

REINA EL TERROR
Hallan muerto en su casa al alcalde Price

18

Petrificado, Bruce permaneció sentado ante la pantalla, pasando la mano inquieta y temblorosa por encima de los titulares, como si así pudiera borrarlos…

Justo debajo del texto se veían fotos del alcalde, sonriente en el último acto público al que había acudido; su mujer y sus hijos estaban de pie, tras él. La pequeña, una niñita, le abrazaba una pierna. A Bruce se le encogió el corazón. La última vez que había visto a Katy era apenas un bebé que se reía encantada cuando él la lanzaba al aire una y otra vez.

Sus ojos se posaron en Richard, cuyo cuerpo estaba volteado hacia su padre. Bruce recordaba bien cómo habían quedado las cosas entre ellos, por su culpa, y la mirada que le había dirigido Richard mientras se limpiaba la sangre de la nariz.

Se lo imaginó de pie en el vestíbulo de su casa mientras la policía se arremolinaba en torno suyo, ya sin esbozar ninguna mueca de desdén y con las manos colgando lánguidas a ambos lados del cuerpo. ¿Estaría sentado en la parte de atrás de la ambulancia, tapado con una manta y mirando al vacío? ¿Había presenciado el asesinato? ¿Estaría consolando a su madre y a su hermana?

Trató de llamar a Richard, pero entró directamente al buzón de voz. Volvió a intentarlo, con el mismo resultado. Lógico: lo último que querría su antiguo amigo sería hablar por teléfono.

El noticiero iba actualizándose cada pocos minutos con novedades. La última informaba que en esta ocasión los Nightwalkers habían dejado una nota.

Gotham City:

Culpa al virus, no a la fiebre. No te atacan los Nightwalkers. Te atacan tus propios ricos y su sistema corrupto y su dinero sangriento. Ahora los bañaremos en sangre. No trates de detenernos. Abajo la tiranía.

El símbolo de los Nightwalkers aparecía impreso bajo el texto, la moneda envuelta en llamas que confirmaba su implicación.

Con el corazón desbocado, Bruce se vistió deprisa y bajó corriendo las escaleras. En el bolsillo llevaba el dispositivo frecuencial que había sacado de WayneTech, que se balanceaba a cada paso. Comprobó que tenía la tarjeta de acceso a Arkham. Desde la fuga, James había dejado de molestarlo. Seguro que estaba de acuerdo con que hoy llegara antes y ajustara su horario.

Sin mirar atrás, abrió la puerta y se internó en la oscuridad.

La lluvia repiqueteaba contra el parabrisas mientras conducía el coche de Alfred hacia Arkham. En aquella negrura, el paisaje parecía más cargado de presagios, como una criatura que hubiera revivido en las tinieblas, toda ella miembros retorcidos y siluetas afiladas, un espejismo que acechaba en cada esquina.

La última vez que había investigado con la ayuda de Madeleine, había logrado descubrir un escondite subterráneo de los Nightwalkers, lo cual los había obligado a buscar otra base de operaciones. Si conseguía hablar con ella y sacarle algún dato clave, si descubría con quién se comunicaba en teoría, quizá pudiera seguir la pista de aquellos crímenes. Tal vez lo condujeran hasta el jefe de la banda.

La pregunta, por supuesto y una vez más, era hasta qué punto podía confiar en Madeleine. Sin embargo era su única guía, y los Nightwalkers acababan de ejecutar un movimiento arriesgado.

Tenía que ayudar a la policía a llegar al fondo del asunto antes de que el destino llamara a su propia puerta.

«¿Y si ella también es inocente?» La habían detenido en la escena del último crimen, con las manos manchadas de sangre de la víctima… pero ¿y si había otros detalles en su historia, algo que nadie sabía?

Para cuando llegó a la reja de Arkham, la lluvia había remitido un poco, por lo que logró ver el contorno del centro recortado claramente tras el parabrisas. Por las ventanas salía una luz amarillenta. Atravesó el cercado doble y subió la escalinata sacudido por las ráfagas de viento. Colocó rápidamente su identificación ante el escáner de la entrada y entró a la carrera en cuanto las puertas se abrieron.

—Madrugó, ¿eh, Wayne? —lo saludó el guardia mientras Bruce se registraba y firmaba. Lo había visto tantas veces que no movió ni un pelo.

—Sí —contestó él—. Tengo que hablar con la doctora James.

—¿Tan urgente es como para conducir con esta tormenta? —el hombre le dio otra enorme mordida a su dona y siguió viendo el clima en las noticias—. Vaya, vaya. Seguro estará en el comedor.

No hizo falta repetirlo, pues Bruce se precipitó hacia el elevador que conducía al sótano.

Se suponía que ya no tenía que trabajar allí, pero James tardaría horas en darse cuenta. Tal vez Draccon ni siquiera apareciera, no con el asesinato del alcalde saliendo en todos los noticieros… Tal vez se encontraba en casa de los Price; no se acordaría de Bruce. Metió la mano en el bolsillo y apretó el dispositivo frecuencial.

Los dos internos que se habían fugado durante los disturbios ya no estaban en sus celdas; los habían trasladado. En su lugar había otros, iguales a ellos, de mirada atormentada y semblante amenazador. Bruce se detuvo al final del pasillo, justo delante de la primera cámara del techo, y encendió el aparato.

No hizo ningún ruido, o al menos ninguno que él pudiera oír. Recorrió todas las frecuencias que pudo. Los segundos se le hicieron eternos.

Y entonces, se activó: se oyó un ligerísimo clic en una de las cámaras. Las otras hicieron lo mismo, en un dominó de sonidos; la luz roja que brillaba siempre en cada una se había apagado. Bruce esperó. Cuando se iluminaron de azul, lo que indicaba que se habían reiniciado, volvió a presionar el dispositivo y las sintonizó en una frecuencia errónea, para que no grabara nada de lo que ocurría allí abajo.

Se encaminó a la celda de Madeleine.

Estaba despierta y alerta. Miraba hacia el techo, como si estudiara las cámaras. Bruce se preguntó si ya estaría al tanto de lo que había hecho. No sólo podrían hablar sin que quedara un registro, sino que, si resultaba que ella usaba las cámaras para comunicarse de forma rudimentaria con el mundo exterior, la había dejado temporalmente aislada.

Madeleine se dio la vuelta y lo miró acercarse a la ventana.

Creía que ya no te permitían bajar.

—Los Nightwalkers atacaron hace unas horas —Bruce apoyó el puño contra el cristal—. Mataron al alcalde. A lo mejor ya lo sabías, ¿no? —señaló las cámaras desactivadas con la cabeza—. ¿Utilizas algún sistema para comunicarte?

De no haber estado tan habituado a su expresión serena y enigmática, no habría dado mucha importancia al leve parpadeo de Madeleine, un gesto sutilísimo con el que mostró su sorpresa.

—Qué temprano viniste, Bruce, y qué alterado estás. Has estado pensando en mí.

Las palabras se parecían tanto a las del sueño que Bruce se apartó de la ventanilla, como para protegerse poniendo distancia entre los dos. Esperaba que no lo hubiera visto ruborizarse y adivinara al momento qué había soñado. No pudo evitar mirarle los labios. Había parecido tan real…

—Madeleine, por favor —le dijo, bajando la voz. No podía permitirse enemistarse ahora con ella: necesitaba que lo viera vulnerable—. ¿No hemos hablado ya lo suficiente para ahorrarnos los jueguitos? Mira… El alcalde era el padre de un amigo mío —desvió la mirada y volvió a acercarse y a poner la mano sobre el cristal—. Ya me ayudaste una vez, me diste una pista que me sirvió para descubrir uno de los escondites de los Nightwalkers. Si sabes algo, cualquier cosa… dímelo, por favor.

Ella suspiró. Por una fracción de segundo, pareció furiosa, como si las noticias que Bruce le daba no fueran lo que se esperaba. Se levantó y se acercó al panel que los separaba. Su proximidad le recordó a Bruce el sueño: sus brazos en torno al cuello, que lo atraían hacia ella; sus labios que se movían con los suyos. Tragó saliva y trató de desterrar el recuerdo.

—No creo que cometieras aquellos asesinatos —prosiguió—. Creo que estás implicada, que sabes quién fue, pero que no lo cuentas por alguna extraña razón. Eres el chivo expiatorio. Y creo que puedes ayudarme a evitar el asesinato de más inocentes, si confías en mí.

Dio la impresión de que Madeleine se sorprendía de nuevo. Lo miró a la cara, con detenimiento, y por un instante, el destello de sus ojos pareció el de una adolescente.

—Bruce Wayne —dijo en tono suave. Tenía una mirada peculiarmente cálida, en la que brillaba el color avellana con intensidad—, de las tragedias salen dos tipos de personas, ¿lo sabías? Y tú eres de las que resplandecen con más fuerza.

—¿Y tú?

Ella no respondió y clavó los ojos en él, que se estremeció. ¿Estaba comportándose como un tonto redomado?

Madeleine se acercó todo lo que pudo al cristal, tanto que el vaho de su aliento quedó impreso en él.

—Escucha con atención —le advirtió, en voz tan baja que apenas la oía. Bruce se inclinó hacia la ventanilla—. Según el plan original de los Nightwalkers, debían haber accedido hace semanas a las cuentas bancarias del alcalde. Les dieron el aviso… alguien de dentro.

—¿De dentro? ¿Quién? —preguntó Bruce, susurrando apremiante.

Madeleine negó con la cabeza y prosiguió:

—No importa. Si ya atacaron, significa que aceleraron su programa, lo que implica que van más rápido por el resto de la lista.

«¿La lista?» Bruce contuvo el aliento; todo aquel tiempo, Madeleine había estado al corriente de la siguiente actuación, pero se había reservado la información sin revelarla a nadie.

—¿Has ocultado este ataque a la policía a propósito? De haberlo sabido, habríamos podido salvarlo.

—Se suponía que la vida del alcalde nunca estaría en juego.

—¿Eres miembro de los Nightwalkers?

—Sé lo bastante como para advertirte.

A Bruce se le hizo un nudo en el estómago.

—¿Sobre qué?

—Sobre ti mismo. Ten cuidado. Estás en la lista.

—¿Qué lista? —susurró él, temeroso de la respuesta.

—La de los objetivos de los Nightwalkers. Cada una de las víctimas había sobornado al alcalde para que se hiciera de la vista gorda mientras ellas se llenaban los bolsillos con dinero público. Y sabes qué implica eso, ¿verdad? Millones y millones que debían haberse destinado a ayudar a los pobres, a curar a los enfermos, a educar a los jóvenes, a proteger las calles… desaparecidos con la varita mágica del alcalde. Se le había acabado el tiempo, es tan simple como eso.

Funcionarios corruptos. Filántropos con negocios turbios entre manos. El propio alcalde aceptando sobornos e implicándose en fraudes.

—¿Y yo? —preguntó Bruce molesto—. ¿Por qué estoy yo en la lista? No he hecho ninguna de esas cosas. Mis padres eran gente buena, usaban su fortuna para promover cambios de verdad. Me he limitado a continuar su legado.

—WayneTech sacará millones con ese contrato para aumentar la seguridad de la policía de Gotham, ¿o no? —Madeleine lo miraba ahora con semblante grave—. Los Nightwalkers luchan contra la riqueza obscena que controla al gobierno, contra los grilletes que oprimen a quienes son demasiado débiles para defenderse. Creen que nadie debe tener derecho a tanto poder y dinero. Abajo la tiranía.

Lo dijo como un eslogan. Bruce sintió un escalofrío al reconocer las palabras: las de la nota que los Nightwalkers habían dejado cuando habían asesinado al alcalde.

—Combaten contra los que son como tú, sin importar que te hayas juntado con los malos sin pretenderlo. No se habían fijado en ti antes porque aún no habías cumplido los dieciocho y no eras dueño de tu fortuna. Pero ahora estás en el punto de mira. Tienes el dinero que quieren —hizo una pausa—. Eres el siguiente, Bruce.

Más que a advertencia, sonaba a amenaza.

—¿Y qué me propones que haga?

—Vete de Gotham City —respondió Madeleine sin pensarlo—. Vete de viaje, vuela hasta Tahití y quédate allí el resto del verano. De todos modos, dentro de poco acabará tu condena en Arkham, ¿no? Y nuestras conversaciones terminarán. No te interpongas en el camino de los Nightwalkers.

Confuso, Bruce negó con la cabeza.

—¿Por qué haces esto? Parece que quieres detenerlos, que intentas protegerme. Pero ahora no deseas que te mezclen con ellos. ¿Los apoyas o no? ¿Qué te traes entre manos, Madeleine? ¿A quién proteges?

Ella lo miró como diciendo «Ojalá hubiera otra manera». Una fuerza invisible lo hizo acercarse a ella, que se inclinó hacia él. De repente, ella se apartó.

—Lo siento —dijo, volteando la cabeza.

Y eso fue todo.

—Espera —la llamó. Madeleine no volteó. ¿Corría peligro? ¿Estaba en la lista de objetivos?—. Cuéntame más. Sabes lo que intentan...

—¡Bruce!

Él volteó al instante y vio a Draccon, que se acercaba corriendo desde el extremo del pasillo; su gabardina abierta revoloteaba y la doctora James corría junto a ella.

—¿Qué demonios haces aquí abajo? —estalló James. Miró en las cámaras de seguridad, cuyas luces rojas parpadeaban de nuevo.

—Quedas relevado del caso —añadió Draccon—. Se acabó.

Bruce miró hacia la celda. Aunque Madeleine estaba de espaldas, la rigidez de su cuerpo daba a entender que seguía atenta a lo que ocurría. En cuanto la inspectora y la alcaidesa lo alcanzaron, Madeleine volteó la cabeza lo suficiente para que le viera el perfil. Esbozaba una sonrisita.

—¡No lo entienden! —les dijo Bruce a las dos mujeres mientras señalaba a la prisionera—. ¡Tiene más información sobre el asesinato del alcalde! ¡Me dijo que yo tam...!

—Tú vienes conmigo —lo cortó Draccon, agarrándolo del brazo—. Si te descubro mirando siquiera en su dirección, me ocuparé personalmente de llevarte otra vez ante el juez.

19

La lluvia salpicaba el parabrisas del coche de Draccon mientras alejaba a Bruce del complejo de Arkham. Cuando avanzaron por el sendero zigzagueante flanqueado de árboles desnudos, los ojos negros de
Draccon brillaban furiosos a la media luz que llegaba del exterior.

—¿Y mi coche? —Bruce miró hacia el centro.

—La policía te lo llevará a casa dentro de un par de horas —declaró Draccon, ofreciéndole un papel doblado—. Tras la muerte del
alcalde y lo que hiciste esta mañana, no ha sido difícil obtener una
orden de registro de tu vehículo. Además, quiero verte entrar en tu
casa con mis propios ojos. Si no, a saber en qué lío acabarías metido.

—¿Sospecha de mí?

—¿Te parecería descabellado, dado tu comportamiento de hoy?
—lo fulminó con la mirada—. Te advertí expresamente que no
volvieras abajo. ¿Por qué lo hiciste?

—Tenía que hacerle una última pregunta a Madeleine —insistió Bruce—. Inspectora, ella puede ponernos sobre la pista del
asesino del alcalde. Sabe quién fue. Creo que los Nightwalkers se
traen algo muy grande entre manos, y...

—¿Sabes qué creo yo? Creo que te da tristeza no volver a verla.
Dime, Bruce, ¿fue una casualidad que las cámaras se apagaran justo
cuando decidiste interrogarla sin mi consentimiento?

—No sé de qué me habla.

—Déjate de cuentos conmigo. ¿Crees que nunca he visto a un chico enamorado? —respiró hondo y giró de un volantazo, que hizo que el bolso y los papeles se deslizaran por el asiento trasero—. Me he enamorado y desengañado más veces de las que puedo contar, y te diré una cosa: le hiciste un hueco a esa chica en tu corazón. Detesto ser tan brusca, pero no creo que vaya a funcionar.

Bruce intentó imaginar a una Draccon enamorada, sin la armadura de autoridad con que se revestía.

—Qué ridiculez.

—¿Ridiculez? ¿Entonces por qué sigues hablando con ella?

Draccon había examinado con lupa las grabaciones de seguridad. Bruce la miró y se dio cuenta de que había adoptado una expresión inquisitiva, que quería averiguar más. Suspiró.

—No creo que Madeleine matara a aquellas tres personas.

Draccon lo miró con dureza.

— ¿Y por qué no?

—He estado analizando los detalles de su historial, y el de su madre. Me parece que está protegiendo a alguien de afuera, alguien que aún anda suelto. ¿Se acuerda de las servilletas que tiene siempre en las manos? Creo que no lo hace por divertirse, sino que con ellas envía mensajes por las cámaras. Y esta mañana, precisamente, asesinan al alcalde. Hay alguien perpetrando los crímenes de los que creíamos responsable a Madeleine. Algo no encaja.

Draccon se inclinó sobre el volante.

—Vaya… Estás peor de lo que pensaba.

—Estoy hablando de manera objetiva. No estoy loco.

—No; sólo eres un ingenuo —Draccon se aferró con fuerza al volante—. La detuvimos en el lugar del último asesinato. Yo misma estaba entre los agentes que la arrestaron, la vi. Estaba ensangrentada, tenía cortes en los guantes y unos cuchillos atados a las piernas. La casa estaba llena de sus huellas dactilares. Durante el interrogatorio posterior, cuando le preguntamos si era la autora, asintió en tres ocasiones, una por cada asesinato.

—Es demasiado lista como para dejar sus huellas por toda la casa —replicó Bruce—. Usted no ha hablado con ella; no la ha oído. Si no, entendería a qué me refiero.

—No he hablado con ella porque ha decidido hablar contigo. ¿Por qué crees que lo hace? Pones en entredicho mi trabajo, Bruce, y el de todo el departamento de policía. Mató a aquellas personas. Y ahora nos proporciona… te proporciona… información que nos resulta útil, porque se dio cuenta de que puede aprovecharse y eludir la pena de muerte. No sacará provecho si se calla lo que sabe.

—¿Y qué han hecho ustedes para sacarle esa información?

—¿A qué te refieres?

—¿James y usted autorizan al personal de Arkham a golpearla?

—¿De qué demonios hablas? —la irritación de Draccon se transformó en desconcierto.

—De los moretones. Seguro que los ha visto. Hace un tiempo, hablando con ella, vi que tenía un moretón en el ojo y otro en el brazo.

Draccon guardó silencio.

—Qué absurdo —dijo al fin—. Nadie le ha puesto nunca la mano encima.

—Fue el mismo día que le habían administrado el medicamento por vía intravenosa. ¿Se los hicieron mientras estaba en la enfermería?

—Bruce, no se le administra medicamento por vía intravenosa; no lo necesita. Y de necesitarlo, se lo darían en la misma celda. No puede salir del confinamiento.

Al oír aquello, Bruce dudó. Volteó para mirar a Draccon.

—Me contó que se había peleado con un enfermero cuando trataba de ponerle las inyecciones —dijo, pero las palabras le salieron sin fuerza.

Draccon negó con la cabeza.

—Te mintió.

—Pero... —Bruce frunció el ceño, tratando de comprender. ¿Se había hecho ella misma los moretones? ¿Era una estratagema?—. Deberían revisar las grabaciones de seguridad. O mandar a alguien para revisarla. Si de verdad tiene moretones, tendrán que asegurarse de que ningún empleado le ha hecho daño. Aún sigue siendo valiosa para ustedes, ¿no?

Draccon vaciló y carraspeó, enojada.

—Avisaré a la alcaidesa —contestó. Clavó la mirada en Bruce—. Te lo advertí en su momento: ten cuidado con esa chica. No es normal. No es alguien con quien puedas sincerarte y esperar que te corresponda. No puedes hablar con ella y pensar que la entiendes mejor que antes —lo miró de reojo—. ¿Qué más te contó que hayas decidido no decirme?

Bruce vaciló. «Vete de Gotham.» Quizá también había mentido al decírselo.

Draccon redujo la velocidad y frenó ante un semáforo. Volteó a ver a Bruce.

—Chico, escucha con atención: si te dijo algo que yo deba saber, dímelo ya. ¿Entiendes?

«Tiene que saberlo.» Bruce la miró a su vez.

—Me dijo que yo estaba entre sus objetivos. Que me fuera de Gotham, por mi propia seguridad.

Al oírlo, la inspectora volteó a verlo.

—¿Entre sus objetivos?

—Me advirtió que no volviera a casa.

Draccon lo observó con atención. Soltó una grosería y tomó el celular.

—Manden un equipo de seguridad a la Wayne Manor.

Cuando llegaron a la reja de la mansión, ya no llovía.

El sendero que conducía a la entrada seguía vacío; el contingente de seguridad aún no había aparecido. Bruce notó al momento que algo no estaba bien. «Algo no encaja.»

Draccon paró el coche junto al interfón exterior. Estaba a punto de hablar cuando Bruce la detuvo con la mano.

—Espere —fijó los ojos en el enrejado.

—¿Acostumbran dejar abierta la reja? —preguntó Draccon al reparar en lo que había atraído la atención de Bruce.

—No —contestó él. Nunca, de hecho: Alfred no solía hacerlo, aunque supiera que Bruce había salido. Sin embargo, estaban claramente abiertas, pero la abertura era tan estrecha que a primera vista parecían cerradas. Quedaba el espacio justo para que se metiera una persona.

Lo invadió el desasosiego. Se suponía que, si las puertas quedaban abiertas, se activaba una alarma. Pero ahí estaban, en silencio: la alarma se había desactivado.

—Quédate aquí —le ordenó Draccon, con la mano en la empuñadura de su arma.

—Pero…

—Bruce, no salgas del coche. Es una orden.

Draccon bajó del vehículo, sacó el arma y se alejó con sigilo, cubriéndose los hombros con la gabardina. Se deslizó por la apertura. Madeleine le había advertido hacía tan sólo una hora. ¿Acaso alguien…? Bruce centró su atención en la mansión. No había ninguna luz encendida; todas las ventanas estaban a oscuras.

El terror le golpeó el pecho y le provocó náuseas. «Alfred.»

Draccon había llegado a la escalinata ante la puerta principal y estaba subiendo los escalones despacio, con la espalda de lado y la pistola apuntando al suelo. Murmuraba cosas al transmisor que llevaba en el cuello de la blusa. Bruce miró por la ventanilla trasera: aún no había señales del contingente de seguridad. Miró de nuevo hacia la casa y vio a Draccon, que pedía a gritos que le abrieran. Un mal presentimiento invadió a Bruce cuando Draccon repitió la petición sin que Alfred saliera. Al instante, oyó que la puerta rechinaba cuando la inspectora la abrió. El cerrojo no estaba puesto.

Repasó mentalmente los detalles de los asesinatos. «Atrapados en sus propias casas.» Los Nightwalkers estaban en la suya, y querían que entrara.

La gabardina de Draccon había desaparecido tras las columnas de la entrada; la inspectora ya había cruzado la puerta.

Bruce buscó en el coche algo que pudiera usar como arma, pero no encontró nada. Si Madeleine estaba en lo cierto, si estaban allí y lo esperaban, no faltaba mucho para que salieran a buscarlo.

Entornó los ojos. «Pues que vengan.» Los distraería para que no le hicieran daño a Alfred, si es que no se lo habían hecho ya. Abrió la puerta, bajó del coche y la cerró sin hacer ruido. Se coló por el hueco de la reja.

La casa seguía envuelta en un inquietante silencio a medida que él se acercaba. Avanzó medio agachado, imitando a la inspectora, con la espalda pegada a las columnas y mirando sin cesar en todas direcciones. Cruzó el umbral y se adentró dos centímetros en el vestíbulo. Se hallaba sumido en la penumbra. Cuando cerró la puerta, oyó un leve clic. Se detuvo, con la mano en el pomo, y lo jaló. Otra vez, más fuerte. La puerta no se movió.

Estaba atrapado con los asesinos.

Le retumbaban los latidos en los oídos. No veía a Draccon.

Unas manchas oscuras sobre la pared lo hicieron detenerse en seco. «¿Sangre? ¿Pintura?» Se acercó a examinarlas, sin comprender qué eran. Cuando se dio cuenta, se apartó de golpe. Alguien había trazado un símbolo con espray: el dibujo de una moneda envuelta en llamas.

Los Nightwalkers estaban allí, esperándolo.

Revivió las pesadillas que había tenido, como si fueran reales: los pasillos a media luz, Madeleine, la persecución.

«No.» Se obligó a cerrar los ojos y a serenarse. Tenía ventaja: era su casa, y la conocía como la palma de su mano. Si hubiera querido, la habría recorrido con los ojos vendados.

La oscuridad era su aliada, no su enemiga.

Avanzó con pasos cautelosos hacia la cocina. Necesitaba un arma.

Desde algún rincón de la casa le llegó un rumor de pisadas. No se parecían a los pasos conocidos de Alfred. Se le erizó el vello de la nuca.

Siguió hacia delante. Las sábanas blancas que cubrían los muebles del comedor y la sala parecían fantasmas en la penumbra; la puerta del estudio estaba abierta de par en par. Como era su costumbre, miró el reloj de pared y, en ese instante, vio el reflejo de una silueta.

Su corazón dejó de latir.

Si se quedaba quieto, estaba muerto. Cruzó corriendo el recibidor y entró en la cocina, iluminada débilmente por la luz que se filtraba por la ventana sobre el fregadero. Junto a ella había varios cuchillos sobre una gran tabla de madera, fijados con imanes a una barra metálica.

«Pasos en el vestíbulo principal.» Si Draccon estaba allí y él no tenía cuidado, era muy fácil que le disparara por error. Tenía que esconderse. Agarró con fuerza uno de los cuchillos y se acercó a tientas a un clóset enorme y vacío que antes había alojado un refrigerador para el vino.

De pronto, oyó un disparo en el garaje.

—¡Alto!

Era Draccon.

—¡Policía! ¡Manos arriba o abro fuego!

Sintió una descarga de adrenalina recorriéndole las venas, y el mundo pareció cobrar forma a su alrededor. Se acordó de cuando era niño y se había quedado atrapado en la cueva de abajo de la mansión, y del agua, la oscuridad y las criaturas que parecían cercarlo por doquier. Cerró los ojos.

«El miedo aclara la mente; el pánico la nubla.»

Los abrió, esforzándose por concentrarse.

Una puerta se cerró y sonó una alarma. Las ideas se agolpaban en su cabeza mientras hacía un plano mental de la mansión. Alguien había bloqueado la puerta del garaje gracias al sistema de seguridad automático. No podía haber sido Draccon. «Los Nightwalkers la encerraron, la aislaron en el garaje.»

No podía quedarse escondido allí mucho tiempo, si Draccon estaba atrapada y Alfred estaba herido. Era a él a quien buscaban y se quedarían hasta que lo encontraran.

«El balcón de la sala. El barandal flojo.» Volteó hacia la escalera que conducía al piso de arriba, esperando que no hubiera nadie.

Respiró profundo, salió corriendo de la cocina y subió la escalera con sigilo, para que no crujieran.

La voz profunda de un extraño, entre divertida y burlona, lo llamó desde abajo:

—¡Bruce!

Al oírlo, se le erizó por completo el vello de la nuca. Su frente se perló de sudor frío. «Mantén la calma», se dijo con dureza. «Piensa.» Se ocultó entre las sombras que proyectaban unos bustos de mármol, y esperó.

Estaba seguro: en la escalera se oían pisadas de alguien que lo seguía. Los pasos eran pesados, propios de un desconocido, y se oía la respiración suave de un extraño que iba avanzando.

Tensó el cuerpo y empuñó tan fuerte el mango del cuchillo que empezó a dolerle la mano. Tenía los nudillos blancos. Podía salir de su escondite, sorprender a quien fuera, pero la idea de apuñalar a alguien, aunque hubiera entrado en su casa a la fuerza, le oprimía el pecho. En la penumbra se adivinaba parte de una silueta, grande y encorvada, y se oían sus pasos disparejos que hacían deducir una leve cojera. No tenía muy buen equilibrio.

Pasó junto al balcón escrutando la oscuridad, buscando. «Ahora.» Bruce salió de la penumbra. El hombre volteó para mirarlo. Por un segundo, Bruce entrevió su rostro: lleno de arrugas, amenazante, sorprendido.

Bruce se abalanzó contra él. Por un segundo, pareció no tener fuerza suficiente, pero el intruso retrocedió y se agarró del barandal. Vibró y acabó cediendo con un crujido, como si el hombre hubiera caído por su propio peso. Él trató de evitar la caída, pero fue demasiado tarde, y se precipitó gritando desde el segundo piso. Se golpeó la cabeza contra el lateral de un sillón.

El hombre empezó a retorcerse en el suelo, gimiendo.

«Muévete», se dijo Bruce. Había delatado su ubicación al atacar, y si había más gente en la casa, ya sabrían dónde estaba. El cuchillo se le había caído en el pasillo, pero no tenía tiempo de buscarlo. Desde la cocina le llegó un ruido de pisadas y de algo arrastrado por el suelo. Una voz apagada. Se ocultó en las sombras del comedor. Junto a él, ondularon las cortinas blancas. Las miró y cubrió una silla con una cortina.

—Bruce Wayne, sabemos que estás aquí —era una voz distinta, mucho más cercana—. La patrulla que hay en la entrada está muy vacía.

«¿Cuántos Nightwalkers invadieron la mansión?»

En la cocina se perfilaban varias siluetas. Dos hombres, más un tercero al que arrastraban. Se fijó en este último, que tenía un trapo blanco en la boca. «Alfred.»

Parecía consciente, pero tenía una herida sangrante en la frente y daba la impresión de que la mayor parte de su peso lo soportaban aquellos dos hombres, ambos con la cara tapada.

De la rabia, todos los músculos del cuerpo se tensaron. Alfred, su tutor, que jamás había dado muestras de debilidad en toda su vida, estaba a merced de aquellos monstruos.

—¿Y si ya se escapó? —murmuró uno de los hombres. Cada vez estaban más cerca.

—No —contestó el otro—. La casa está diseñada para que suene la alarma: si escapa, lo sabremos.

—¿Seguro?

—Mads dispuso los detalles de todo el sistema de seguridad. No tengo dudas.

«¿Mads? Madeleine…»

Al asimilar el nombre, el corazón le dio un vuelco. Qué raro era oír su apodo… Quizá le quedaba mejor que su propio nombre; revelaba su auténtica naturaleza, su locura. Parecía de verdad que él le había caído bien… Madeleine hasta le había advertido que se fuera de Gotham City… Pero ¿acaso había sido él su objetivo todo ese tiempo?

Draccon tenía razón en todo.

La ira lo consumía y le daba fuerzas. Las otras tres víctimas habían acabado muertas por intentar escapar de sus casas. Ése había sido su principal error: comportarse como presas antes de que los cazaran. Pero aquel era su propio hogar, el hogar de sus padres. Estaban en su terreno.

Y en su terreno, el cazador era él.

Salió de su escondite sin hacer ruido y se acercó en silencio hasta la mesa de la cocina. Sobre la isla, y a su lado, había un interruptor que activaba el triturador de basura del fregadero. Se acercó despacio. Al otro lado de la isla, los hombres miraban el suelo concentrados en arrastrar a Alfred.

Llegó hasta el interruptor, contuvo el aliento y lo accionó.

El aparato se activó; en aquel silencio, resultaba ensordecedor. Ambos hombres maldijeron y dieron un brinco. Bruce distinguió las armas que llevaban cuando giraron hacia el fregadero. Sólo Alfred miró hacia el otro lado, por encima de la isla, donde Bruce estaba agachado.

Antes de que a los hombres les diera tiempo de voltear, Bruce les había arrebatado a Alfred. Uno de ellos giró y Bruce lo fulminó: un derechazo en la mandíbula, otro en el estómago. El hombre se tambaleó, emitiendo un grito ahogado. Alfred se zafó de su agarre y arremetió contra el segundo, que perdió el equilibrio. Bruce no tardó un segundo y en un segundo lanzó al matón al suelo.

—¡Al suelo! —gritó, y Alfred obedeció.

—¡Hijo de…! —gruñó el segundo hombre alargando el brazo, su pistola refulgió en la oscuridad.

Bruce miró hacia el comedor.

—¡Inspectora! —gritó.

El hombre miró instintivamente por encima del hombro, y confundió la cortina que Bruce había puesto en el respaldo de la silla con la gabardina de Draccon. Alarmado, apuntó el arma contra lo que creía que era la inspectora.

Bruce no necesitaba más distracciones. Le propinó un puñetazo directo al cuello. Todas las lecciones de *sparring* que le había impartido su entrenador desfilaron por su mente.

No le dio tiempo de golpear de nuevo porque una mano lo jaló hacia atrás. El primer Nightwalker se había puesto de pie y le rodeó el cuello con un brazo. El puñetazo lo había dejado suficientemente noqueado como para tambalearse, pero era pesado, mucho más que Bruce. Éste se retorció en vano, tratando de alcanzar a su agresor, pero no tenía un buen ángulo y el hombre lo agarraba cada vez con más fuerza. Estaba estrangulándolo. El aire no le pasaba por la garganta. Bruce perdió el equilibrio.

—Cómo se alegrará el jefe de verte, ricachón —dijo el segundo matón.

De repente, alguien se abalanzó contra el hombre que lo tenía agarrado. Era Alfred. Le dio una patada en el costado, directamente a la altura del hígado, y el hombre cayó de rodillas gimiendo de dolor. Bruce respiró profundo, le descargó un puñetazo de lleno en la barbilla y lo vio caer.

—Bruce Wayne.

Se dio la vuelta al instante. Una silueta alta en la entrada de la cocina. Sus gogles protectores despedían reflejos plateados. Los brazos y las piernas tenían un brillo metálico, como de armadura, y ocultaba la cara con una máscara que sólo le dejaba la boca descubierta. Rió y Bruce sintió escalofríos.

Era el jefe de los Nightwalkers.

—Vaya, vaya —dijo—. Qué mayor, y además con una fortuna tan reciente.

Lo apuntó con una pistola.

Las palabras resonaron en la mente de Bruce. Algo en aquel hombre le resultaba familiar, como si lo hubiera conocido en otra vida. Pero no había tiempo para pensar en eso.

El hombre le apuntó a Bruce, pero éste se tiró al piso. La bala rompió en mil pedazos la ventana de atrás. Saltó una alarma.

Bruce se levantó, agarró uno de los cuchillos de la barra metálica y lo lanzó directo hacia el hombre.

El líder había subestimado a Bruce. Emitió un leve grito de sorpresa, se apartó a un lado cubriéndose la cara con la mano. «Le di», pensó Bruce. Agarró a Alfred del brazo para sacarlo de allí, lejos de las balas.

De afuera les llegó el sonido de las sirenas. Todos se quedaron quietos. Por algunas ventanas se vieron luces blancas y azules. Por fin llegaba el equipo de seguridad de Draccon.

El jefe miró a Bruce. Tomó una decisión de inmediato: gritó una orden a los dos Nightwalkers y arrojó un objeto al suelo, que explotó. La mansión tembló y un denso humo negro lo cubrió todo, sumiéndolos en una oscuridad total. Bruce empezó a toser y se inclinó hacia delante.

—Nos vemos pronto —le dijo el jefe a Bruce, a modo de despedida.

Desde el garaje, donde Draccon estaba atrapada, llegó el estruendo de una colisión. Bruce intentó atrapar a los otros dos, pero ya se habían escapado entre la humareda. Mientras la inspectora y sus agentes se precipitaban dentro de la casa, los Nightwalkers se esfumaron tan rápido como habían llegado.

20

Las horas siguientes pasaron como en un sueño. Bruce las recordaba igual que una sucesión interminable de tiempo dentro de una ambulancia, en el hospital, en la sala de espera… Médicos, enfermeros y agentes de policía, todos tan mezclados que no sabía cuándo habían salido unos y entrado los otros. Tenía la mano derecha vendada y los nudillos ensangrentados debido a la pelea; se había cortado la mano, pero no se había dado cuenta. Por lo demás, y para su sorpresa, había salido indemne. Al menos físicamente. Todavía le temblaban las manos, y aunque se hallaba en lo que parecía un lugar seguro, seguía temiendo que tras cada esquina acechara un Nightwalker.

Lo importante era que Alfred estaba vivo. Tenía una contusión en la cabeza, por el golpe, pero se recuperaría.

—¡Bruce!

Separó las manos de la cabeza y vio a Dianne y Harvey, que corrían hacia él por la sala de espera. Cuando llegaron, Dianne se le echó al cuello y lo abrazó con fuerza; Harvey le puso una mano en el hombro. Tenía la mirada sombría, de preocupación.

—Vinimos en cuanto nos enteramos —dijo Harvey—. Dios mío, Bruce —suspiró profundo—. ¿Cómo estás?

Bruce se encogió de hombros y sus amigos se sentaron a su lado.

—No tan mal —contestó, mirando hacia la habitación de Alfred.

—¿Y Alfred? —preguntó Dianne, que había seguido la mirada de Bruce.

—Sigue descansando —explicó, tragándose la culpa que seguía creciendo en su interior—. Estoy esperando a que me dejen pasar a verlo.

Harvey se inclinó en la silla y bajó la voz:

—Lo siento —susurró, dándole otra palmadita en el hombro—. Los atraparán, estoy seguro. No se saldrán con la suya. Escucha: esta misma noche, el jefe aparecerá en las noticias, tras las rejas.

Dianne negó con la cabeza.

—¿Es cierto que impediste que tres Nightwalkers te atraparan, y que además evitaste que le hicieran daño a Alfred?

—Fue todo muy rápido —contestó Bruce. Aunque fuera cierto, no se sentía demasiado heroico—. Por lo visto los Nightwalkers tienen una lista negra, y estoy en ella.

—¡¿Qué?! —exclamaron Dianne y Harvey al unísono.

—Bruce.

La conversación quedó interrumpida cuando al levantar la vista vieron que Lucius se precipitaba hacia ellos. Saludó a Bruce con un fuerte apretón de manos y lo levantó para abrazarlo.

—Estás a salvo, gracias a Dios. ¿Y Alfred?

—Se recuperará —respondió Bruce.

Lucius asintió con la cabeza, aliviado.

—Me contaron que te defendiste como una fiera de los Nightwalkers, pero me gustaría que, en un futuro próximo, evitaras las situaciones peligrosas. No tienes por qué asistir a la gala de esta noche… No hagas nada. Quédate descansando. A nadie le extrañará que decidas mantenerte al margen, créeme. Es más seguro. Te jugaste la…

—No pasa nada, Lucius. Gracias —Bruce asintió con firmeza—. Estaré igual de seguro en la gala que en cualquier otro lugar, y me servirá de distracción. Los androides estarán también, ¿no?

Lucius se esforzó por sonreír.

—Así es: allí estarán.

Una doctora se acercó a ellos, poniendo fin a la conversación.

—El señor Pennyworth se despertó —les informó—. Sus signos vitales son estables y hoy mismo podrá volver a casa.

Todo pensamiento que no fuera Alfred abandonó la mente de Bruce. Se levantó de un brinco.

—¿Puedo verlo?

La doctora asintió.

—Sólo un rato, señor Wayne. No lo alargue demasiado. Necesitará descansar un poco más.

Bruce se disculpó y siguió a la mujer por el pasillo. Ella le sostuvo la puerta y él entró en la habitación. Alfred estaba sentado en la cama. Siempre lo había considerado una persona fuerte e inquebrantable, justa y amable. Sin embargo, en aquel momento, por primera vez, lo vio mayor; las canas eran más evidentes que nunca. Era un ser mortal. A Bruce no le gustó esa idea.

—Señor Wayne —lo saludó Alfred, con la voz, que por lo general era imponente y profunda, algo ronca. Alrededor de la cabeza, como un turbante, llevaba una venda enorme.

Bruce se acercó, le agarró la mano y se la apretó.

—¿Cómo estás? Me explicaron que te pusieron puntos en la herida.

Alfred movió la mano, como sin darle importancia.

—Bueno, no es nada —contestó—. Esto es un rasguño comparado con lo que viví en el ejército. Los Nightwalkers tendrán que esforzarse más… aunque no podrán si la policía los atrapa antes.

Ante aquel optimismo, Bruce sintió desvanecerse el peso que le oprimía el pecho. Relajó los hombros y se dejó caer en la silla que había junto a la cama, llevándose las manos a la cabeza.

—Alfred, perdóname —dijo—. Lo siento muchísimo. Creí que te había perdido.

Todas las veces que Alfred se había preocupado por él —porque manejaba demasiado rápido, por perseguir a un delincuente siguiendo un impulso, por arriesgar su vida una y otra vez— no podían compararse con lo que sintió Bruce al darse cuenta de que Alfred podría haber muerto. ¿Cuántas veces lo habría hecho sufrir a él del mismo modo?

Alfred suavizó la mirada al ver la postura que había adoptado Bruce.

—La cabeza alta, señor Wayne —respondió—. Estoy aquí, y aparte de tener un chichón en la cabeza estoy bastante bien. Es usted un hombre; uno joven, que se las ingenia para meterse en líos… pero nunca dejará de ser mi protegido y siempre cuidaré de usted. Al igual que hará usted por mí.

Bruce lo miró a los ojos. Recordaba aquella mirada, y aunque habían pasado diez años desde la noche en el callejón, Alfred todavía tenía el poder de tranquilizarlo en las horas más negras. Asintió, intentando no pensar en cómo sería la vida sin él.

Alfred le sonrió.

—Formamos un buen equipo, señor Wayne —comentó—. Sobre todo con esos derechazos que pega usted.

El humor de Alfred hizo que a Bruce se le aflojara el nudo del estómago. Se inclinó y le dio una palmada a su tutor en el hombro.

—Tú tampoco estás tan oxidado.

Alfred le guiñó el ojo. De repente, se puso serio.

—Los Nightwalkers lo pusieron en su lista negra. Es usted igual a los otros objetivos de Madeleine, ¿no?

—¿Cómo sabes?

—No creerá que no estuve averiguando cosas sobre esa chica a la que no para de mencionar, ¿no? —se inclinó hacia él, haciendo una mueca—. Es peligrosa.

Bruce asintió y frunció el ceño.

—Ya lo sé. Y no logro entender nada —bajó el tono—. Alfred… ella me lo advirtió. En la última conversación que mantuve con Madeleine… se pasó todo el tiempo diciéndome que me fuera de Gotham City, que podía ser el próximo de la lista. Sabía a ciencia cierta que iba a pasar esto, y quería que yo lo supiera.

Alfred entornó los ojos con suspicacia.

—Quizá le tendió una trampa.

La puerta se abrió y entró Draccon, con un ojo morado y un brazo enyesado. Bruce sintió un gran alivio al verla, e intentó levantarse a saludarla.

—Inspectora… Está…

Draccon le sonrió con cautela, y no se apartó de la puerta. Bruce no acabó la frase.

—¿Inspectora? —repitió Bruce, esta vez vacilante.

—¿Qué pasa? —intervino Alfred.

La inspectora suspiró profundo y movió la cabeza hacia Bruce.

—Madeleine.

La alegría por la recuperación de Alfred y por saber que Draccon estaba bien dio paso a un frío presentimiento.

—¿Qué pasa? —dijo Bruce mirando a la inspectora.

—Se fugó.

«Se fugó.»

Bruce se quedó quieto, sin asimilar las palabras. Se fugó. «No.» ¿Cómo? No había aprovechado el motín… ¿Por qué esperar hasta ese momento?

—Es imposible… No puede… —logró decir.

Draccon señaló la televisión de la habitación, que emitía las noticias.

—Compruébalo.

Bruce miró a los reporteros de la pantalla, que informaban desde la celda de Madeleine.

Sintió náuseas. Recordó a Madeleine mirando las cámaras, mencionando como con desinterés que podían modificarse, haciéndose la indefensa en la celda y asegurándole que podía hablar con ella sin que nadie se enterara. No sabía cómo lo había hecho, pero seguro que había aprovechado que Bruce reinició las cámaras.

«Pues claro.» Todo tenía sentido: su reticencia a escapar durante el motín, cuando Arkham estaba en alerta máxima y todos los guardias buscaban a los internos. El lugar se había llenado de centinelas.

En vez de aprovechar la ocasión y huir, había planeado su fuga. Había sido parte de su engaño.

Y ahora andaba suelta, por la ciudad, fuera de Arkham Asylum. Quizás había escapado mientras Bruce estaba en su mansión. Se quedó atontado.

—¿Dónde?… ¿Cómo? —logró preguntar, con voz entrecortada—. ¿Tienen alguna pista?

—Sí: una —Draccon abrió la puerta de par en par y Bruce vio que la acompañaban varios agentes. Uno sujetaba unas esposas. Tras ellos estaban Harvey, Dianne y Lucius, que lo miraban confundidos—. Tú.

Se le nubló la vista.

—¿Yo?

—Tenemos imágenes donde se ve que fuiste la última persona que entró en el pabellón de tratamiento intensivo, justo antes de que se reiniciaran las cámaras. Madeleine dejó una nota para ti en su celda, dándote las gracias por tu ayuda.

—¡¿Cómo?! —exclamó Bruce—. No creerá que yo… Sobre todo después de lo de esta mañana…

—No me queda más opción que considerarte sospechoso. Lo siento.

La inspectora suspiró e hizo señas a un agente para que entrara. Éste levantó las esposas.

—Bruce Wayne, quedas detenido.

21

La sala de interrogatorio de la comisaría era un lugar frío y austero, equipado únicamente con varias sillas y una mesa que separaba a Bruce de la inspectora Draccon y un agente, que estaban al otro lado. Draccon le deslizó un papel y se apoyó en el respaldo de su silla. Cruzó los brazos y estudió el rostro de Bruce.

—Te dejó esto —le dijo—. Los guardias nos contaron que, debido a un error en el circuito, las pantallas no mostraban las imágenes correctas, así que Madeleine pudo atacar a dos trabajadores que bajaron a verla. Los dejó inconscientes y se llevó la identificación de uno antes de que se activara alarma alguna, porque ninguna cámara grabó lo que hacía.

Bruce miraba hacia abajo, la nota con la caligrafía de Madeleine doblada cuidadosamente en forma de flor. Se mareó sólo con verla.

Nunca había visto su letra, claro, pero le quedaba como un guante: extendida, minimalista y elegante, con alguna que otra floritura inesperada. Pensó en las grabaciones de seguridad que había visto, en la manera como parecía hacer señales a las cámaras con la papiroflexia. ¿Acaso había hablado con algún trabajador de Arkham, para después implicar a Bruce en el asunto? ¿Y si algún empleado le había permitido escapar? Releyó la nota una y otra vez, sin creer lo que decía.

Querido Bruce:

No hacemos muy buena pareja, ¿verdad que no? No se me ocurre ningún cuento en que el millonario y la asesina acaben felices para siempre. Así pues, estamos a mano: gracias por ayudarme a salir de aquí y de nada por los meses de entretenimiento que te he dado. Espero que te acuerdes de mí.

Besos,
MW

Escribía como hablaba. No obstante, Bruce no lograba comprender por qué había actuado así; si pretendía escapar, ¿por qué le dejaba una nota? ¿Por qué, después de haberlo ayudado a combatir a los Nightwalkers? Releyó el texto mientras recordaba las conversaciones mantenidas con ella. Dobló la hoja en el sentido de los renglones: al igual que todas las figuras de Madeleine, aquella flor podía transformarse y tomar otra forma; en este caso, la de un diamante tridimensional. Bruce miró la pequeña escultura de papel, con sus dos caras. Todas aquellas pláticas en apariencia serias, la compasión que sentía por la muerte de sus padres, que fingiera ayudarlo a atrapar a los Nightwalkers, las advertencias para que se fuera de Gotham City... Su supuesta paciencia y su disculpa final. Antes de darle la espalda le había dicho «Lo siento».

Madeleine encajaba claramente en una categoría.

—No es más que una mentirosa —dijo Bruce, tajante, haciendo una bola con la nota. La flor quedó arrugada—. Forma parte de su plan. Le resulta demasiado fácil todo esto. ¿No creerá usted que mi intención era ayudarla? —miró con incredulidad a Draccon y al otro agente.

—¿Qué hay del expediente que robaste de mi despacho? —inquirió Draccon con tono cortante y frío—. ¿Es otra de sus mentiras?

Bruce vaciló. No podía permitirse ocultarle cosas a la policía, no en aquel momento.

—Sí, lo tomé —admitió—. Sólo porque trataba de comprenderla mejor.

—El departamento de seguridad informática nos avisó que alguien externo al departamento accedió a nuestro directorio privado con un usuario invitado. Rastreamos la dirección IP hasta tu casa.

Bruce guardó silencio.

—Después desconectas las cámaras —prosiguió Draccon—. Aunque te tendiera una trampa para que lo hicieras, te convertiste de buena gana en su cómplice.

«No hace falta más que un emisor que genere las interferencias adecuadas, a una determinada frecuencia.» Eso le había dicho. «No hace falta más, Bruce.»

Le había mostrado exactamente el anzuelo, y aun así él había picado.

Draccon negó con la cabeza al ver que Bruce no respondía.

—No te compliques más. Ya sé que ha sido difícil para ti, y que fui yo quien la puso en tu camino —dio un golpecito con el bolígrafo sobre la mesa—. Pero comprenderás mi escepticismo. ¿Por qué te dio las gracias por escapar, si es algo tan impropio de ella? Si no tienes nada que ver, ¿por qué no se limitó a fugarse y punto?

Bruce sacudió la cabeza.

—No tengo ni idea, pero debe creerme. Madeleine sabía que, si dejaba esta nota, yo acabaría en la sala de interrogatorios. Piénselo. ¿Para qué?

—Los asesinos no siempre tienen motivos —replicó Draccon—. A veces sólo quieren pasarla bien.

—No tiene ningún sentido —protestó Bruce, insistente—. Inspectora, por favor… Hemos averiguado lo suficiente sobre ella para saber que nunca actúa sin razón. Lo que…

Al darse cuenta de cómo sonaban sus palabras, se interrumpió. Draccon alzó una ceja. Por cómo hablaba de ella, parecía que la conociera bien, demasiado bien; que se había interesado por Madeleine más que por simple curiosidad. En realidad, así era, ¿no?

Para su sorpresa, Draccon parecía, más que molesta, cansada, y lo escuchaba con expresión de agotamiento.

—Es culpa mía —dijo suspirando—. Nunca debí involucrarte en el caso. Debí dejar que cumplieras la condena y listo. Cuando imaginé que podíamos confiar en ti para obtener información de ella, no pensé que acabarías proporcionándole la libertad.

Bruce dio un puñetazo en la mesa.

—¡No le ayudé!

—¿Qué vamos a pensar, Bruce? —la inspectora apoyó las manos en la mesa y cruzó los brazos— Vi las grabaciones. Comprobé cómo cambiaba tu lenguaje corporal a medida que pasabas tiempo con ella. Bruce… Madeleine se fugó. En este momento está suelta. Seguro encontró el modo de reunirse con los Nightwalkers. Tenemos agentes en las calles buscándola, pero ha borrado muy bien cualquier rastro.

Bruce apoyó los codos en la mesa y se llevó las manos a la cabeza. ¿Cómo podía solucionar aquello?

—¿Cuánto tendré que quedarme aquí? —murmuró—. ¿Tengo derecho a salir bajo fianza?

Draccon ni se inmutó.

—No estás en disposición de argumentar, dadas las circunstancias.

Bruce cerró los ojos y suspiró profundo.

—Está bien. Déjeme hacer una llamada, por favor.

Poco después, estaba en una cabina de cristal, intentando comprender cómo se usaba el teléfono de disco. «En cuanto salga, haré una donación de teléfonos modernos», pensó con pesimismo. Al otro lado de la mampara se veían hileras de cubículos; al fondo había varias televisiones de pantalla plana, ancladas a la pared. En las noticias, se veía a un periodista en la calle, ante una alfombra negra. Cuando consiguió marcar completo el número de Alfred, Bruce apartó la mirada. «Gracias a Dios», pensó al oír la señal.

Alfred descolgó al primer timbrazo.

—Soy Alfred Pennyworth, ¿dígame?

—¡Alfred! ¿Sigues en el hospital?

—¿Señor Wayne? Ya pensaba que ni siquiera le permitirían llamar. Estoy bien, hoy me mandarán a casa. ¿Qué tal usted?

—He tenido días mejores.

—Su amiga Dianne no ha dejado de llamar preguntando por usted. Creía que iba a salir bajo fianza y ya está en la gala. Muchos de los asistentes han acudido para mostrarle su apoyo, y en honor al alcalde.

Dianne. La gala. «La alfombra negra.» De repente Bruce se acordó y miró los monitores. Allí estaban los androides Ada de WayneTech, custodiando la entrada al Gotham City Concert Hall. Tras el asesinato del alcalde, el acto había tomado un aire luctuoso, y las paredes aparecían cubiertas de estandartes negros, con el logo original de la gala, en forma de diamante, bordado en plata. Los asistentes vestían de luto, lo que convertía el evento, más que en una celebración, en un acto en memoria del alcalde.

Bruce se fijó de nuevo en el logo: era casi idéntico a la forma de diamante de la nota de Madeleine. Se quedó petrificado. Un frío mortal le atenazó el corazón.

En la gala estaría la crema y nata de Gotham City. «Los Nightwalkers atacarán, van a dar el golpe de gracia.» Habían estado acumulando un arsenal precisamente para la gala, para su golpe maestro. Y Madeleine le había dado una señal gracias a la forma de su nota.

—Alfred —Bruce estaba desesperado—. Llama a Dianne. Dile que tome un taxi y se regrese de inmediato a su casa. Ahora mismo. Que no se quede esta noche. ¡Sácala, díselo, dile que…!

—Cálmese, señor —se hizo un silencio—. La llamaré de inmediato —dijo Alfred—. ¿Qué sucede?

Bruce abrió la boca para hablar pero en ese momento vio que los presentes, fuera de la cabina, estaban también pendientes de las pantallas. «¡No!» El reportero se dio la vuelta de súbito: del edificio llegaban gritos. Ante la entrada aparecieron varias patrullas. Entre ellos, varias unidades de Ada y un par de furgonetas de SWAT. Horrorizado, Bruce observó cómo comenzaban a salir agentes por las puertas traseras, armados con rifles y chalecos antibalas. «Demasiado tarde.»

Los Nightwalkers habían iniciado.

Logró captar las palabras del reportero, que hablaba con un hilo de voz:

—«…confirman que los Nightwalkers tomaron de rehenes hasta cien invitados, entre ellos el fiscal del distrito y el director de WayneTech, Lucius Fox. Es posible que en breve pidan un rescate, aunque por el momento se desconocen sus exigencias.»

Lucius estaba secuestrado, y Dianne también, más otras cien personas. Todos podían morir esa misma noche. Aún tenía el auricular en la mano y oía a Alfred, que lo llamaba desde el otro extremo de la línea. Pero se sentía como en un lugar muy lejano y con la mente aturdida. Dianne había asistido a la gala para apoyarlo, había estado siempre a su lado durante aquella experiencia y, de nuevo, su vida corría peligro por culpa suya.

«Tengo que sacarlos de ahí, tengo que acabar con esto.»

Los androides de la entrada cambiaron de postura y apuntaron hacia el interior. Qué raro…

Mientras la policía se acercaba, todos los robots adoptaron la posición de ataque. Bruce no daba crédito. «¿Qué…?» Los SWAT se pusieron en cuclillas y apuntaron a los androides, que avanzaron y bloquearon la entrada.

El periodista volteó, con el ceño fruncido.

—«Acaban de informarnos que, por lo visto, se ha producido un fallo en los androides Ada de WayneTech, estos que están viendo en las pantallas, ante el Gotham City Concert Hall. Al parecer se están mostrando agresivos con las fuerzas policiales.»

«Madeleine.» Bruce lo supo al instante. Se las había ingeniado para sabotear los androides y de fuerzas de seguridad los había transformado en un ejército para los Nightwalkers. Sintió un escalofrío al acordarse de sus palabras. «Nunca confíes en la tecnología.» Por lo visto, tenía razón, sobre todo si se refería a la que manipulaba ella.

Bruce entornó los ojos pensativo. La sola idea de Lucius con las manos atadas, de Dianne a merced del arma de un Nightwalker, lo estremecía. «Estoy harto de ser su presa», pensó, con la vista fija en la pantalla. «Voy por ustedes.»

—¡Señor Wayne! —Alfred seguía llamándolo—. ¡Señor Wayne! ¿Qué ocurre?

—Formamos un buen equipo, ¿no es así? —dijo Bruce en voz baja—. Tienes que ayudarme, Alfred. Tengo que llegar a la gala cuanto antes.

22

A pesar de que Bruce estaba retenido sin fianza en una celda, no parecía que hubieran quedado muchos agentes para custodiarlo. La comisaría estaba sumida en el caos: todos los policías disponibles se habían desplazado Gotham City Concert Hall, y los que se habían quedado corrían de aquí para allá, respondían a la avalancha de llamadas o se quedaban mirando horrorizados las imágenes de los noticieros televisivos.

Desde su celda, Bruce oía el escándalo; por mucho que se esforzara, sólo conseguía atisbar el costado de una de las teles. Ya era tarde, casi medianoche, y la gala debió de encontrarse en pleno apogeo. En cambio, lo que iba a ser una noche de homenajes y celebración se había convertido en la toma de rehenes más importante de la historia de Gotham City.

Bruce recorría la celda de arriba abajo. No había tenido mucho tiempo para hablar por teléfono con Alfred: habría sido demasiado arriesgado decir cosas de más, con los agentes en la cercanía. Pero a su tutor, como de costumbre, le había bastado con una explicación breve.

Bruce no tenía ni idea de qué haría si se veía frente a frente con Madeleine. Si todo era responsabilidad de ella, una conversación no la detendría. No podía dejar de pensar en cómo lo había mirado, en su expresión cuando dijo: «De las tragedias salen dos tipos de gente… Y tú eres de los que resplandecen con más fuerza». Tras el confuso laberinto de sus gestos y sus actos, ¿había una parte de Madeleine, aunque fuera insignificante, que de verdad sintiera lo que decía?

Bruce entornó los ojos. Necesitaba saber por qué le había hecho esto. Tenía que llevarla ante la justicia. Y lo más importante: debía detenerla antes de que los Nightwalkers hicieran daño a más gente. Aquella certeza le quemaba por dentro, como una llama oscura.

—¡Otra patrulla, manden otra patrulla! —se oyó gritar a alguien a pesar del ruido de pisadas que resonaba en los pasillos.

—¡No hay tiempo! ¡Los androides abrieron fuego…!

«Los androides abrieron fuego.» Le dio un vuelco el corazón. Los Nightwalkers habían saboteado todas las unidades de Ada de la gala, transformándolas en máquinas de matar. Si conseguían —si Madeleine conseguía— reprogramar los que había en WayneTech, o tomar el control de las demás armas, la policía de Gotham City no podría con todo.

—¡Alfred, vamos! —murmuró Bruce.

La inspectora Draccon pasó corriendo ante la celda. Al verla, Bruce se puso a gritar:

—¡Inspectora! ¡Inspectora Draccon!

Ella volvió sobre sus pasos y lo miró, con ojos relucientes.

—¡Déjeme salir! —gritó Bruce—. ¡Le ayudaré a llegar al Gotham City Concert Hall! ¡Puedo…!

—¡Quieto, Bruce! —le gritó ella—. Aquí estás a salvo.

Bruce la vio correr por el pasillo, tras los agentes y seguida por su propio equipo.

A medida que se sucedían las imágenes del caos en las pantallas, la comisaría fue quedándose en silencio. La mitad de las lámparas se habían apagado, y sólo quedaban los agentes que no estaban de guardia, concentrados en las pantallas y los teléfonos. Bruce se aferró con fuerza a los barrotes, cerró los ojos, bajó la cabeza y se dejó caer lentamente hasta quedarse en cuclillas junto a la puerta de la celda. ¿Cómo podía haber salido todo tan mal? Y ahora estaba atrapado, sin poder hacer nada para ayudar.

—Gracias —oyó decir a Harvey Dent—. Vengo a ver a mi padre.

Se quedó anonadado cuando Harvey entró en la zona de las celdas, seguido de un agente que se apresuraba tras él. Harvey no miró directamente a Bruce, pero cuando el policía le señaló una celda al fondo del pasillo, esbozó una amplia sonrisa.

—Perfecto, desde aquí puedo ir solo. Gracias, señor.

—De nada, hijo. Tienes diez minutos.

El agente se alejó, distraído por el caos que reinaba en la oficina.

—¿Harvey? —murmuró Bruce en cuanto su amigo posó la vista en él.

—Bruce —susurró, y se acercó a la reja—. Conque aquí estás.

—¿Qué haces en este lugar? —preguntó Bruce. Su amigo se acercó a los barrotes y se aferró a ellos—. ¿Viniste a ver a tu…?

Harvey esbozó una leve sonrisa.

—Por fin lo denuncié —explicó—. Lo detuvieron.

Bruce se quedó atónito y no pudo evitar sonreír brevemente. Después de tanto tiempo, su amigo se había enfrentado a su padre.

—¿Denunciaste… a tu padre? ¿Lo tienen aquí encerrado?

Harvey asintió.

—Ajá. Pero no vine a verlo. Era la excusa perfecta para que me dejaran pasar.

Le mostró una llave diminuta. Bruce la miró y su sonrisa se convirtió en una mueca de estupefacción.

Era la llave de su celda.

—Resulta —susurró Harvey— que tengo los dedos muy largos, y que Alfred es un orador muy convincente.

«Alfred.» Bruce se le quedó mirando.

—¿Él te metió en esto? ¿Me estás ayudando a fugarme?

—Oye, siéntete halagado: incumplo la ley por ti y por Dianne —metió la llave en la cerradura—. Aquí tiene que estar mi padre, no tú. Vámonos.

Cualquier otra noche, habría sido casi imposible fugarse de la estación de policía de Gotham City. La inspectora Draccon habría vuelto a someterlo a un interrogatorio antes del amanecer; se habrían hecho dos cambios de turno, no uno, y nadie habría estado tan concentrado en las pantallas de la pared, desde las que iban relatando los detalles de la pesadilla que se desarrollaba en el centro de la población.

Pero aquella noche, mientras los Nightwalkers tenían a la misma ciudad de rehén, Bruce pudo escabullirse por uno de los pasillos de la estación a toda prisa, con la cabeza agachada y los hombros tensos, sin dejar de mirar a Harvey, que avanzaba delante de él. Se dirigían hacia la única puerta trasera del edificio, que conducía al estacionamiento que había detrás y que aún estaba mojado por la lluvia.

De pronto, Harvey se hizo a un lado y se metió a un recoveco que resultó ser la entrada a los baños. Bruce lo siguió. Un minuto después, una agente joven pasó corriendo ante ellos, con la mano sobre la pistola que llevaba en la cadera. Contuvieron el aliento hasta que se alejó. La oyeron gritar:

—¡¿Hay alguien aquí?! ¡Pedimos refuerzos!

—¡Está de camino la Guardia Nacional! —contestó una voz desde el extremo del pasillo.

Bruce oyó unos pasos que se alejaban y que terminaron extinguiéndose. Respiró hondo.

—¡Vamos! —lo azuzó Harvey.

Volvieron al pasillo como dos flechas. Mientras lo recorrían, Bruce oyó otro grito procedente de la estación:

—¡Creía que Draccon había encerrado aquí a Wayne!

—Sí...

—¿Cómo diablos consiguió la llave?

—Que alguien la llame. Nos falta un preso...

Bruce apretó los dientes y él y Harvey se echaron a correr. «Supongo que ahora soy oficialmente un fugitivo.» Salieron en estampida por la puerta, hacia la noche, dejando atrás la estación.

No habían dado ni tres zancadas cuando un coche negro derrapó frente a ellos y les cortó el paso. No era el vehículo majestuoso al que Alfred lo tenía acostumbrado cuando lo llevaba. Bruce reconoció que era de WayneTech, estilizado, bajo y negro, cuya superficie se fundía con la misma noche.

—¿Los llevo? —preguntó Alfred.

Bruce sonrió. Se subió en el coche de prisa, igual que Harvey. Apenas había cerrado la puerta del copiloto cuando Alfred pisó a fondo el acelerador y se alejaron a toda velocidad del estacionamiento. Por el retrovisor, vieron a la agente joven del pasillo, que salió de la comisaría justo a tiempo para verlos desaparecer.

—Alfred, toma las curvas más despacio —alcanzó a decir Bruce cuando giraron en una esquina, las llantas rechinaron contra el asfalto y entraron al túnel de la autopista.

Alfred soltó una risita. Aún llevaba la cabeza vendada y una pulserita médica en la muñeca.

—Los coches de WayneTech no se pensaron para tomar las curvas con calma, señor Wayne.

—Y luego te preguntas por qué soy como soy…

Bruce sentía el estómago pegado a la espalda. Ni siquiera en su Aston Martin había conducido nunca como lo hacía Alfred.

—Fui miembro de la Real Fuerza Aérea, señor Wayne —replicó secamente su tutor—. Al menos tengo excusa. Que uno pueda hacer algo no significa que deba hacerlo. Espero que no lo saque a relucir la próxima vez que salga a correr por ahí.

—Trataré de no hacerlo —contestó Bruce, agarrado a los bordes del asiento. Sentado detrás, Harvey tenía la cara verde—. ¿Por qué accediste a rescatarme, Alfred? Daba por sentado que te negarías. Por el peligro y todo eso.

—Pobre de usted, hacerse amigo de esa Madeleine —dijo Alfred mientras tomaba otra curva.

—Ya lo sé —masculló Bruce.

—Lo de pobre es literal: me llegó un aviso del banco hace media hora. Hubo movimientos sospechosos en sus cuentas.

—¿Sospechosos? —las palabras se le congelaron en la boca cuando Alfred le pasó un teléfono con un resumen de su situación financiera.

—Por lo visto, la organización a la que pertenece cierta persona precisaba una inyección de fondos —comentó su tutor.

Bruce contempló tres de sus antiguas cuentas, las que tenía antes de cumplir los dieciocho, que arrojaban un balance de cero. Las tres estaban completamente vacías. Se le secó la garganta. «Madeleine.»

—¡Mierda! —murmuró Harvey, mirando desde el asiento trasero.

Más mentiras, más engaños. «Nada de lo que Madeleine me dijo en Arkham era cierto.» Había estado todo el tiempo detrás de sus fondos. Y cuando Bruce había decidido ablandarse y abrirse con ella, lo había mandado de una patada a la cárcel y le había robado su dinero. Igual que los Nightwalkers. Igual que habían hecho con cada una de sus víctimas, antes de matarlas… lo cual significaba que ahora irían por todo lo que representaba Wayne Industries, si es que aún seguían el patrón empleado con los anteriores. Irían por las nuevas cuentas a las que acababa de acceder Bruce, donde estaba el grueso de su fortuna familiar.

—Señor Wayne, con el debido respeto —intervino cortésmente Alfred—, antes me pudro en el infierno que permitir que el legado de sus padres acabe en manos de un maldito genio criminal.

Bruce tragó saliva e intentó canalizar su rabia en actuar. «Céntrate. Piensa.» Le vino a la mente Lucius, que se encontraba entre los rehenes, en la gala. «¿No había desarrollado Lucius un sistema de seguridad para mis cuentas nuevas?», pensó. Se irguió en el asiento.

El sistema de seguridad de las nuevas cuentas. Por eso Madeleine aún no las había tocado; quizá se le había complicado romper todas las barreras que Lucius había levantado. Quizá…

Bruce empezó a concebir un plan.

—Alfred, necesitaré que me ayudes más —dijo—.Y también tú, Harvey.

Casi esperaba que su amigo dudara, pero éste ni pestañeó.

—Dime qué necesitas. ¿Tienes un plan?

Bruce asintió con aire grave.

—O al menos el comienzo de uno. Harvey… necesito que avises a la policía. Diles que no abran fuego contra los androides. Que no se acerquen. No sé qué les harán Madeleine y los Nightwalkers a los rehenes si la policía trata de avanzar. Detenlos, ¿de acuerdo?

—Si hace falta, los retendré personalmente —prometió Harvey, inclinándose y aferrándose al reposacabezas de Bruce—. Saca a Dianne… y sal tú mismo, también. ¿De acuerdo?

—Tú igual.

Sonrieron. Alfred se desvió hacia la banqueta y Harvey bajó del coche y se echó a correr en dirección a las luces parpadeantes, sin mirar atrás.

Bruce lo miró alejarse, y luego volteó a ver a Alfred.

—Hay que hacer una parada técnica.

—¿Dónde?

—En Wayne Tech.

Alfred lo miró con recelo.

—Lucius diría que ninguno de los prototipos está listo para usarse.

—Y me lo dices tú, que vas al volante de este coche. Lucius está retenido a punta de pistola en el auditorio —replicó Bruce—. Creo que nos perdonará.

—No podrá si no sale usted vivo de ésta.

—Alfred, vamos —esbozó una fugaz sonrisa—. ¿De qué sirve ser multimillonario si no me la paso bien de vez en cuando? —al ver la expresión de su tutor, añadió—: debo hacerlo. Y lo haré con tu ayuda o sin ella; pero, si me ayudas, tendré más posibilidades.

Alfred negó con la cabeza.

—Supe que sería difícil cuando prendió fuego por accidente al cobertizo del jardín con un soplete. ¿Lo recuerda? Tenía trece años.

Han pasado cinco y aquí estamos, yo como cómplice de un fugitivo y prestándole ayuda —bajó la voz—. Mi trabajo consiste en protegerlo, señor Bruce. Y si eso implica asegurarme de que no haga nada descabellado a mis espaldas, que así sea.

Cuando llegaron a la puerta trasera de WayneTech, nadie salió a recibir a Bruce. Sólo la luz de dos faroles les dio la bienvenida.

Bruce bajó primero del coche, de un brinco. Mientras Alfred hacía lo propio, el joven llegó a la puerta y colocó la mano sobre la pantalla de seguridad. «Que se abra, por favor», rogó en silencio. Sonó un pitido, se encendió una luz verde y la puerta automática se abrió. Bruce suspiró aliviado. Dentro, la luna iluminaba el suelo en tiras plateadas; el interior, cubierto por un techo en forma de cúpula, estaba bañado en una oscuridad azul.

Llegaron al final del pasillo, donde los aguardaba otra puerta automática. Bruce volvió a poner la mano sobre el lector, pero éste se iluminó de rojo. Las puertas no se abrieron.

—¡No funciona! —masculló.

—Permítame —intervino Alfred poniéndose al lado de su protegido. Colocó la palma de la mano sobre el artefacto y presionó—. Lucius no le habrá dado aún acceso a esta sala.

El panel se puso verde y la puerta se abrió, permitiéndoles el paso. Bruce recorrió a toda prisa los pasillos, escrutando cada uno de ellos, hasta detenerse ante una vitrina de cristal que protegía el traje de seda metálica. «Eslabones reforzados: es como una malla microscópica», había dicho Lucius, y también: «Aún está en fase beta». Sin embargo, le sería útil y mejor que nada. Miró a Alfred, que asintió.

—Lucius, perdóname —murmuró Bruce, y de un codazo, rompió la vitrina. Una lluvia de cristales cayó sobre ellos. Con cuidado, Bruce descolgó el traje de su gancho y siguió recorriendo los pasillos.

—¿Éste es su plan? —preguntó Alfred, incrédulo, justo cuando Bruce se paraba ante otra hilera de estanterías con dardos guiados por láser—. ¿Armarse con un arsenal de artefactos experimentales y secretos, de su propia empresa, y dirigirse al auditorio? ¿Usted solo?

—Exactamente —admitió Bruce. Sacó de sus fundas unos cuantos dardos metálicos y los metió con cuidado en la mochila—. Si se te ocurre una idea mejor estaré encantado de escucharla.

Alfred suspiró y Bruce prosiguió. Agarró un gancho extensible en miniatura y una esfera pequeña, que metió también en la mochila.

—Señor Wayne —lo interpeló Alfred mientras pasaban ante las estanterías—, no sé si ya pensó cómo eludir a los androides pirateados que rodean el auditorio. He visto las imágenes Lucius dejó allí a un número suficiente de ellos como para mantener a raya prácticamente a todo el cuerpo de policía de Gotham City. Una cota de malla experimental y algunas bombas de humo no le bastarán para acercarse.

Bruce asintió.

—Ya lo sé: lo he estado pensando. Pero, mira.

Llegaron al final de las estanterías. El resto de unidades Ada estaban allí en fila, desactivadas y esperando órdenes.

—Lucius me dijo que los androides están diseñados para no atacarse unos a otros —se acercó a los robots—. Puedo usar uno y colarme entre sus filas. Éstos no están contagiados por lo que sea que los Nightwalkers les hicieron a los otros.

Alfred no parecía entusiasmado ante la idea, pero tampoco discutió. En cambio, se acercó a uno y lo examinó.

—¿Cómo se activan?

Bruce sacó su teléfono, lo desbloqueó y encendió la aplicación que había descargado Lucius.

—Alfred, préstame tu teléfono.

Cuando se lo dio, instaló en él la aplicación y pulsó una tecla. Los ojos del Ada más cercano se encendieron al instante, azules y brillantes; apuntaron en dirección a los dos y se quedaron fijos en Bruce.

—«Hola, Bruce Wayne» —saludó. Se quedó quieto, esperando órdenes.

—Tengo que encontrar la manera de entrar en el Gotham City Concert Hall—murmuró Bruce.

Alfred frunció el ceño.

—Señor Wayne…

—Llegué hasta aquí gracias a ti, Alfred.

Éste negó con la cabeza, pero luego dijo:

—El Seco Financial Building está cerca del auditorio. Wayne Industries financia la construcción de los sótanos, que están conectados con los pasadizos subterráneos que recorren la ciudad. No está acabado aún, pero probablemente sea transitable.

Bruce dio su aprobación.

—Perfecto: servirá.

—¿Y luego qué, señor? —preguntó Alfred mientras observaban cómo el androide movía la cabeza siguiendo sus más leves movimientos—. ¿Está usted seguro de todo esto?

—No estoy seguro de nada —admitió Bruce. Se colocó la mochila a la espalda—. Pero no dejaré que Madeleine se salga con la suya. Y sólo puedo evitarlo si me presento allí en persona.

23

La noche que sus padres murieron tiroteados en el callejón, Bruce se había sentado en la banqueta, junto a un agente, y había visto pasar ocho patrullas y dos ambulancias por la escena del crimen. Ahora, mientras conducían tan pegados como podían al perímetro de seguridad que rodeaba el auditorio, contó más de dos docenas de luces parpadeantes, un enjambre visible a una distancia de cuatro cuadras. Una multitud se había congregado ante el cordón policial; más allá, las calles estaban vacías. Era inquietante: todos se habían refugiado en sus casas.

—Mandaron una nota exigiendo un rescate —dijo Alfred, señalando la pantalla del coche, que retransmitía las noticias—. Mire.

Bruce leyó el rótulo superior: LOS NIGHTWALKERS EXIGEN UN RESCATE DE 500 MILLONES DE DÓLARES, LA DIMISIÓN DE FUNCIONARIOS PÚBLICOS Y LA LIBERACIÓN DE TODOS LOS RECLUSOS DE LA PENITENCIARÍA DE GOTHAM CITY Y DE ARKHAM ASYLUM.

—Qué absurdo —Bruce apartó la vista, sintiendo náuseas. «Seguro que son conscientes.» Era una declaración política: intentaban imponer su justicia retorcida. «Sabrán que la ciudad no puede liberar a todos los reclusos, y lo usarán como excusa para matar a todos los rehenes del auditorio.» El corazón se le encogió. «Dianne estará entre las víctimas.»

Alfred dio vuelta en una esquina, se metió por un callejón y miró a Bruce.

—¿Está usted bien?

Bruce miró su celular. El Ada los había seguido por una ruta distinta y estaba a una cuadra de distancia. Bruce vio que recopilaba datos sobre lo que ocurría a pocos metros, y que tenía los escudos colocados en modo defensivo, a la espera de posibles atacantes. Con cada movimiento, Bruce sentía la fría suavidad de la malla protectora que le cubría el cuerpo, el traje ajustado que lo protegía de la cabeza a los pies. Agarró el casco negro y opaco que iba con la armadura. En él se reflejó su rostro, pálido e inseguro, que le devolvía la mirada. Respiró hondo y se lo puso.

Era asombroso, los sonidos exteriores quedaron de inmediato amplificados dentro del casco. A través del visor el mundo aparecía más nítido, los colores más vivos e intensos. Sería más fácil distinguir a la gente en la oscuridad.

—Iré a pie desde aquí —su voz sonó apagada y un poco distinta—. Alfred, vigila a nuestro androide. Asegúrate de que me cubra las espaldas. Si falla, apágalo enseguida —le enseñó un diminuto localizador que llevaba pegado a la muñeca—. Sabrás en todo momento en qué parte del auditorio me encuentro.

Alfred parecía dispuesto a discutir una última vez con él, a decirle lo ridículo que le parecía el plan. De hecho, en rigor no se trataba de un plan. «Robar unos cuantos artefactos y entrar a la fuerza.» ¿Qué haría, si conseguía entrar de verdad? ¿Qué pasaría entonces? ¿Cómo iba a acercarse lo suficiente para encontrar y rescatar a Dianne, o a Lucius, o a cualquiera de los demás?

Bruce vaciló mientras el corazón le martilleaba el pecho. Una parte de él quiso que Alfred le aconsejara que no fuera. Cuando cruzó la mirada con su tutor, se dio cuenta de que el brillo de sus ojos no era de desagrado, incredulidad ni escepticismo. Era de miedo. Miedo de perder a su protegido.

—Estaré pendiente de usted —dijo Alfred—. Saque a Dianne y a Lucius sanos y salvos… y salga usted igual. ¿Entendido, señor Wayne?

Bruce tragó saliva.

—Sí. Te lo prometo —se quedó quieto un instante, preguntándose si saldría de aquella situación con vida y si no sería aquella la última vez que hablaban.

Alfred asintió una vez.

—Lo conseguirá.

Bruce asintió también, en un gesto maquinal, tratando de creer en aquellas palabras. De nuevo, se sentía diminuto. Se acordó de la noche en que Alfred llevaba un paraguas y lo acompañó de vuelta a la mansión: lejos del callejón, de sus padres, de la lluvia y el agua.

Iba a responder, pero el nudo que se le había formado en la garganta le apretaba demasiado. Si se demoraba más, no estaba seguro de hacer acopio de valentía.

Desvió la mirada, salió del coche y, sin mirar atrás, se dirigió hacia las luces que parpadeaban.

La intensidad de los murmullos y las pisadas de la multitud de curiosos crecía a medida que Bruce se acercaba a la cuadra donde estaban colocadas las barreras policiales. Los agentes trataban en vano de despejar la zona, pero la multitud se dispersaba y luego volvía. Un agente gritaba en vano a la gente que volviera a casa.

Por uno de los altavoces del auditorio se oía la voz grave de un hombre con nuevas exigencias dirigidas a la policía. Resonaba en la noche:

—Queremos que los fondos municipales se transfieran a nuestras cuentas antes de una hora —reclamó—. Una vez hecho esto, liberaremos a una parte de los rehenes. Si no obedecen, comenzarán a salir cadáveres. Está en sus manos, Gotham City.

«No, si puedo evitarlo», pensó Bruce. Se metió por una estrecha calle secundaria, fuera de la vista de la gente. Revisó la intersección y entró por una puerta lateral en el vestíbulo vacío de un rascacielos. Sus pasos resonaron mientras se dirigía a un elevador. Apretó un botón para bajar a la planta baja.

El Seco Financial Building contaba con un nivel subterráneo que apenas se utilizaba y conectaba directamente con la red de túneles que corrían por debajo la ciudad, incluido uno que pasaba bajo el quiosco que había frente al auditorio. Por él podría atravesar el cordón policial. Llegó hasta el nivel subterráneo y recorrió un pasillo vacío, sin hacer caso de las tiendas cerradas que lo flanqueaban.

Cuando llegó al final, se encontró con otro elevador que lo devolvería a la superficie. Respiró hondo y se subió en él. Le envió un mensaje a Alfred. Si tenía suerte, el androide se habría acercado más a su posición.

—Aquí vamos —susurró.

Al llegar al nivel de la calle, el elevador se detuvo y las puertas se abrieron.

Lo asaltó un estruendo. El retumbar de los helicópteros sobre su cabeza. El fragor de los disparos de SWAT, que trataban de atravesar el cordón formado por los androides. La voz ensordecedora de un agente que hablaba por un megáfono y exigía la rendición de los Nightwalkers. Bruce observaba horrorizado desde el quiosco mientras los robots obligaban a los agentes armados hasta los dientes a retroceder cada vez más. En la otra banqueta, un grupo de androides custodiaba una de las puertas de acceso al auditorio. A su espalda, a una cuadra de distancia, se encontraba el cordón de patrullas que trataba de proteger a la gente de los disturbios.

Bruce revisó su teléfono. Las manos le temblaban. Su Ada había alcanzado la parte exterior del cordón: en cualquier momento, la policía lo veía. En cuanto se echara a correr, no se podría permitir detenerse.

Era su última oportunidad para no verse involucrado en la contienda.

Se le tensaron los músculos. «Alfred, ahora», dijo sin palabras.

Desde la barrera policial le llegó un tumulto, un coro de gritos. Bruce observó cómo un Ada saltaba la barrera, indemne a pesar de los disparos de la policía, y se dirigía hacia él. Otros dos androides giraron la cabeza, alertas, pero cuando el Ada de Bruce se acercó a ellos, se relajaron al reconocer a otro de los suyos.

Bruce no dudó. Se echó a correr como un rayo hacia el auditorio. A su espalda, oyó a la policía que daba la voz de alarma.

—¡Alto al fuego! ¡¡Alto al fuego!! ¡Hay un civil!

En cuestión de segundos, Bruce dejó atrás la barrera formada por los robots y se dirigió a una de las entradas laterales del auditorio. El traje metálico y elástico parecía dotar de fuerza cada uno de sus movimientos y aumentar su agilidad; cada zancada le parecía un pequeño salto. Tenía la sensación de estar en una simulación del gimnasio, recorriendo un circuito con la facilidad que le aportaban los años de práctica. Su respiración era acompasada. Tras él, vio que dos androides con actitud hostil se separaban del pelotón. Desde dentro del edificio, alguien estaba manipulando los controles que impedían que se atacaran entre sí. Había esperado tener más tiempo, pero mientras estaba mirando, uno de los androides hostiles se activó, apuntó con el brazo al androide de Bruce y disparó.

El segundo androide vio que Bruce se dirigía a la entrada. Estiró el cuello y comenzó a avanzar en dirección a él. Los ojos se le iluminaron de escarlata —una evidente advertencia— y lo señaló.

—«Deténgase, ciudadano» —ordenó—. «Se encuentra en una zona no autorizada.»

¿Estaría Madeleine tras los ojos de aquella unidad, observándolo? ¿Lo reconocería, con aquel traje? Si de verdad sabía que se trataba de él, ¿lo atacaría de todos modos? Bruce se agachó, con los músculos tensos, esperando que se alejara. Se quedó en su lugar. El robot avanzó.

—«Queda detenido por no acatar una orden policial» —dijo el Ada—. «Arriba las manos.»

Bruce entrecerró los ojos.

—Hazlo —repuso, como si hablara directamente con ella.

El androide dudó un segundo —quizá fuera Madeleine misma la que dudaba—. Levantó su arma, cuyo extremo empezó a iluminarse con un brillo azul. «Va a atacar.»

El brazo le disparó. Bruce se tiró hacia un lado apenas un instante antes de que lo alcanzara; el brazo se estampó contra la puerta, destruyéndola en una explosión de cristales. Bruce se protegió la cara y el cuello con los brazos. Cuando el androide volvió a apuntarle y retrocedió dispuesto a disparar de nuevo, se levantó de un salto y se metió por el hueco que había dejado la puerta. El androide lo siguió.

Entró en un pasillo estrecho. Dos guardias de los Nightwalkers vestidos completamente de negro le apuntaron con rifles, pero se quedaron estupefactos cuando vieron aparecer al Ada. Bruce reaccionó por instinto: rodó frente a ellos y descargó una patada sobre el primero, al que derribó. Cuando cayó, el robot se adelantó y lo agarró apretando el puño sobre el pecho del hombre y lo levantó. El hombre gritó, apuntó al Ada con su arma y disparó. Bruce se cubrió. Las balas alcanzaron al segundo guardia en las piernas, que se desplomó gritando.

Bruce agarró al herido por el brazo y dio vuelta la esquina del pasillo, para ponerlo a salvo mientras el androide a sus espaldas reconocía que había atacado a un Nightwalker. Sufrió un cortocircuito que precisaría arreglos.

El herido miró perplejo a Bruce, pero él no tenía tiempo de explicar que no estaba allí para hacer daño a nadie. Dejó al hombre y se echó a correr.

Como había estado en el auditorio dos veces en su vida, supo que se encontraba en el pasillo que desembocaba en el vestíbulo pequeño de los dos con que contaba el edificio. ¿Dónde estaban los rehenes? A su espalda, oía los disparos del primer guardia, al que el Ada había soltado.

—¡Entró uno! —gritaba—. No… no sé, creo que es un poli… Lleva un casco negro…

Bruce tocó uno de los paneles laterales del casco y, de pronto, las paredes se volvieron transparentes y adquirieron apariencia de cuadrícula, a la vez que surgían los contornos térmicos de seis Nightwalkers, todos mirando y corriendo en dirección a él. Levantó la vista hacia el techo. También era transparente, y tres pisos más arriba se veían un montón de señales térmicas, confinadas en lo que debía ser el mezzanine superior de la sala de conciertos. «Los rehenes.»

El pasillo acababa en un vestíbulo donde las decoraciones de seda y los estandartes contrastaban de manera estridente con la situación: parecían fuera de lugar. Bruce se dio la vuelta bruscamente para evitar el centro de la sala mientras varias señales térmicas se acercaban desde el recibidor adyacente. Antes de que llegaran, entró a un pasillo vacío y siguió corriendo. Oyó gritos a su espalda. Sus perseguidores habían aminorado el ritmo, confusos, tratando de adivinar por dónde había huido. Bruce buscó la escalera más cercana. A través de las puertas pudo ver claramente más señales térmicas, pero sólo tres. Si jugaba bien sus cartas, podría dejarlas atrás. Llegó hasta las puertas y se lanzó con todo su peso hacia ellas. Se disparó una sirena de emergencia.

Bruce miró hacia arriba. No habría necesitado el visor térmico para ver a dos Nightwalkers que bajaban corriendo hacia él; sus botas resonaban en los escalones metálicos. Sacó de la mochila la pequeña bomba redonda y corrió a su encuentro subiendo los escalones de dos en dos. Cuando llegó al final del primer tramo, tiró la bomba contra la pared con todas sus fuerzas.

Un ruido atronador resonó en la escalera. En un abrir y cerrar de ojos, una humareda lo sumió todo en una oscuridad casi total. De repente, revivió la sensación inquietante cuando estaba en su mansión y el jefe de los Nightwalkers se había esfumado entre una nube de humo. En los tramos superiores, los Nightwalkers gritaban desconcertados. El visor le permitía ver aún el contorno delineado de las escaleras y las huellas térmicas de sus atacantes. Uno de ellos abrió fuego; cada disparo producía un fulgor entre rojizo y dorado. Bruce atravesó la humareda como un fantasma.

A mitad del segundo tramo, se encontró cara a cara con el primer Nightwalker.

El hombre gritó y levantó el arma. Pero era demasiado tarde. Bruce lo golpeó con violencia en la mandíbula. Fue un golpe certero: las piernas del hombre flaquearon al instante. Bruce lo agarró antes de que tocara el suelo y apoyó su cuerpo, inerte y pesado, contra el barandal. Siguió subiendo.

Aparecieron otros dos Nightwalkers. Bruce se tiró al piso cuando el primero disparó una ráfaga de balas que pasaron silbando por encima de sus hombros. «No pienses, actúa.» Agarró al primero por las piernas y lo derribó hacia atrás. El segundo intentó darle un codazo en el cuello, pero Bruce la esquivó mientras otra ráfaga de balas impactaba contra la pared. Se metió en la humareda antes de que pudieran volver a atacarlo.

De pronto, se oyó una voz por la megafonía del vestíbulo. Bruce la reconoció y, por un segundo, se quedó quieto en los peldaños.

—Detente —era Madeleine. «A fin de cuentas estaba aquí.»—. Retrocede ahora mismo o pondrás en riesgo las vidas de los rehenes.

Al oírla, Bruce sintió cómo la rabia se adueñaba de él. Quizás hubiera sido todo aquel tiempo la jefa de los Nightwalkers. «Si atacas a mis amigos, no pretendas que me quede al margen de la lucha», pensó. Por un segundo, vaciló: ¿y si comenzaban a matar rehenes? «Tengo poco tiempo.» Entornó los ojos y siguió subiendo las escaleras corriendo.

Apareció otro Nightwalker, pero Bruce ya lo había visto desde lejos y estaba preparado. Lo atacó sin darle oportunidad de disparar. Le propinó un rodillazo en las costillas y cayó al suelo ahogando un grito. Las botas de Bruce resonaban en los escalones.

Llegó por fin al final de las escaleras. Abrió la puerta de una patada y salió al curvado vestíbulo superior del auditorio, que se encontraba al nivel de los palcos. Sus botas golpearon la alfombra. Gracias al visor, podía ver las paredes de la propia sala de conciertos, en un extremo del vestíbulo. Allí estaban los rehenes. Se echó a correr de nuevo y se tocó la oreja.

Oyó la voz de Alfred.

—La policía entró —le dijo— por la misma puerta que usted.

Bruce abrió la boca para responder, pero no pudo hacerlo: justo en ese momento, la puerta que daba a la sala de conciertos se abrió de par en par. Él se paró en seco.

Madeleine.

Sujetaba un arma. Le resultaba extraño verla sin un cristal de por medio; parecía haber salido de una realidad alternativa. Tenía un aspecto completamente distinto al que recordaba de Arkham. Ya no llevaba el overol blanco del centro, sino que ahora, de azul oscuro, vestía un uniforme militar, botas con casquillo, un cinturón ancho con fundas de pistola y una camisa de manga larga bajo un chaleco antibalas. Tenía las manos enfundadas en guantes de cuero negro, y el pelo largo y oscuro recogido en un chongo alto.

¿Cuántas versiones distintas de ella tendría que conocer? En sus ojos ya no había ni rastro de la chispa de familiaridad misteriosa y juguetona. Nada en ella indicaba que estuviera divirtiéndose. No era la chica que se desperezaba con la languidez de una bailarina, que se llevaba un dedo a los labios para provocarlo, que se recostaba en posición fetal en la cama o se rodeaba las rodillas con los brazos. Aquella era la verdadera Madeleine, fría, impasible y con temple de acero. Alguien capaz de perpetrar tres homicidios.

—¿Quién eres? —preguntó, apuntándolo directamente con el arma.

¿Cómo podía haber sentido algo por ella? La veía como una completa desconocida. Quizá siempre lo había sido, y él nunca había sabido nada sobre Madeleine. ¿Iba a morir en sus manos aquella noche? ¿Dormiría tranquila tras haberlo matado?

Nada importaba ya. Tenía retenidos a Dianne y a Lucius, y Bruce no saldría de allí sin ellos. Dio un paso adelante.

Madeleine alzó las comisuras de los labios y se irguió, moviendo la cabeza con sorna, como solía hacer.

—Ah —dijo—. Tú.

Lo había reconocido por su forma de caminar. Tan perspicaz como siempre. Apartó el arma de él y apuntó a la puerta de la sala de conciertos, que en aquel instante se abrió y un Nightwalker apareció por ella, arrastrando consigo a otra persona que se resistía. El corazón de Bruce dejó de latir.

Era Dianne. Intentaba zafarse del brazo que le aprisionaba el cuello. Su cara era un lívido retrato de terror y rabia, pero el brazo de un Nightwalker la agarraba con fuerza.

El Nightwalker era Richard Price.

Tal fue la sorpresa de Bruce al ver a su antiguo amigo que le faltó poco para gritarle, pero recordó que se suponía que nadie sabía que estaba allí. «¿Richard?» ¿Era miembro de los Nightwalkers?

Tras el rostro amenazante de Richard, sin embargo, Bruce percibió un miedo puro. En el preciso momento en que se encontraron sus miradas, Bruce supo que a Richard le daba tanto pavor estar allí como a Dianne. Como al propio Bruce.

Madeleine apuntó a la cabeza de Dianne.

—No te acerques un centímetro más —le ordenó a Bruce.

Se quedó clavado en su sitio, mirando a Richard.

—Suéltala —le ordenó, con voz distorsionada.

Richard fingió moverse, casi como si quisiera obedecer a Bruce, pero Madeleine le hizo un gesto con el arma y el chico siguió obedeciéndola. Tenía rojas las comisuras de los ojos, como si hubiera estado llorando.

Madeleine señaló con la cabeza la mochila de Bruce.

—Tira los juguetes. ¡Ya!

La mirada de Bruce se encontró con la de Dianne, oscura y aterrorizada. No pareció reconocerlo, pero intentó mover la cabeza para darle a entender que no lo hiciera. Bruce se quitó las correas y le lanzó la mochila a Madeleine, que la atrapó sin dificultad y se la puso al hombro.

—Gracias —le dijo. De golpe, sus ojos se centraron en algo que había detrás de Bruce, y asintió de forma casi imperceptible.

Bruce comenzó a darse la vuelta, pero de inmediato algo pesado lo golpeó en el cuello. Se le nubló la vista y se desplomó hacia adelante. El mundo se hundió a su alrededor, negro y asfixiante. Cuando cayó en el suelo, sólo oyó el grito de Dianne.

24

Lo primero que oyó Bruce cuando volvió en sí fue la voz suave y conocida de Madeleine. Sus palabras levitaban en algún punto sobre su cabeza. Trató de moverse hacia la voz, pero un dolor lacerante le punzaba en la cabeza, como si miles de navajas le atravesaran el cráneo. Emitió un amargo gruñido y se quedó quieto.

—Deberías quitarle el casco —dijo un desconocido.

—De éste me encargo yo, no tú —replicó Madeleine.

—Pero el jefe quiere sacarle información, y si…

—Si quieres hablarlo con él, adelante. Pero no me hagas perder el tiempo.

El otro guardó silencio, reacio.

—Por supuesto.

Bruce trató de concentrarse y sobreponerse al dolor que lo traspasaba. Madeleine no era la jefa, pero sin duda tenía cierto rango en el organigrama de los Nightwalkers. ¿Qué había hecho con Dianne? ¿Dónde la había llevado? ¿Por qué no lo había matado todavía? ¿Qué información quería? Se quedó quieto mientras iba cobrando conciencia de lo que le rodeaba, con los ojos cerrados y respirando con regularidad, para convencer a cualquiera de que no estaba escuchando.

—¿Qué diablos pasó con el androide rebelde? —preguntó otra voz—. No aparecía en nuestra base de datos: no tengo archivado el número de serie.

—Habrá venido de otro lugar, dondequiera que WayneTech los almacene.

—Lucius Fox está aquí, en primera fila. Ve y pregúntale en persona.

Al oír el nombre de Lucius, Bruce se quedó un segundo sin respiración.

¿Se encontraban en la sala de conciertos? Sus voces carecían del eco que cabría esperar si estuvieran en la zona de palcos, sobre el escenario, y reinaba el silencio. Los rehenes no arrastraban los pies, no se oían gemidos ocasionales ni murmullos asustados. Tras concentrarse un momento, Bruce logró distinguir el leve ronroneo de un aparato de aire acondicionado. ¿Sería una oficina? ¿Un cuarto de almacén?

—Ya vuelve en sí —informó Madeleine; su voz sonaba más cerca.

Bruce abrió los ojos. Dos filas de focos enmarcaban los laterales de dos espejos enormes colgados en la pared; su brillo cálido e intenso lo obligó a entornar los ojos. Bajo las luces había dos tocadores, atestados no de cremas, maquillajes o cepillos, sino de armas de fuego y laptops. «Los camerinos, entre bastidores», pensó Bruce, aturdido.

Giró la cabeza y vio a Madeleine a su lado, sentada en una silla, con el pelo suelto, los codos sobre las rodillas y los dedos entrelazados. Observaba el casco, pero no lo tocaba. Tras ella había tres Nightwalkers, dos hombres y una mujer, todos con la mirada sombría fija en Bruce y con las armas desenfundadas.

Bruce pensó que era muy curioso que hubieran cambiado los papeles: él, prisionero suyo; ella, su captora.

—No será un poli… ¿Sobrevivirá? —preguntó el tercer Nightwalker, el más joven de los tres.

Bruce veía lo bastante bien para darse cuenta de que quien hablaba era Richard. Estaba completamente demacrado, y agarraba sin convicción el arma que llevaba al cinturón, como si nunca antes la hubiera usado.

—No… —añadió Richard tras tragar saliva ruidosamente—. No quiero quedarme aquí.

—No pareció que te costara mucho darnos acceso a la cuenta de tu padre —replicó Madeleine sin mirarlo.

Richard se puso pálido. Su gesto se contrajo en una mueca de culpa y angustia.

¡Creía que sólo querían su dinero! Creía que… Y ahora…

—Ellison, Watts, llévense al nuevo —lo interrumpió Madeleine, señalando la puerta con un gesto de la cabeza—. Es como un maldito disco rayado. Vamos.

No hizo falta que lo repitiera. Los Nightwalkers se irguieron y salieron de allí sin decir palabra, dejándolos solos a él y a Madeleine.

La mente de Bruce no paraba un instante. ¿Habían retenido a Richard contra su voluntad? Había tenido sus diferencias con su padre, pero nada daba a entender que supiera que se meterían en su casa y atentarían contra el alcalde. Quizá también lo habían extorsionado para hacer otras cosas.

Cuando la puerta se cerró con un chasquido, Madeleine suspiró y lo miró con decepción.

—Bruce, quítate el casco —ordenó.

Bruce se levantó y, despacio, se lo quitó. El aire frío le golpeó la cara.

—¿Y Dianne? —quiso saber—. Si la lastimaste…

Madeleine sonrió, aunque con expresión agridulce.

—Sabía que eras tú —le dijo—. Tranquilo. Tu amiga sigue ilesa, aunque está un poco molesta.

—Suéltala —miró a la puerta—. Y a Richard Price también.

Madeleine puso los ojos en blanco, exasperada.

—No lo obligué a venir, imbécil. Se unió a nuestras filas por voluntad propia. Richard creyó que obtendría su venganza, que le sacaría un dinerillo a su padre. Iluso.

«¿Cómo?» De golpe, Bruce recordó la expresión asqueada de Richard en la graduación, cuando su padre le dijo que no le permitiría acceder al fondo. Se acordó también de las sirenas de policía ante la casa de los Price. Del asesinato del alcalde. ¿Era Richard quien había dado acceso a los Nightwalkers a casa de Bruce? ¿Vendería realmente a su padre para vengarse?

«Te arrepentirás de lo que hiciste.» Ésas habían sido las últimas palabras que Richard le había dirigido, hasta esa misma noche. El recuerdo le provocó un escalofrío que le llegó a la médula. Apretó el puño. «¿Había vendido a Bruce a los Nightwalkers?»

—¿Cuánto tiempo lleva trabajando para ustedes?

—Un par de meses.

«Un par de meses.» En la fiesta de cumpleaños de Bruce, Richard le había pedido que lo dejara entrar a WayneTech… ¿con el fin de robar un arsenal para los Nightwalkers? ¿Por eso peleaba mejor de lo que Bruce recordaba? ¿Porque le habían enseñado más llaves que el entrenador?

—¿Y cómo lo sabes? —la presionó Bruce—. Has estado todo el tiempo en Arkham.

—No fuiste el único que me ayudó a escapar de allí.

Bruce empezó a atar cabos y el corazón se le desbocó. El gobierno municipal —y el alcalde— tenían acceso total a Arkham y poder sobre la institución. Y Richard tenía acceso al alcalde. Se acordó de las figuras de papiroflexia de Madeleine, de la teoría que él tenía sobre sus mensajes secretos. Ya había mencionado en una ocasión que contaban con la ayuda de un infiltrado. ¿Acaso había sido Richard quien le ayudara con sus señales a través de las cámaras? ¿Se había asegurado de enviar a su celda a determinados celadores, para facilitarle la huida?

Richard no era sólo un amigo ansioso por sacar provecho de su amistad, sino un hijo desesperado, sediento de aprobación, furioso cuando se le denegaba, y tan decidido a vengarse de su padre que se había implicado demasiado con los Nightwalkers.

Bruce temblaba de rabia contra su antiguo amigo, o por la lástima que le daba, no estaba seguro. «Te metiste tú solo en su trampa,

Richard», pensó con amargura. Pero Madeleine lo había engatusado también a él, ¿o no?

—¿Qué le prometiste a cambio de todo eso? —preguntó Bruce, con los dientes apretados.

—No se trata de lo que le prometí que haríamos, sino de lo que no haríamos —contestó ella encogiéndose de hombros.

«El resto de la familia. Su madre, su hermana.» ¿También los habían amenazado?

—¡Son unas bestias! —rugió Bruce.

—Te advertí que te fueras de Gotham City.

—Enviaste a unos matones para que nos mataran a mí y a Alfred, en mi propia casa —sus palabras estaban cargadas de furia, que no hizo ningún esfuerzo por contener—. ¡Qué generoso de tu parte!

Madeleine gruñó, enojada.

—¿De verdad crees que tomé la decisión estando en Arkham? No seas estúpido. Además, no fueron a matarte. Te necesitábamos para algo más.

—Admite que estabas implicada desde el principio. No me mientas, que ya lo has hecho bastante.

—No eran mentiras —replicó ella, encogiéndose de hombros—. Sólo te dije lo que sabía en su momento. No tenía por qué ayudarte… Parece que no escuchas.

—¿Y entonces qué pretendías? ¿Acceder a mis cuentas? ¿Querías que financiara esta campaña de terror, igual que sus otras víctimas?

—Ya lo hiciste —asintió con sorna—. Gracias por tu generosidad.

—Ya me di cuenta —le espetó Bruce—. ¿Cómo lograste tener acceso a ellas?

—Con el mismo truco que utilicé para meterme en tus androides —guiñó un ojo—. Tienen una tecnología muy avanzada, pero no necesité más que algunos intentos.

—¿Por eso sigo con vida? —Bruce intentaba zafarse de sus ataduras, pero sólo parecía apretarlas más—. ¿Me necesitas para acceder a todas mis posesiones?

La irritación cruzó por la cara de Madeleine. A Bruce no le hizo falta más para comprender que había intentado, sin éxito, intervenir sus cuentas nuevas, las que disponían con mayores medidas de seguridad. Necesitaba que él le diera acceso personalmente.

Ella señaló la puerta que tenía a su espalda.

—No quiero que mueras por una serie de razones. El jefe cree que podré acceder a todas tus cuentas. Pero me parece que las que aún te quedan están protegidas por unos seguros que sólo tú puedes desactivar. Ahora que estás aquí, te pedirán que las abras, y no con tan buenas formas como yo.

El jefe. Bruce se acordó del hombre que había visto en su casa, que se había enfrentado a él momentos antes de que la policía irrumpiera a la mansión. ¿Era suya la voz de los altavoces, la que exigía un rescate? Miró a Madeleine a la cara y reflexionó.

—¡Me pusiste una trampa! —le gritó—. Dejaste una nota que me mandó directo a un interrogatorio policial… Acabé preso. ¡Qué bonito! ¿Por qué voy a creer una sola de tus palabras?

Madeleine pareció herida.

—¿No crees que la nota es honesta?

Bruce siguió forcejeando contra sus ataduras.

—No me ofendas. Y pensar que llegué a creer que podrías ser algo más que una asesina a sangre fría… Supongo que me equivoqué. ¿Qué más ignoro sobre ti, Madeleine? ¿Es tu verdadero nombre? ¿Mientes por diversión? ¿Te divierte jugar con mi mente? ¿Disfrutas con esas historias sobre tus padres muertos, para burlarte de los míos?

Madeleine hizo una mueca, y la ira de Bruce se desvaneció por un segundo.

—Crees que me entiendes, ¿no? —preguntó la chica.

—No tendría que esforzarme si fueras una persona honrada.

Se miraron fijamente, en silencio. El vínculo que Bruce había sentido a lo largo de sus encuentros en Arkham se hizo patente con toda su fuerza, impregnando el ambiente cargado.

—¿Quién eres? —dijo Bruce al final, negando con la cabeza.

Madeleine clavó la vista en él y lo observó un rato. Frunció los labios, como si buscara las palabras adecuadas, y por primera vez Bruce creyó que estaba a punto de decirle la verdad, una verdad cualquiera. Ella miró los espejos iluminados y su reflejo le devolvió la mirada.

—De verdad me llamo Madeleine Wallace. Y soy una de las lideresas de los Nightwalkers.

Aquellas palabras parecían ciertas, sólidas. Igual que las del pasado, claro… pero Bruce guardó silencio, invitándola a seguir.

—Todo lo que te conté sobre mi madre es cierto —prosiguió—. Era una profesora excelente. Nos enseñó a mi hermano y a mí todo lo que sabía. Los dos empezamos a codificar muy jóvenes, pero su niña prodigio era yo, la que continuaba cuando mi hermano empezó a enfermar de gravedad —volvió a mirar a Bruce—. Perdió su trabajo por tratar de cuidarlo. Eso ya lo sabes. Hizo lo que tenía que hacer.

—Por eso mató a la doctora.

—¿Acaso tú no lo habrías hecho? —le preguntó Madeleine fríamente—. Dime, noble Bruce, ¿qué habrías hecho si a tus padres no los hubiera matado un vulgar ratero, sino un médico de renombre? ¿Si te hubieras quedado huérfano en un gueto, en vez de en tu mansión enrejada? Dime: ¿serías la misma persona que ahora? ¿O verías la justicia de otro modo? ¿Crees que todos disfrutamos de los mismos privilegios que tú?

El recuerdo que Bruce guardaba de la muerte de sus padres cambió por un momento: se imaginó a los dos envenenados por alguien con bata médica, se imaginó que el asesino salía libre en lugar de acabar tras las rejas. «¿Crees que todos disfrutamos de los mismos privilegios que tú?»

—¿Y las demás cosas que me dijiste? —preguntó, para librarse de las otras cuestiones—. ¿Por qué dejaste aquella nota en tu celda? ¿Por qué me guiaste hasta el arsenal secreto de los Nightwalkers, saboteando a tu propio bando?

—Sabía que el arsenal estaba casi vacío. Tenía que darte algo para ganarme tu confianza. Ésa es la razón de todas las conversaciones que mantuvimos, Bruce: eras parte de mi boleto de salida. Eres un encanto, y muy servicial.

«Mentirosa, aprovechada.» Quiso abalanzarse sobre ella, hacerle daño por todas sus falsedades.

—En cuanto a la nota, te la dejé para que la policía te detuviera, claro —exasperada, puso los ojos en blanco. Bruce la observó con cautela; algo en aquel gesto exagerado indicaba que ocultaba sus sentimientos—. Si te metían en la cárcel, nadie podría llegar hasta ti.

«Nadie podría llegar hasta ti.»

—¿Intentabas… intentabas protegerme? —preguntó, sin poder dar crédito.

Madeleine suspiró. Otra grieta en la muralla, otra emoción oculta bajo el cascarón.

—¿Tú qué crees? —murmuró—. Ya estabas en la lista negra mucho antes de que te conociera. Te dije que escaparas de inmediato de la ciudad. Y en cambio, volviste a tu casa y te metiste de lleno en una trampa evidente.

—Volví para salvar a Alfred —replicó él—. No iba a abandonarlo.

Madeleine se encogió de hombros.

—Aun poniéndote en peligro.

Bruce se inclinó hacia delante. No podía moverse más, y aquel mínimo gesto hizo que se mareara de dolor.

—No comprendo por qué querías salvarme —dijo.

Madeleine sonrió con tristeza. Se le acercó más, hasta quedar a pocos centímetros de su cara. Notó su aliento contra la piel y el roce de su pelo negro contra el brazo.

—No siempre te he dicho la verdad, Bruce Wayne —murmuró—. Pero en la carta lo hice.

Sin dar tiempo a que Bruce pudiera añadir nada, Madeleine acortó aún más la distancia entre ellos y posó sus labios en los de él.

Fue como si una cuerda que los hubiera acercado cada vez más se rompiera de pronto, haciéndole perder el equilibrio. «No.» Pero le devolvió el beso y sintió que ella se acercaba más. ¿Qué pretendía? ¿Qué significaba aquello? La cabeza le daba vueltas; se puso alerta y tensó los músculos… pero cerró los ojos y la besó más intensamente, incapaz de romper aquel vínculo, y sin ganas de romperlo. Ella emitió un sonido suave y anhelante. Tal vez Bruce estuviera soñando de nuevo, y pronto despertaría empapado en sudor frío… sin embargo, los labios de ella eran suaves y cálidos, y sus pestañas, al rozarlo, parecían plumas contra sus mejillas. Lo invadió el calor. Los latidos del corazón le martilleaban en las sienes. «No lo hagas.» Pero no podía evitarlo. Quería más de todo. Más de ella.

Al fin, fue ella quien rompió el vínculo. Respiraban suavemente. Madeleine lo miró, parpadeando, con una expresión por un momento vulnerable.

—No lo entiendo —se oyó decir Bruce. Se inclinó por instinto, con ganas de besarla de nuevo—. ¿Qué haces?

Por primera vez, ella parecía tan alterada como él. Se alejó, frunció el ceño y trató de serenarse. La armadura de tranquilidad que solía llevar se resquebrajaba.

—Yo elegí entrar en Arkham —contestó por fin—. Pero no esperaba conocerte allí.

—¿Por qué ibas a elegir algo así?

El semblante de Madeleine se endureció de nuevo. El calor que había entre ellos se enfrió un poco.

—Ni tú ni ningún Nightwalker me detendrá. Hay muchas cosas todavía que me importan más que tú.

—¿Y los homicidios qué? —insistió Bruce. Se le acercó más. Ella se negaba a mirarlo—. ¿Fuiste tú?

Por primera vez Madeleine pareció vacilar.

—Protegías a alguien, ¿verdad? Asumiste una culpa ajena, admitiste la autoría… Fuiste a Arkham en lugar de otra persona. Por eso dices que lo elegiste.

—¿Qué te hace pensar eso? —la voz de Madeleine era apenas audible, lo cual aumentó las sospechas de Bruce.

—Que eres demasiado lista como para que la policía te atrape ensangrentada.

El sonido de unos pasos que se acercaban los hizo callar. Madeleine se irguió; un brillo de advertencia apareció en sus ojos, y se alejó rápidamente de Bruce, en el momento en que se abría la puerta. Eran los otros dos Nightwalkers, acompañados de otra persona.

Bruce se fijó de inmediato en el recién llegado. Lo reconoció: era la misma figura alta y amenazadora que había visto en su casa apuntándole; el mismo hombre que llevaba una máscara y gogles protectores, cuyo traje brillaba extrañamente en la penumbra. Reconoció su forma de caminar, elástica y amenazante, como la de un tigre. Pero en aquel momento, el hombre no llevaba máscara, tenía la cara descubierta.

Bruce se quedó sin respiración. El parecido era inquietante. Los mismos ojos almendrados y negros, la misma tez pálida, el mismo pelo negro, aunque el hombre lo llevaba corto y alborotado, y por el que se pasó la mano. A diferencia de la expresión calculadora y reservada de Madeleine, del rostro de aquel hombre emanaba fuego. Bruce supo que no tenía una pizca de paciencia. Pero lo que de verdad le llamó la atención fue el destello metálico de su piel: bandas de lo que parecía acero le cubrían los antebrazos hasta los codos. La articulación era totalmente metálica. El paso de depredador se debía, quizás, a las dos prótesis de las rodillas, que le permitían un control mayor que el de un humano normal.

Madeleine lo miró con ironía, pero Bruce advirtió un afecto que sólo podía significar una cosa.

—Hoy te tomaste tu tiempo, jefe —dijo, pronunciando la última palabra con tono de burla.

Aquel hombre, el famoso jefe de los Nightwalkers, era Cameron Wallace. Su hermano.

Bruce se fijó en que Cameron dirigía a su hermana una sonrisita carente de humor.

—Hay mucho que hacer ahí afuera —explicó él, señalando con la cabeza la puerta y los palcos que había tras ella. Con otro movimiento, apuntó a los dos guardias que ahora estaban arrodillados frente a ellos en el suelo, con la cabeza baja—. Y aquí también.

—¿Qué ocurre? —preguntó Madeleine.

—Nos informaron, y no fueron estos dos, que algunos polis atravesaron el perímetro de seguridad por un túnel subterráneo. Tienen unos cuantos androides —Cameron golpeó a uno de los Nightwalkers en un costado y lo hizo tambalearse—. Si hubiera querido que la policía se colara, les habría ordenado que se les permitiera el paso. Lo que hicieron es complicarme la vida.

—Cam, no lo hagas —rogó Madeleine, con la voz tensa como un alambre—. Ya hicimos suficiente.

Entretanto, Cameron había desenfundado una pistola que llevaba en el cinturón y apuntado al primer guardia, que comenzó a temblar de angustia.

—Fui yo —dijo Bruce, y todos se giraron hacia él—. Yo les indiqué que siguieran los túneles subterráneos que ustedes no vieron. Yo mandé a los androides. Al fin y al cabo, son míos, no suyos.

—¿Es cierto? —preguntó el jefe, mirándolo a él y a Madeleine—. Eso significa que eres Bruce Wayne. Qué gran honor. ¿Te acuerdas de mí? Nos conocimos en tu casa.

—Cam —lo llamó Madeleine, con un tono de advertencia mayor que antes.

—Hiciste muy bien trayéndolo, hermanita —replicó él. Y centrándose en el guardia que gemía, apretó el gatillo.

Bruce se impresionó, pero no desvió la mirada cuando los oídos le zumbaron. El hombre se desplomó gritando cuando la bala le atravesó el costado. La pared quedó salpicada de sangre. Rápidamente, Cameron disparó contra los otros guardias: a uno, en el brazo; al otro, en la mano.

—¡Maldita sea, Cam! —Madeleine se puso de pie de un salto y le dio un empujón a su hermano, que perdió el equilibrio—. ¡No hay tiempo para esto, y estás disparando contra gente capaz! Contra tu propia gente. ¿Tengo que recordarte que ya no contamos con ventaja?

—Alégrate, hermana. Si no les atravieso la cabeza de un balazo, es por ti —frunció el ceño y se puso la pistola contra el hombro—.

No son «gente capaz», si no consiguen detener una emboscada policial. Ahora tenemos a varios en el recinto —a un gesto suyo, otros Nightwalkers se llevaron a los heridos, que no paraban de sollozar—. Una bala por cada error —les explicó—. Así que cuidado con meter la pata.

—Ahora lo que tienes es a tres guardias heridos —le espetó Madeleine—. Y si nos vemos obligados a salir huyendo, ¿qué? ¿Los dejamos aquí, para que los atrape la poli y los interrogue? ¿Nos los llevamos a rastras? No haces más que retrasarnos, imbécil.

—No dije que no sea capaz de pegarles un tiro en la cabeza —contestó Cameron—. Así que cálmate.

Bruce miraba aturdido la alfombra. Dos rastros de sangre llegaban a la puerta y al otro lado seguían oyéndose los quejidos de los Nightwalkers heridos. Le martilleaban la cabeza. Así era el líder: un hombre al que todos habían dado por muerto, desde niño. De pronto, la manera de hablar de Madeleine, tan enigmática, cobró sentido.

Ella cada vez estaba más furiosa; Cameron le dedicó una leve sonrisa y le dio un empujoncito.

—¿Estabas disfrutando tu cita? —volteó a ver Bruce y lo examinó de la cabeza a los pies—. Tienes unos reflejos admirables, Wayne. Qué lástima que no seas uno de los nuestros. Cautivaste, y bien, a mi hermanita.

Madeleine lo fulminó con la mirada. Bruce se fijó en él y luego en ella.

—Me dijiste que había muerto —le dijo a Madeleine—. Leí su esquela en internet.

—No es complicado falsificar una muerte, Bruce —contestó ella—. Cuando Cameron estuvo a punto de dejarnos, mamá lo sacó del país y consiguió que un médico extranjero probara con él un método experimental que le salvó la vida. De ahí las articulaciones metálicas. Desde aquel momento ha sido… distinto.

Volvió a mirar a su hermano y miró hacia arriba con amargura. Bruce no les quitaba la vista de encima. ¿Y si aquel experimento no sólo lo había hecho más fuerte? ¿Y si lo había trastornado?

—Desaparecer del mapa es muy útil en muchos sentidos, ¿verdad, Cameron? No sueles ser el principal sospechoso cuando matas a alguien —dijo ella con tono irritado.

—Fuiste tú quien los mató —le dijo Bruce a Cameron—. Tú los degollaste, tú hiciste que Madeleine asumiera con la culpa.

—No la obligué a nada —replicó Cameron.

—Yo elegí asumirla —explicó Madeleine—. Me encargaba de sabotear el sistema de seguridad doméstico de cada víctima. Era mi labor. Cameron era el brazo ejecutor.

Ahí estaba otra vez aquel peculiar sarcasmo. Bruce comprendió por fin qué significaba: Madeleine nunca había aprobado ni planeado el modus operandi de los asesinatos de Cameron.

—Vi lo que tuvo que vivir mi madre en la cárcel. No iba a permitir que otro miembro de mi familia pasara por lo mismo, sobre todo Cameron, por cuya vida nuestra madre dio la suya.

Cameron sonrió a Madeleine.

—Me alegro de que hayas vuelto —le dijo—. Por fin podemos seguir adelante.

—¿Seguir adelante? —repitió Bruce.

—¿Sabes por qué maté a aquellos peces gordos, Wayne? —preguntó Cameron, con un brillo desquiciado en los ojos—. Porque eran unos corruptos, hasta la médula —Madeleine puso cara de tristeza, pero su hermano la pasó por alto—. Si no fueras Bruce Wayne, te habría caído una condena mucho mayor por inmiscuirte en una operación policial. Apuesto la vida. Podrás entenderme si te digo lo que disfruto despojándolos de sus millones, rebanándoles la garganta y utilizando ese dinero para acabar con la corrupción que simbolizan… —se encogió de hombros y le guiñó un ojo—. Es estimulante, ¿no crees?

—Se suponía que no debían morir —lo interrumpió Madeleine, mirando a su hermano con el ceño fruncido—. Siempre te digo que sacarías mucho más de cada golpe si dejaras a las víctimas con vida. Que perder su fortuna sea su mayor dolor.

—¿Y que escapen a la justicia que les corresponde? —se burló Cameron. Miró a Bruce—. Todos esos supuestos filántropos se hicieron de oro a costa de las prisiones privadas de Gotham City. Dime tú si merecían morir o no.

—No como murieron —le espetó Bruce, furioso—. Nadie se merece eso. Quizá ni siquiera tú.

—Yo ya estoy muerto. Tengo un certificado que lo prueba —repuso Cameron.

—¿Y yo era el siguiente? —preguntó Bruce en un tono iracundo.

—Ese era mi plan. Aunque por lo visto alguien te avisó —y miró a Madeleine con ferocidad. Bruce también la miró. Tal vez sí lo había protegido, al fin y al cabo.

Bruce se encaró con ella.

—¿De verdad crees que vale la pena esta escalada de robos, asesinatos y destrucción?

Madeleine levantó la cabeza.

—Creo que se trata de una llamada a Gotham City para que despierte, sí. No tengo paciencia con una clase dominante que protege a los avariciosos.

—¿Y yo qué? —preguntó Bruce, en voz baja—. ¿Crees que merezco acabar igual que los otros cuyas muertes consentiste?

—Se supone que no deberías estar aquí —repuso Madeleine, con voz tensa.

Cameron miró a su hermana y suspiró.

—Sí te gusta, ¿eh? —ante el silencio de ella, negó con la cabeza y se dirigió a la puerta—. Ya da igual. Wayne, es hora de que te demos carpetazo. Dale acceso a Madeleine al resto de tus cuentas y la transacción será rápida y discreta.

«Bien. Que no paren de hablar.»

—¿Y por qué? —masculló—. ¿Me pondrás una navaja al cuello si no lo hago? ¿Igual que a los otros?

Cameron alzó una ceja sorprendido, como si estuviera hablando con un niño.

—Porque si no, Bruce Wayne, los rehenes del palco acabarán pagando por tu necedad.

Bruce miró a Madeleine, que le devolvió una mirada severa.

—No me obligues a hacerlo —susurró la chica, moviendo ligeramente la cabeza.

Cameron, que no la había oído, se limitó a abrir la puerta y salió.

—¡No te demores mucho, hermanita! —le gritó volteando la cabeza. Salió y los dejó a solas.

—Madeleine —la llamó Bruce, rompiendo el silencio—. Ésta no eres tú de verdad. Lo veo en tu cara.

Ella no le respondió; se quedó mirando concentrada hacia la puerta, pero inclinó el cuerpo hacia él. Bruce notó su calor.

—Da igual —dijo, en voz baja, con un dejo de inseguridad—. Nuestros objetivos no han cambiado.

—¿Y qué me pasará cuando tu hermano haya terminado conmigo? —susurró él—. ¿Crees que me dejará salir con vida? ¿Que me entregará a la policía así nada más? —miró hacia la puerta—. ¿Que liberará a los rehenes?

Madeleine no contestó al momento, y en aquel intervalo de duda, Bruce vio la verdad.

—Te importan —susurró. Se acercó a ella, ansioso por encontrar algo real en aquel vínculo, o lo que fuera que tuvieran.

—Nunca quise que estuvieras aquí, Bruce —murmuró Madeleine, con semblante serio.

—¿Por qué?

Madeleine miró con el rabillo del ojo y pareció a punto de decir algo… pero lo pensó mejor.

—Madeleine: ¿por qué? —repitió Bruce en voz baja—. Te diré la verdad: creí en serio que me gustabas. Y a pesar de todo, sigo sintiendo algo por ti. No continúes por ese camino.

Madeleine lo miró desoladamente.

—Este cuento no puede acabar bien —dijo al fin, obligándose a apartar la vista de él. Se levantó—. Terminemos de una vez.

25

Lo sacó del camerino y lo condujo hacia la platea. Bruce observó lo que lo rodeaba. Al menos una docena de Nightwalkers ocupaban los palcos, todos vestidos con uniforme militar y dando la espalda al patio de butacas.

¿Cuántos de ellos habían tomado el auditorio? ¿Cómo les iría a los agentes que trataban de entrar? Revisó el lugar, buscando una vía de escape. Se fijó en la puerta que daba a las escaleras. No las había recorrido en su totalidad; en caso contrario, habría acabado en la azotea.

Apartó la vista y siguió caminando, pero siguió pensando en aquello, al tiempo que se le agolpaban las ideas.

Madeleine lo llevó hasta una escalinata curvada que daba a uno de los palcos. La luz era mucho más tenue allí, un resplandor cálido que Bruce asociaba con la orquesta en el momento de afinar. Una multitud abarrotaba las butacas, con las cabezas volteadas para mirarlos, como si se hallaran en un espectáculo. La única diferencia era que estaban tensos, mudos, y de vez en cuando volteaban para mirar a los Nightwalkers que custodiaban cada sección.

Bruce buscó entre los rehenes a Dianne y Lucius. Algunos lloraban. Otros estaban mortalmente pálidos, a punto de desmayarse.

Varios tenían las manos atadas, quizá porque habían tratado de resistirse. Reconoció al teniente del alcalde y a algunos concejales que habían asistido a su última gala benéfica.

Y a Richard: custodiaba una de las filas. Qué irreal debía resultarle, pensó Bruce, estar allí viendo las cortinas negras por el luto en honor a su padre, sabiéndose responsable de lo ocurrido. A cada movimiento que se producía cerca de él, saltaba como una liebre asustada.

Madeleine iba con el cuello muy tieso para no mirar a los rehenes, como si evitándolos le fuera más fácil seguir. Bruce seguía buscando entre los rostros, con un nudo en la garganta.

Allí estaba. Lucius se encontraba en primera fila, inexpresivo y contemplando el ala del palco que miraba al escenario.

Y Dianne.

Estaba en el extremo de la última fila, al lado de un Nightwalker. Bruce reunió toda su voluntad para no correr hacia ella. Su amiga estaba junto al pasillo que daba a la salida. Parecía asustada pero alerta. Y lo más importante: ilesa. Si hacía falta moverse con rapidez, supo que sería capaz.

Volvió a fijarse en Madeleine. Parecía más alterada que de costumbre, perdida en sus elucubraciones.

Llegaron por fin hasta un lugar donde habían colocado una serie de laptops, casi al fondo del pasillo alfombrado. Lo obligó a sentarse ante ellos y ella también se sentó. Los Nightwalkers que los habían custodiado se adelantaron para montar guardia delante de ellos.

En las pantallas había largas cadenas de letras y números, destacados contra un fondo negro. Bruce logró atisbar un par de líneas, que mencionaban a los Ada: era el centro de mando que había dispuesto Madeleine para controlarlos. Miró las demás computadoras. En la pantalla de la que estaba más lejos, una ventana mostraba una de sus cuentas bancarias. La segunda, otra más. Las dos cuentas eran recientes y contaban con las mejoras de seguridad de Lucius.

«Ahora o nunca.»

—Hagámoslo rápido —dijo Madeleine sin inmutarse y empezando a teclear—. Dame la clave para acceder a tus otras cuentas y habremos terminado.

—¿Y luego qué? ¿Me disparará tu hermano un tiro en la cabeza, para que sirva de ejemplo?

Madeleine guardó silencio; su expresión era una mezcla de dolor y decisión.

—Hazlo, Bruce —le susurró.

«Si se registra un acceso sospechoso a tus cuentas, por ejemplo con un código incorrecto», le había dicho Lucius, «saltará la alarma en nuestra red de seguridad y la computadora responsable se desconectará en un segundo.»

Las laptops eran las que servían a Madeleine para controlar a los Ada y, según lo que había dicho Cameron, eran la única herramienta con que los Nightwalkers seguían manejando las riendas de la situación. Si conseguía desactivarlas, dejaría a Madeleine sin poder sobre los androides.

—Liberen a los rehenes —le dijo, sosteniéndole la mirada—. No todos son funcionarios corruptos: son gente honrada. Algunos son amigos míos. Si los dejan ir, les daré acceso a mis cuentas.

Madeleine no apartó los ojos. Acabó por asentir.

—Te lo prometo. Danos el control y liberaré a algunos de ellos.

Era mejor que nada, pero Bruce tenía que idear otro modo de liberar al resto. Para ganar tiempo, dijo:

—Que entre los primeros estén Lucius Fox y Dianne García. Asegúrate —vaciló—. Y también Richard Price, el hijo del alcalde.

—Trato hecho.

Bruce suspiró hondo, se enderezó y volvió a centrarse en las pantallas en que aparecían sus cuentas. Era el dinero que le habían dejado sus padres, por el que tanto habían trabajado y que habían ido apartando, previsores, para su hijo.

Los Nightwalkers iban a lamentar haberlo atacado.

Se inclinó y tecleó el código de acceso en cada una de las laptops.

El sistema pareció permitirle el acceso.

Madeleine no daba la impresión de estar ni contenta ni satisfecha; de hecho, parecía decepcionada.

—Lo siento —susurró.

—Yo también.

Se miraron, pero Bruce sabía que el protocolo de seguridad se había activado y que enseguida los androides intervenidos se reprogramarían para volver a su configuración original. Quedaba poco tiempo para sacar de allí a los rehenes.

—Ahora cumple tu parte del trato —le exigió secamente a Madeleine.

Ella apartó la vista y se levantó. Llamó a su hermano:

—Cameron, vamos a liberar a algunos de los rehenes.

Éste la miró incrédulo.

—¿Por qué carajo íbamos a hacerlo?

—Porque lo digo yo. Llegué a un acuerdo con Bruce Wayne: nos dio acceso a sus otras cuentas. Estamos dentro —miró las computadoras—. Liberaremos a algunos. Así, cuando la poli vea salir a civiles, retrocederá.

Cameron miró con desprecio a Bruce. Por un momento, Bruce creyó que no cedería a la exigencia de su hermana, pero acabó por suspirar resignado e hizo una señal con la pistola a varios Nightwalkers, entre ellos a Richard. Madeleine llamó a Dianne, a Lucius y a otras doce personas. Lucius obedeció compungido y Dianne se acercó cautelosa, con la mirada fija hacia Bruce. Dos guardias los empujaron, haciéndolos tropezar, y los sacaron por las puertas que daban al vestíbulo. Richard trató de imitar a los demás Nightwalkers, pero no logró disimular la indecisión y la vulnerabilidad de su expresión.

Bruce los miró alejarse. «Rápido», pensó, y volvió a centrarse en las pantallas de Madeleine.

Cameron se acercó. Aún llevaba el arma colgada al hombro. Se detuvo y miró a Bruce de pies a cabeza. A un gesto de Madeleine, Bruce se levantó.

—Por lo visto ahora es él quien toma las decisiones —se burló Cameron.

—Ya terminamos con él —aseguró Madeleine, agitando las manos y estirando la espalda.

—Me imagino —replicó su hermano, sin apartar los ojos de Bruce, que se quedó quieto, mirándolo, aunque con los músculos en tensión. Un sexto sentido lo alertó.

De pronto, Madeleine también se puso rígida. Miró a su hermano con los ojos muy abiertos. Cameron agarró la pistola y apuntó a Bruce.

—Se acabó —sentenció.

Bruce se tiró al piso al tiempo que Madeleine le pegó un puñetazo a su hermano que hizo salir volando la pistola en el momento en que disparaba. Bruce notó el calor de la bala cuando pasó a pocos centímetros de su cabeza. Impactó contra la pared de atrás.

—¡Cam, qué haces! —gritó Madeleine. Volvió a golpearlo, esta vez en el mentón. Cameron retrocedió, aturdido.

Bruce agarró su casco, que Madeleine había llevado hasta allí. Se lo puso, se levantó de un salto y se echó a correr. Los rehenes gritaron cuando derribó al Nightwalker más cercano. Sin dar tiempo a los demás para reaccionar, lo golpeó en la cabeza y lo dejó inconsciente; se propulsó contra su cuerpo para descargar una patada sobre el cuello del Nightwalker más próximo. Tomó las armas de los dos caídos, vació los cargadores y luego las arrojó por el palco. Sólo quedaban en pie tres guardias más, cuyas armas apuntaban hacia Bruce.

—¡Maten a algún rehén! —les gritó Cameron.

—¡Quietos! —gritó a la vez Madeleine.

Confusos, los Nightwalkers dudaron, lo que dio a Bruce el tiempo suficiente para desarmar a un guardia y lanzarlo contra otro. Ambos perdieron el equilibrio y cayeron. Sonó otro disparo y una bala atravesó una de las butacas. Bruce vio que era Cameron quien le disparaba. Apretó los dientes y corrió junto a las butacas.

Madeleine le lanzó una tremenda patada a su hermano a la cabeza, pero lo alcanzó en el cuello. Mientras él se tambaleaba, lo desarmó de un golpe y mandó la pistola al otro lado de la alfombra.

Cameron le enseñó los dientes, pero un estruendo proveniente del piso inferior hizo que todos se quedaran inmóviles. Parecía el sonido de un millar de botas; el aire se llenó de gritos.

—¡Policía! ¡Policía! ¡Al suelo todo el mundo! ¡Ya! ¡Las manos a la espalda!

La policía. Habían traspasado la barrera de los Ada y entrado. Bruce miró a Cameron y a Madeleine, que no daban crédito. De pronto, ella dirigió la vista a las laptops. «Lo sabe.» Los androides se habían desactivado, desarmados por el virus de seguridad de Lucius.

Cameron dio la orden de retirada al resto de sus hombres. Los tres que quedaban perdieron el control. Uno agarró al civil más cercano y los otros dos salieron a la carrera, a buscar refugio dando gritos. Bruce esquivó una bala perdida que impactó en el barandal del palco. Salió corriendo tras ellos. Atravesaron las puertas hasta acabar en el vestíbulo; varios agentes habían llegado ya al final de la escalera. Cameron recorrió el recinto con la mirada. Desde ambos extremos, todo iba llenándose de agentes, que cortaban cualquier vía de escape. Madeleine observó a Bruce; parecía pasmada y se notaba que se sentía traicionada.

—Liberaste a los androides.

—Estamos a mano.

Para sorpresa de Bruce, una leve sonrisa afloró en sus labios.

Salió corriendo junto a Cameron hacia la escalera. Bruce salió tras ellos, pero de repente se quedó quieto. Richard estaba cerca de la puerta, paralizado por el pánico ante el caos que lo rodeaba. Levantó la pistola; le temblaban los brazos. Miró el casco de Bruce con los ojos casi desorbitados y se encogió, preparándose para un golpe.

Bruce lo miró temblar.

—Sal de aquí —le ordenó en un murmullo.

No hizo falta repetirlo. En medio del pandemónium de la sala, tiró el arma al suelo y siguió a los rehenes en su huida.

Bruce no se quedó a mirarlo, sino que salió disparado hacia la escalera antes de que los agentes acabaran de entrar. En medio del tramo superior vio a Cameron, que se movía con una agilidad y una rapidez superiores a las de cualquiera. Apenas había puesto Bruce un pie en el primer escalón y el líder le llevaba ya dos tramos de ventaja. Bruce aceleró. Toda su concentración, toda la habilidad adquirida tras practicar horas y horas en el gimnasio y en las simulaciones se esfumaron ante la posibilidad de que Cameron pudiera escapar cuando todo hubiera terminado. «No.» Lo siguió escaleras arriba, casi volando.

Cameron se detuvo y a Bruce le dio el tiempo justo para esquivar un disparo. Llegaron a otro piso. Sobre su cabeza, Cameron tropezó y concedió a Bruce un par de valiosos segundos. Madeleine retrocedió a ayudar. Aprovechando ese intervalo, Bruce saltó sobre el pasamanos metálico y se impulsó para alcanzar el tramo superior. Se apoyó sobre el barandal y se abalanzó de un salto sobre los dos hermanos.

Cameron salió rodando, pero Bruce se anticipó a su reacción: se impulsó hacia delante y lo agarró del brazo, notando el frío metal de las articulaciones. Atrapó la mano del arma contra la pared. La pistola cayó y Bruce la alejó de una patada. Varias plantas más abajo se oyó el rumor de varios agentes, que se acercaban. «No llegarán a tiempo», pensó Bruce. Cameron sacó una de las bombas de humo de WayneTech.

Bruce no pudo hacer más que gritar para advertir a los policías:
—¡Cuidado!

La bomba cayó por el hueco de la escalera y envolvió a los agentes en una explosión humeante.

Cameron volvió a la carga y Bruce no consiguió esquivarlo. El golpe fue tan fuerte que lo derribó hacia un lado y se golpeó la espalda contra el pasamanos. El jefe trató de echarle las manos al cuello. Bruce se inclinó hacia atrás cuanto pudo sin caerse.

Contraatacó con varios puñetazos certeros, que los lanzaron a ambos contra la pared.

De pronto sintió el frío de un cañón contra la sien y oyó un clic.

—Suéltalo —ordenó Madeleine.

«No va a dispararme», pensó Bruce. Pero aquello era tan inesperado que se quedó quieto. Cameron no necesitó más: se desembarazó de Bruce, subió el último tramo de escaleras y salió por la puerta de la azotea.

Madeleine miró a Bruce por un segundo. El humo de la bomba había llegado a su altura y los había sumido en la oscuridad.

—Tenía que haberme dado cuenta —dijo ella, refiriéndose al código que había desactivado a los androides.

—Entrégate —replicó Bruce. Su voz sonaba más grave debido al casco—. Por favor.

Ella permaneció inmóvil un segundo, luego giró y salió huyendo.

—¡Primero tendrán que atraparme! —le gritó.

Él intentó agarrarla del tobillo, pero era demasiado rápida y se desvaneció entre el humo. Bruce maldijo y corrió tras ella.

Al salir al tejado, el frío aire nocturno le golpeó de lleno. A su espalda, continuaba saliendo humo. Por un instante, el lugar pareció vacío; casi desolado, de no ser por las luces de la calle y los gritos de los policías. A lo lejos se oía un helicóptero que se acercaba. Bruce giró sobre sí mismo. ¿Dónde estaban?

—Estás muerto.

Era la voz de Cameron, a su espalda. De inmediato, sintió un brazo que apretaba con fuerza su garganta. Emitió un grito ahogado, tratando de respirar. Intentó derribar a Cameron dándole un codazo en la cara, pero éste lo aprisionó aún más fuerte y todavía le costó más inhalar el aire.

Oyó un clic. Entre la humareda, Bruce vio una pistola que le apuntaba directamente. La sujetaba Madeleine, con expresión decidida y una mueca sombría.

—¡¿Qué esperas?! —gruñó Cameron detrás de Bruce—. ¡Dispara! No podemos quedarnos aquí.

Madeleine movió el arma… y apuntó a Cameron.

—No es nuestro enemigo, Cam —dijo con tranquilidad. El estruendo del helicóptero iba en aumento—. Suéltalo.

—¿¡Qué!? —Cameron no daba crédito—. ¡Arruinó toda nuestra operación! ¡Acaba de…!

—Arruinó tu operación —lo interrumpió su hermana—. Mi misión era buscar justicia, y Bruce Wayne no es corrupto. No mató a nuestra madre, no te administró un tratamiento fraudulento cuando estabas a punto de morir. Si lo matas, no harás justicia. Suéltalo.

—Traidora —le dijo con desprecio Cameron. Bruce notó que aflojaba la mano en su cuello—. ¿Qué te pasó?

A Madeleine se le encendieron los ojos de ira.

—No tenemos tiempo —dijo.

Como para darle énfasis a sus palabras, la luz de un helicóptero surgió de entre los edificios que rodeaban el auditorio, avanzando hacia ellos.

Cameron soltó a Bruce y lo empujó contra Madeleine, que perdió el equilibrio. Ciego de ira, el jefe se abalanzó contra ella y le arrebató la pistola. Apuntó a Bruce y apretó el gatillo.

Falló.

Bruce sintió que Madeleine se estremecía violentamente contra su cuerpo. «Le dio.»

Gritó, desesperado. El mundo se tiñó de rojo y cada gramo de furia y adrenalina acumuladas tomó posesión de sus miembros. Se precipitó hacia Cameron.

Éste lo golpeó con fuerza en un costado y lo hizo caer sobre una rodilla, con un gemido. Un segundo después, le propinó otro puñetazo. A pesar de la protección del casco, el golpe metálico fue tan intenso que la cabeza se le fue hacia atrás. Todo se volvió borroso. Unas manos lo agarraron sin contemplaciones por el cuello del traje y lo levantaron mientras él daba patadas. Su instinto lo alertó: «Va a lanzarme por la azotea».

Con un solo movimiento, Bruce aprisionó las muñecas de su captor. Giró sobre sí mismo y jaló a Cameron tan fuerte como pudo, que se tambaleó y perdió el equilibrio. A espaldas de ambos quedaba la pared de cemento donde estaba la puerta que daba a la escalera. «Ahora. Con todas tus fuerzas.» Bruce soltó un grito desgarrador y golpeó a Cameron en la cabeza.

Fue un golpe certero. Cameron se estampó contra la pared. Le temblaron las piernas y se desplomó. Bruce se quedó de pie, respirando con dificultad, mientras la luz de un helicóptero lo iluminaba y proyectaba su sombra. «La policía. Tengo que salir de aquí.»

Volteó y vio a Madeleine, que avanzaba tambaleándose hacia su hermano. Se sujetaba el vientre y estaba pálida como la nieve debido al dolor. Por primera vez, Bruce advirtió un miedo auténtico en su mirada. «No.» Corrió hacia ella.

A su espalda, alguien vociferó por un megáfono desde el helicóptero:

—¡Manos arriba o abriremos fuego! Repito: ¡abriremos fuego!

Bruce entornó los ojos y vio el brillo metálico de un fusil por una de las puertas abiertas del helicóptero. El ruido de las aspas era ensordecedor. El francotirador apuntó. Bruce abrió los ojos con asombro.

Hubo varias chispas en el suelo, cerca de ellos. Bruce agarró a Madeleine de la mano para correr hacia la pared, en busca de refugio. Ella se resistió un instante, sus botas aún apuntaban en dirección a su hermano y estaba dispuesta a defenderlo, pero sus movimientos eran débiles y vacilantes. Bruce estaba a punto de gritarle algo cuando vio que abría los párpados, conmocionada.

Cameron levantó las manos como si se rindiera… pero señalaba con un dedo a Madeleine.

Indicaba a los agentes que fueran primero por ella. Por su propia hermana… para salvarse él.

Madeleine sólo tuvo tiempo de mirar el helicóptero. El francotirador le apuntó.

«No. Ella no.»

Todo sucedió como en una serie lenta de instantáneas. Bruce emitió un grito ronco y la agarró del brazo. La jaló para ocultarse detrás de la pared.

—¡Tira las armas! —gritaban varias voces desde el helicóptero. Hubo varios disparos.

Bruce se agachó y empujó con cuidado a Madeleine contra el suelo. La sangre le empapaba la camisa y se esforzaba por respirar. «No.» Se quitó el casco para mirarla sin la barrera de cristal que los separaba siempre.

—Te llevarán al hospital, ¿me oyes, Madeleine? Te recuperarás.

Dos lágrimas rodaron por sus mejillas. Temblaba fuera de control, pero sus ojos —negros, profundos e infinitos— seguían fijos en Bruce.

—Siempre tan noble… —logró decir, con un amago de sonrisa aflorándole en los labios, que estaban manchados de rojo.

Bruce la abrazó con fuerza.

—No malgastes energías —le dijo. Madeleine temblaba y Bruce se dio cuenta de que veía peor porque los ojos estaban llenándosele de lágrimas—; pero no dejes de respirar. ¿Me oyes? Sigue respirando.

—Es… una pena… —dijo ella en voz tan baja que Bruce tuvo que acercarse más para oírla— que nos hayamos conocido en estas circunstancias.

Estaba despidiéndose. Bruce iba a contestar, pero ella negó con la cabeza.

—Luchas en el bando equivocado —dijo ella.

Bruce se inclinó sobre Madeleine, deseando ser capaz de convencerla, deseando que hubiera una palabra mágica que le hiciera ver el mundo de otra manera, que le hiciera darse cuenta de que quizá lo que le habían enseñado siempre no era lo correcto, que existía una justicia de verdad. Quiso que existiera una palabra mágica que la mantuviera con vida. Pero sólo la miró a los ojos, cuya luz iba extinguiéndose poco a poco.

—Lo siento muchísimo —le dijo al fin.

Madeleine intentó mirarlo.

—Yo también.

Le puso una mano en la mejilla, suavemente, y se agachó para unir sus labios a los de ella. Por un momento pensó que quizás ella le devolvería el beso; que aquel gesto daría a Madeleine las fuerzas suficientes para salvarse. Pero cuando se separó de ella y la miró de nuevo a la cara, tenía los ojos cerrados.

Los helicópteros seguían rugiendo sobre su cabeza y el foco continuaba fijo en ellos. Bruce oyó a la policía abrir la puerta de la escalera, a punto de invadir la azotea.

Mantuvo la cabeza agachada y pegó su cara a la de Madeleine por un último segundo. Se obligó a apartarse de su cuerpo. Volvió a ponerse el casco y, oculto por la sombra que proyectaba la pared, corrió hacia el borde de la azotea. Aseguró un gancho a la cornisa, se colgó del cable y desapareció antes de que la luz le diera de lleno. La delgada línea se hizo borrosa en sus manos. Cuando tocó tierra, oyó a los agentes derribar finalmente la puerta. Se los imaginó concentrados en los dos cuerpos que yacían en la azotea. Oyó que gritaban el nombre de Madeleine. Se obligó a desenganchar el cable y a introducirse en la oscuridad.

No tenía ninguna razón para llorar, pensó mientras corría. Madeleine había sido una delincuente, una ladrona, una fugitiva y una mentirosa. Se repitió aquellas palabras una y otra vez.

Y sin embargo, lloró.

26

Ráfagas de luz. Un equipo de noticias y gente uniformada que corría. El estruendo del helicóptero que seguía sobrevolando el auditorio. Bruce registraba todo lo que sucedía alrededor, pero no tenía tiempo para pensar de verdad en ello. Escondió el traje negro y se puso su propia ropa. Atravesó los túneles y se encontró con varios agentes, que lo llevaron hasta las patrullas que rodeaban el lugar. Alfred y Harvey lo esperaban.

Alfred había inventado una historia: los Nightwalkers habían raptado a Bruce para obtener las claves de acceso a sus cuentas. Bruce relató cómo había desactivado a los androides por control remoto. Harvey lo confirmó todo.

Si alguien sospechaba que Bruce era la persona que vestía de negro de la azotea, nadie lo dijo.

Dianne estaba sentada, erguida y envuelta en una manta, en una camilla junto a una ambulancia. Cuando Bruce y Harvey llegaron hasta ella, los abrazó con los brazos temblorosos y los apretó. Bruce cerró los ojos y se fundió en el abrazo. Al menos estaban todos allí. Sus amigos estaban vivos. Era lo único que importaba.

Cuando abrió los ojos, pensó por un momento que había visto a una chica de ojos negros pasar corriendo entre la gente. Creyó oír su voz. Quizá si cerraba y abría los ojos de nuevo se encontraría otra vez en Arkham, observando a través de un cristal a una joven que inclinaba hacia él la cabeza y se hacía una trenza oscura y brillante.

Miró de nuevo y la chica había desaparecido; en su lugar apareció una multitud de agentes y periodistas, como si ella nunca hubiera estado allí.

A la mañana siguiente, Bruce despertó en su mansión. Salió al patio cojeando. Le dolía el cuerpo, por los golpes, en un centenar de sitios, pero por primera vez en mucho tiempo había dormido bien. Sin pesadillas. Sin pasillos oscuros. Era una sensación irreal, lo de ver a través de las ventanas de su casa cómo el sol proyectaba dibujos en el suelo. Igual que si la noche anterior no hubiera tenido lugar.

Alfred había sacado al patio exterior una bandeja con café, huevos y pan tostado. Bruce se sentó con cuidado en una silla y contempló el follaje tranquilizador que lo rodeaba. Era una mañana extrañamente apacible. ¿De verdad la toma de rehenes había sucedido la noche anterior, en el auditorio, con aquel estruendo del helicóptero y los disparos resonándole en los oídos?

—Buenos días, señor Wayne.

Bruce giró el tronco y vio que su tutor salía de la casa con un montón de sobres.

—Me alegro de poder contarla, Alfred.

Alfred tomó asiento junto a él.

—Vino Lucius. Quería darle las gracias. Si la policía pasa por WayneTech a husmear, le cubrirá las espaldas.

—¿Acaso alguien sospecha…?

Alfred negó.

—Hay una orden de arresto contra un «individuo no identificado, vestido de negro». No lo encontrarán, si Lucius lo protege.

Bruce trató de sonreír.

—¿Le pediste perdón por colarnos en el laboratorio?

—Se tomó bastante bien su intrusión, las cosas como son —replicó Alfred, con una risita—, y estará encantado de reunirse hoy con usted para darle las gracias en persona, si quiere. Me dijo que los empleados de WayneTech estarán ocupados trabajando en la fisura de seguridad que aprovechó Madeleine. Una fisura importante, diría yo —tomó los sobres que llevaba bajo el brazo y los puso sobre la mesa—. Le dejaron correo en la puerta principal.

Bruce pasó una mano por los sobres y reconoció los nombres y unas cuantas direcciones. Eran de varios compañeros y amigos, profesores y empleados de WayneTech. Se detuvo sobre uno de ellos. Era de Richard. Miró a Alfred, que se limitó a asentir, y lo abrió con cuidado. Al sacar el contenido, leyó un mensaje breve escrito a mano: «Gracias».

A pesar del tiempo transcurrido, reconoció la letra de Richard. Lo releyó. Era imposible que Richard supiera que la figura enmascarada era él. «¿No?» ¿Lo habría reconocido por sus técnicas de combate, por su voz? Bruce negó con la cabeza, sin darle mucha importancia, y por un momento se imaginó a Richard custodiado por la policía. ¿Acaso lo delataría?

Desde luego, sería propio de la categoría en que encajaba su antiguo amigo. Vengativo, amargado, burlón, ansioso de ver cómo castigaban a Bruce por segunda vez. Sin embargo, volvió a leer el mensaje: «Gracias».

Recordó el caos de la noche anterior.

—Tengo la impresión de no estar aquí de verdad, Alfred —admitió.

—Ya lo sé —replicó Alfred, con dulzura—. Dese un tiempo para sobreponerse a lo ocurrido —suspiró y observó a Bruce—. Me parece que no he conseguido protegerlo por completo, señor Wayne; aunque haya demostrado que es muy capaz de afrontar los problemas.

Bruce recordó la sensación de tener a Madeleine en brazos, su peso muerto. La cabeza la deba vueltas y no pudo preguntarle a Alfred qué pretendía hacer la policía con su cuerpo, dónde la enterrarían.

—Creo que no he demostrado demasiado —dijo Bruce.

Alfred lo miró a los ojos.

—Limítese a no provocarme demasiados infartos. Ya no soy tan joven.

A lo lejos, sonó el timbre. Alfred observó un instante más a Bruce y luego se levantó para ir a abrir la puerta. Bruce volvió a centrar su atención en el patio hasta que dos voces conocidas llegaron a sus oídos. Miró atrás.

Eran Dianne y Harvey, ambos cargados con regalos. Harvey llevaba dos mochilas sobre su chamarra negra; iba peinado hacia atrás y una sonrisilla asomaba a su cara. El aspecto de Dianne era más discreto, y parecía sana y salva, relativamente; se podría haber dicho que estaba hasta relajada, llevaba una amplia sudadera blanca y mallas a rayas. En sus ojos castaños había un destello meditabundo y casi obnubilado, pero al ver a Bruce se le iluminó la cara y se enderezó.

Al verlos, Bruce hizo a un lado su malhumor.

—¡No creo que ya puedas caminar! —exclamó Harvey, estrechando la mano que le ofrecía Bruce y atrayéndolo hacia sí con un abrazo. Le dio una palmada demasiado fuerte que hizo esbozar a Bruce una mueca de dolor y le provocó risa—. Me enteré de que los SWAT acabaron luchando cuerpo a cuerpo con los Wallace en la azotea, y de que tuviste algo que ver cuando la policía encontró un acceso de entrada. Vaya desastre; ¿nadie sabe qué pasó de verdad? Pero vaya… Pasaré lo que queda del mes en la cama, viendo películas y comiendo pizzas.

Bruce se separó de él y volteó para abrazar a Dianne.

—Teniendo en cuenta que sobreviviste a la toma de rehenes —le dijo a su amiga—, no tengo excusa.

Dianne le echó los brazos al cuello y lo estrechó con fuerza.

—Gracias, Bruce. No sé si estaría aquí si no hubieras ayudado a la policía.

Bruce cerró los ojos y le devolvió el abrazo. No parecía estar al corriente de que era él quien se ocultaba tras el casco negro, de que había estado con ella en el auditorio, de que había visto el terror en su rostro. Todo parecía tan irreal…

—Gracias a ti por venir —replicó.

—La poli no tiene muy claro qué van a hacer contigo —comentó Dianne mientras ella y Harvey se sentaban junto a Bruce. Alfred les llevó más huevos y pan tostado, y otras dos tazas de café—. Hoy dijeron en las noticias que los Nightwalkers te sacaron de la estación para obligarte a que les dieras acceso a tus cuentas.

Bruce y Harvey se miraron aliviados. Harvey no parecía sentirse cómodo habiendo transgredido la ley, aunque Bruce no creía que fuera a ir corriendo a la comisaría para entregarse.

—Tu estratagema acabó salvando la situación —continuó Dianne—. Pero aún queda lo del asunto de… bueno… —vaciló—, de la carta de Madeleine. La policía aún no sabe si te llevará o no a los tribunales.

—Sería ilógico que te acusaran de algo —le aseguró Harvey—. Y te lo digo yo, así que ya sabes a qué me refiero.

En cierto modo, nada —ni la indecisión del cuerpo policial, ni la posibilidad de un juicio— parecía importante.

Como de costumbre, Dianne percibió un cambio en el humor de Bruce. Señaló con la cabeza el pan tostado y los huevos, que seguían intactos en su plato, y se puso seria.

—¿Seguro que estarás bien? Oye… Sé que será difícil, después de lo que ocurrió ayer —le tendió una mano y Bruce vio que le temblaba sin que ella pudiera controlarla—. Espero que se nos pase pronto… algún día.

—Algún día —repitió Bruce asintiendo. Volvía a pensar en Madeleine. Aún veía su cuerpo iluminado por los focos, aún la sentía temblar contra su cuerpo mientras la estrechaba entre sus brazos. La escena se repetía una y otra vez. Negó con la cabeza. No era el único al que la noche anterior había traumatizado. Mucha gente estaba recomponiéndose aquella misma mañana.

Harvey se recargó en la silla y suspiró.

—Tendrás que hacerte a la idea de que siempre vas a salir en las portadas de la prensa de Gotham —bromeó, aunque en sus palabras había un matiz triste—. No quieren más que la próxima primicia de tu historia. Están tratando de entrevistar a cualquiera que te conozca mínimamente. Los periódicos sensacionalistas ya están inventándose cuentos sobre lo que sucedió de verdad.

—Sinvergüenzas —Dianne negó con la cabeza en señal de desaprobación—. Vas a tener que ponerte una máscara o algo, para escapar del circo que se formó en torno a ti.

Bruce se preguntó qué diría su amiga si supiera de la existencia del traje. Su atención volvió a Harvey y con la cabeza le señaló la mochila.

—Oye —dijo—, ¿y eso?

Harvey lo miró y respiró hondo.

—Pues… —vaciló—, ¿recuerdas que delaté a mi padre?

Dianne sonrió porque estaba al tanto de lo que Harvey iba a decir, pero Bruce guardó silencio y recordó las palabras de su amigo al ayudarlo a escapar de la comisaría. Asintió, a la espera de que continuara.

—Por lo visto pasará una temporada en la sombra. Así que… me preguntaba… pues… —la voz le falló por un instante, mientras trataba de que le salieran las palabras—. Me preguntaba si no te importaría… que me quedara en tu casa. Sólo durante un tiempo, unas semanas, hasta que comience la universidad en otoño. Me traje casi todas mis cosas —confesó, apuntando a la pequeña mochila gastada—. Claro que si va a ser mucha molestia…

A Bruce se le quedaron los ojos como platos. Por fin… Por fin Harvey dejaba atrás a su padre. Para siempre.

Parecía que su amigo estaba a punto de tartamudear una disculpa, pero Bruce se acercó a él y lo hizo callar con una mirada firme.

—Quédate —le dijo— todo el tiempo que quieras.

Harvey dudó aún un momento más.

—Creo que yo también tenía que ser valiente.

Bruce le puso una mano en el hombro.

—Eres más valiente de lo que yo nunca he sido.

Dianne atrajo a Harvey hacia ella y lo abrazó; Bruce también, disfrutando de su compañía. Aquello era todo. No tenían por qué haberse presentado en su casa, pensó; ambos habían sufrido la noche pasada, cada uno a su manera, y seguro estaban tan agotados como él. Pero allí estaban, a su lado, tratando de animarlo. Bruce sintió una profunda gratitud hacia los dos amigos con quienes, simplemente, podía ser él mismo.

En el mundo habría siempre mentirosos, traidores y ladrones, pero también gente de buen corazón.

Se quedaron con él hasta que Alfred volvió a salir para informar a Bruce que había llegado otra visita. Bruce se disculpó con sus amigos, se levantó y los dejó hablando de los conciertos a los que podrían ir antes de que empezara la universidad. Entró de nuevo en la mansión. En el centro del recibidor lo esperaba una figura alta.

Era la inspectora Draccon, acompañada por un desconocido a quien Bruce nunca había visto. En cuanto lo oyó acercarse, ella volteó y le estrechó la mano; con la otra mano, sujetaba torpemente un ramo de flores y una tarjeta.

—Hola, Bruce —saludó. Señalando con la cabeza a su acompañante, dijo—: él es el inspector James Gordon.

El inspector le dirigió una mirada afable mientras se daban la mano. Era joven, pero algo en él —las cejas espesas, los ojos hundidos en la piel pálida y ya envejecida— le hacía parecer más sabio de lo que correspondía a su edad.

—Es un honor, señor Wayne.

—El honor es mío, señor —contestó Bruce.

—Gordon vino desde Chicago —explicó la inspectora—. Ocupará mi puesto en el departamento de policía.

Bruce la miró fijamente.

—¿Su puesto?

—Me ofrecieron un ascenso con traslado a Metropolis y me iré de Gotham City a finales de mes, para unirme a las fuerzas de seguridad de allí.

Bruce no pudo evitar sonreír levemente.

—Enhorabuena —la felicitó.

—De hecho, fue gracias a ti —incómoda, Draccon agitó las flores hasta que Alfred alivió su sufrimiento tomándolas y yendo por un jarrón—. Los compañeros de Gotham City querían que te las trajera —le explicó poniéndose los lentes—. En cuanto estés mejor, nos gustaría que aceptaras una condecoración por tu conducta.

Bruce observó la tarjeta. En la cara interior había un montón de firmas.

—¿Después de todo lo que los he hecho sufrir? —preguntó, sonriendo burlonamente—. Es demasiado…

Draccon se puso una mano en la cadera, aunque no disimuló su sonrisa.

—Wayne, acepta las flores antes de que cambie de opinión.

—¿Y la condecoración a qué se debe?

—En reconocimiento a tu actuación decisiva y a que le salvaste la vida tanto a agentes como a civiles —contestó Gordon—. Para eso hace falta valor, señor Wayne: para desactivar todos los androides.

Draccon se encogió de hombros, como si no estuviera segura de cómo explicarlo.

—Por tu heroísmo —dijo al fin—. Sin tu ayuda, esto no habría salido bien.

—Buen trabajo —lo felicitó Gordon.

Bruce vaciló.

—¿Y qué hay de Richard Price? —se atrevió a preguntar—. ¿Qué le pasará?

—Se presentarán cargos contra él —contestó la inspectora—; pero se ha mostrado muy colaborador para ayudarnos a encontrar a los Nightwalkers que lograron escapar anoche. Nos aseguraremos de que la sentencia que se le imponga sea acorde con sus circunstancias. Ya sé que es amigo tuyo, y además está bastante arrepentido.

Bruce se imaginó cómo sería a partir de ahora la vida de Richard sin un padre, sintiendo una culpa permanente sobre sus hombros por haber sido víctima de una organización que le había cambiado la existencia. Quizá cuando cumpliera la condena, Richard acabaría encontrando paz y tranquilidad con la familia que le quedaba.

—Gracias, inspectora.

Draccon le sonrió afable.

—Escucha, Bruce: sé que al principio fui un poco dura contigo. Cuando aterrizaste en el programa de servicios comunitarios, me sentí en la obligación de hacerte ver lo afortunado que eras, de recordarte que no podías ir por el mundo haciendo lo que te viniera en gana —hizo una pausa—, pero tienes tus propias razones para buscar justicia. Disfruté trabajando contigo durante los dos últimos meses, con sus altibajos. Eres un buen chico y con buen corazón. Y con todo lo que has visto y sufrido, no es poca cosa.

—Gracias, inspectora.

¿De verdad era bueno? Había hecho daño a quienes lo querían, había desobedecido órdenes más de un centenar de veces. Quizás a pesar de todo encontraría algo que tuviera sentido, a medida que se implicara en el legado de sus padres.

Sonrió a medias.

—Entonces… ¿tendré que volver a realizar servicios comunitarios? No es que me disgusten del todo…

Los dos inspectores rieron y, durante un momento, la voz de Draccon sonó como de costumbre.

—No; esta vez no —le aseguró—. En vista de la situación en que te has visto involucrado, y de tu ayuda, se te concedió la amnistía total y ningún aspecto de este caso figurará en tu historial —lo miró con fijeza, frunciendo el ceño—. Pero no abuses de tu suerte. Que sea la última vez que te metes en asuntos de la policía de Gotham.

—La última vez —repitió Bruce, con firmeza—. No creo que vuelva a vivir nada tan intenso en toda mi vida.

Draccon hizo una mueca.

—Ya me lo imagino.

Bruce percibió en la expresión de Draccon cierta incomodidad, como si aún tuviera algo rondándole por la cabeza.

Gordon dio un paso adelante.

—Encontramos pruebas que relacionan a Cameron Wallace con los tres homicidios por los que inicialmente se culpó a Madeleine. Ignorábamos que Cameron seguía con vida, así que las pruebas contra ella basadas en el ADN no resultan tan fehacientes. Madeleine estuvo presente, pero es probable que no cometiera los asesinatos.

Bruce asintió aturdido, tratando de no pensar en el rígido cadáver de Madeleine. Miró a Draccon y advirtió que su expresión se había ensombrecido de nuevo. Su mente curiosa se animó.

—¿Qué me está ocultando, inspectora?

Detrás de Bruce se oyó la voz de Alfred, que volvía de la cocina.

—Dígaselo, inspectora —la animó—. Acabará descubriéndolo por su cuenta, de un modo u otro.

Draccon se frotó una sien y se alisó la chamarra.

—Es Madeleine… Su cuerpo desapareció del hospital una hora después de que lo depositáramos allí.

Bruce se quedó de piedra.

—¿Cómo?

—Le seguimos la pista hasta el aeropuerto y averiguamos que se las había arreglado para escapar del país en avión.

Madeleine no estaba muerta. Estaba muy viva.

Vivita y coleando.

Había engañado a los médicos para que la llevaran al hospital y aprovechado el caos para escabullirse. Bruce se acordó de su rostro pálido, sus lágrimas, su despedida. Otro engaño más; el último.

No pudo evitar agachar la cabeza y carcajearse. «Por supuesto que ha encontrado la manera de ser libre.»

—Bueno —dijo, tras un largo silencio—, habrá encontrado la manera de quedarse con todo el dinero, dondequiera que esté.

Gordon se aclaró la garganta. Bruce lo miró.

—¿Cómo dices?

—Madeleine no se quedó con el dinero de ninguna de las cuentas de los Nightwalkers —repuso.

Bruce se quedó callado.

—¿No?

—No —contestó Gordon—. Lo donó todo a la beneficencia. El Fondo de Gotham City Legal Protection Fund acaba de recibir una donación de varios millones a su nombre.

Bruce miró a los dos inspectores. El Gotham City Legal Protection Fund, la organización con la que su madre siempre había contribuido, el organismo que defendía a los que no podían permitirse un abogado. Madeleine había donado todo el dinero de los Nightwalkers a la institución. Draccon y Gordon empezaron a hablar del tema y Bruce miró por la ventana y se preguntó qué se le habría pasado a Madeleine por la cabeza, qué le habría hecho decidirse.

Quizá no creyera que luchaban en bandos opuestos. Quizá Bruce le había hecho cambiar, igual que ella le había hecho cambiar a él. Tal vez era un último gesto de buena voluntad, sin importar si habían sido amigos, enemigos o algo más.

O quizá, después de todas las mentiras que los separaban, era la manera que ella tenía de demostrarle, sinceramente, quién era.

UN MES DESPUÉS

27

Aquella noche la luna llena iluminaba las calles de Gotham City, bañando las esquinas de blanco, negro y plata.

Bruce iba por la autopista en un coche nuevo, absorto en sus pensamientos. Aquel mismo día había ido con Harvey al aeropuerto a despedir a Dianne, que había partido rumbo a Inglaterra; antes de que acabara la semana, haría lo mismo con Harvey, cuando éste se fuera a la universidad. Pronto, Bruce entraría de lleno en la vida universitaria, sin salir de Gotham City, y seguiría los pasos de sus padres guiado por Lucius y Alfred, que le enseñarían los engranajes de Wayne Industries.

Parecía que la vida había vuelto a su cauce, que las piezas de su futuro se habían colocado en el orden correcto y que sabía exactamente lo que tenía que hacer. Todo había vuelto a la normalidad.

Sin embargo, mientras conducía, sentía que no tenía muy claro en qué dirección iba. El GPS no paraba de sonar, recordándole que debía girar si quería tomar el camino de vuelta a su casa. Siguió en línea recta, pasando un cruce tras otro. Continuaba dándole vueltas a los huecos de su vida que, después de todo, seguían vacíos. A la espera.

Media hora después, se percató de que había acabado justo delante del Gotham City Concert Hall.

Se estacionó en un espacio vacío, se puso el abrigo y se dirigió al edificio. Las calles que habían estado atestadas de policías y sirenas se encontraban vacías, y el auditorio estaba envuelto en sombras en lugar de en luces. Soplaba una brisa fría, y se subió el cuello del abrigo negro dejando expuesta sólo la mitad de la cara. Ningún evento tendría lugar aquella noche en el auditorio, pero la puerta principal estaba abierta, así que entró y subió hasta la azotea.

Una vez arriba se dirigió a la cornisa, desde donde se veían las luces resplandecientes de toda la ciudad.

Qué raro se le hacía haber pisado, tan sólo pocos meses atrás, el interior de Arkham, y haber conocido a una chica que parecía existir en un mundo donde todo era blanco y negro, que se asemejaba a una fuerza maligna, benigna y todo lo que había en medio. Aún recordaba su primer encuentro: ella sentada apoyada contra la pared, mirando fugazmente en dirección a él, con una expresión inescrutable y la mente oculta tras el bastión oscuro de su mirada. ¿Qué habría pensado en aquel momento? ¿Qué había visto en él? ¿A otro millonario más, su boleto para salir de Arkham? ¿O a alguien con quien valía la pena hablar?

Bruce se metió la mano en el bolsillo y sacó la carta que le había dejado Madeleine antes de fugarse del centro. La había doblado y desdoblado —una flor primero; después un diamante y luego vuelta a empezar— tantas veces, siguiendo los pliegues trazados por ella, que los dobleces empezaban a agrietarse y a dejar finos surcos en el papel. La releyó:

Querido Bruce:
No hacemos muy buena pareja, ¿verdad que no? No se me ocurre ningún cuento en que el millonario y la asesina acaben felices para siempre. Así pues, estamos a mano: gracias por ayudarme a salir de aquí, y de nada por los meses de entretenimiento que te he dado. Espero que te acuerdes de mí.

Besos,
MW

Estudió la misiva por un momento. Al leerla por primera vez, la nota le había parecido una burla, una mofa por ser tan ingenuo como para facilitarle la huida; ahora veía en ella algo melancólico, nostálgico incluso: una carta que anhelaba lo que nunca podría ser. Una última nota para él, por si sus caminos jamás volvían a cruzarse. Quizá lo había hecho a propósito. No era fácil saberlo, tratándose de ella.

Muy a su pesar, notó que una sonrisa le afloraba en los labios al recordar sus conversaciones, al saber que seguía libre, en alguna parte, abriéndose un nuevo camino.

Quizá no hicieran muy buena pareja, pero aun así el destino los había unido. Algún día, en el futuro, tal vez volvieran a encontrarse. Se preguntó qué le diría si volvía a verla. Que ojalá la hubiera conocido en un mundo distinto, sin una barrera de cristal que los separara.

Acabó doblando la nota y la metió cuidadosamente en el bolsillo. Cerró los ojos, respiró y escuchó la tarde declinar. En algún lugar en las entrañas de la ciudad, oyó unas sirenas: los defensores de la justicia empezaban otra noche de trabajo. El viento arreció, revolviéndole el pelo y levantándole los bajos del abrigo, que parecía casi una capa.

Desde lejos, casi seguro que resultaba invisible, una silueta diminuta perdida entre las sombras del auditorio, con la ciudad a su espalda. No había ninguna luz para él en el cielo, nadie miraba en su dirección, nadie lo llamaba. Tal vez nadie supiera que estaba allí, un centinela silencioso que custodiaba su ciudad.

Miró a lo lejos y no vio más que un mar de luces, el corazón palpitante de Gotham City, que se abría ante él. No sabía lo que le deparaba el futuro, todavía no, pero sí que, fuera lo que fuera, se quedaría allí.

Parecía un lugar digno de protección.

Era su hogar.

AGRADECIMIENTOS

Aún no comprendo cómo tuve la suerte de escribir una historia sobre Batman, pero recuerdo la rapidez con la que dije «¡Sí!» al proyecto. El primer recuerdo que tengo del Caballero Oscuro es de *Batman: la serie animada*; la veía con la barbilla apoyada en las manos, imaginando cómo sería planear sobre la ciudad luchando contra los malos. Batman fue el primer personaje con matices que conocí; era la primera vez que me daba cuenta de que, sin importar el poco aprecio que recibas o lo mucho que te tiente el lado oscuro, tienes que sobreponerte y luchar con todas tus fuerzas. Para mí, estas palabras son ahora más verdaderas que nunca.

Batman tiene su Liga de la Justicia, y cuando escribí esta historia yo también tuve la mía:

Gracias a Kristin Nelson, mi maravillosa agente y amiga, que piensa en todo y en más allá. A mi magnífica editora Chelsea Eberly: gracias por acompañarme en la trinchera mientras dábamos forma definitiva a la historia de Bruce Wayne, contra viento (tecnológico) y marea. ¡Lo logramos!

Muchísimas gracias al equipo de Random House por acogerme con los brazos abiertos y tanto entusiasmo: a Michelle Nagler, Jenna Lettice, Alison Impey, Dominique Cimina, Aisha Cloud, Kerri Benvenuto, John Adamo, Adrienne Waintraub, Lauren Adams,

251

Kate Keating, Hanna Lee, Regina Flath, y Jocelyn Lange. Gracias, gracias, gracias a todos por su amabilidad, su inestimable ayuda editorial, su pericia con el diseño, la mercadotecnia y la publicidad, y por ser tan, tan geniales. Gracias al formidable equipo de Warner Brothers: a Ben Harper, Melanie Swartz y Thomas Zellers; y a todos los de DC, por haberme confiado la historia del joven Bruce Wayne y haberme dado la oportunidad de decir «Soy Batman». Será siempre memorable en mi vida.

A mi genial y fiera amiga amazona, la inimitable Leigh Bardugo (o Wondugo): esta escritora chiflada no lo habría logrado sin ti. Gracias por todo.

Querida Dianne: este libro era para ti desde un principio, mujer inteligente, pero ya lo sabías. Gracias por permitirme preguntarte sobre Batman y por haber tratado a fondo a Bruce Wayne con una buena taza de té, como debe ser. Tu cabeza rebosa de maravillas.

Gracias a la fabulosa Dhonielle Clayton, por su perspicacia, su sensatez y su amistad. A mis estimados Amie Kaufman, JJ y Sabaa Tahir: gracias por animarme cuando más lo necesitaba. Aspiro a convertirme en todos ustedes.

A Primo, mi marido superhéroe: gracias por tantas noches de pláticas sobre Batman, por haber visto conmigo todas las series y películas y por ser tú mismo: genial, divertido y atento. Es como si estuviéramos enamorados o algo así.

Por último, a los lectores y defensores de la justicia en cualquier parte: gracias por ser los verdaderos Caballeros Oscuros de nuestro mundo. Los superhéroes nos inspiran porque representan lo mejor de la humanidad. Nos recuerdan que también nosotros podemos propiciar el cambio y hacer el bien. No hace falta un millón de dólares y una Baticueva para ser como Batman. Sólo hay que tener un corazón valiente y radical. Sigan luchando.

LA AUTORA

MARIE LU es autora de la tan esperada *Warcross*, número uno del *New York Times* dentro de la exitosa serie *The Young Elites*, y de la también famosa serie *Legend*. Tras licenciarse por la Universidad de Carolina del Sur, se dedicó de lleno a trabajar como artista para la industria de los videojuegos. Convertida ahora en escritora de tiempo completo, invierte sus ratos de ocio en la lectura, el dibujo, los videojuegos y atorada en el tráfico. Vive en Los Ángeles con su marido, con un cruce de chihuahua y con un corgi galés de Pembroke.

marielubooks.tumblr.com

@Marie_Lu